Hans Herdegen
34. Bruton Street

34. Bruton Street

Detektivroman

von Hans Herdegen

Books on Demand
Norderstedt

Bibliografische Information der Deutschen Nationalbibliothek:
Die Deutsche Nationalbibliothek verzeichnet diese Publikation
in der Deutschen Nationalbibliografie; detaillierte bibliografische
Daten sind im Internet über http://www.dnb.de abrufbar.

Erstveröffentlichung: Kulturelle Verlagsgesellschaft, Berlin 1936

Gesetzt mit LuaLATEX aus der »Analogia«.

Herstellung und Verlag:
BoD – Books on Demand, Norderstedt
www.bod.de

ISBN 978-3-7528-1343-2

1

Durchdringend und dröhnend rief die große Dampf-
sirene die Passagiere an Bord. Die mächtige, stolze
»Manchuria« der P. und O.-Linie hatte die Rück-
fahrt aus Ostasien beendet und war dabei, am Pier
in Southampton anzulegen. Die Fahrgäste brauchten
aber nicht erst nach oben gerufen zu werden, sie standen schon alle mit ihrem zahlreichen Kabinengepäck
auf den Promenadendecks bereit, begierig, endlich an
Land zu gehen. Die Stewards waren eifrig tätig und
brachten immer noch mehr Koffer an Bord.

Die Pfeife des Bootsmannsmaats schrillte. Malai-
ische Matrosen mit roten Kopftüchern liefen über das
Welldeck, verteilten sich an der Längsseite des Schif-
fes, die dem Land zugekehrt war, und hielten sich
an den großen Halteseilen bereit. Der Maschinente-
legraph klingelte, und es ertönten all die bekannten
Geräusche, die bei der Landung eines Ozeanriesen
dem Anlandrollen der Brücken vorausgehen.

Mit viel Geschick hatte der alte, erfahrene Kapitän
in kürzester Zeit das Landungsmanöver ausgeführt,
und nun rasselten die schweren Anker mit ohrenbe-
täubendem Lärm ins Wasser.

»Haben Sie die kleine, schwere Kiste unter meinem Bett heraufgeschafft?« rief Jim Carley seinem Kabinensteward zu, der eben, mit Koffern beladen, an der Tür des Promenadendecks auftauchte und von allen Seiten bestürmt wurde.

Der Mann hatte es nicht gehört. Carley ließ seine Koffer an der Reling stehen und ging auf ihn zu, aber es dauerte einige Zeit, bis dieser alle Gepäckstücke abgeliefert hatte.

Jim wiederholte seine Frage.

»Bis jetzt bin ich noch nicht dazu gekommen. Die Kiste ist außerdem so entsetzlich schwer, als ob Blei oder Gold darin wäre.«

»Gold ist wohl kaum darin«, erwiderte Carley lächelnd. »Aber sorgen Sie vor allem dafür, daß sie nach oben kommt.«

»Ach, wie gut, daß ich Sie noch treffe«, wandte sich Eleanor McCarthy, eine hübsche junge Dame, an ihn. Ihre Augen leuchteten auf, als sie in sein sonnengebräuntes Gesicht sah. Carley war mit seinen achtundzwanzig Jahren wirklich eine schöne Erscheinung und hatte einen durch Arbeit und Sport gestählten Körper.

Eleanors Mutter hatte sich auch einen Weg zu ihm gebahnt.

»Schade, daß wir uns nur noch im letzten Augenblick sehen«, fuhr Miß McCarthy fort.

»Vergessen Sie nur Ihr Versprechen nicht, uns in unserem Landhaus in Essex zu besuchen«, sagte ihre Mutter. Sie hatte während der langen Überfahrt

Carley schätzen gelernt und hätte es zu gern gesehen, wenn er sich mit Eleanor verlobt hätte.

»Ja, ich komme, wenn meine dringendsten Geschäfte in London erledigt sind«, erwiderte er hastig.

Er hatte während der Seereise ganz gern mit Eleanor getanzt, aber jetzt beschäftigten ihn andere Gedanken, und diese Störung war ihm peinlich und unerwünscht. So höflich wie möglich verabschiedete er sich.

Die erste Brücke rollte vom Promenadendeck der zweiten Klasse an Land. Gewandt und schnell wurde sie von den Matrosen befestigt, aber noch durfte kein Passagier das Schiff verlassen. Auch die anderen Landungsbrücken von der ersten Klasse und dem Zwischendeck wurden vertäut.

Der Kabinensteward war wieder verschwunden, nachdem ihm auch andere zugerufen hatten. Er hatte nur nach allen Seiten genickt, und sicher hatte er die Hälfte der Aufträge nicht gehört oder vergessen.

Ungeduldig ging Carley wieder zu seinen beiden Handtaschen und dem großen Kabinenkoffer. Er hatte sich die Rückkehr in die Heimat nach mehrjährigem Aufenthalt in Hinterindien anders vorgestellt.

Der Obermaat gab nun die Brücken frei, und es kam ein Strom von Gepäckträgern und anderen Leuten an Bord. Soweit wie möglich halfen die Schiffsstewards den Passagieren, das Gepäck zum Zollschuppen zu bringen.

Carley wartete noch auf seine Kiste, aber als er sah, daß schon fast alle Gepäckträger beschäftigt waren, winkte auch er einen kräftigen Mann in blauer Bluse herbei.

»Bringen Sie meine drei Koffer zur Verzollung und sehen Sie, daß Sie einen Platz an der Zollschranke für mich reservieren. Ich komme sofort nach.«

»Jawohl«, sagte der Mann gemütlich, schnallte mit einem Riemen die beiden Handtaschen zusammen und schulterte den schweren Koffer.

Carley eilte nervös zum Treppenhaus und zu seiner Kabine. Unterwegs begegnete er seinem Steward, der die kleine Kiste keuchend den Gang entlangschleppte. Er kehrte sofort um, damit er ihm nicht im Weg stand. Am Fuß der Treppe, die nach oben zum Promenadendeck führte, blieb der Steward stehen und setzte seine Last auf die unterste Stufe nieder.

»Ich werde noch einen Träger vom Pier rufen. Bleiben Sie so lange hier.«

Mit schnellen Schritten eilte Carley die Treppe hinauf und war bald unten auf dem Kai, aber er bekam keinen Träger mehr. Was sollte er nun tun? Die Kiste durfte er unter keinen Umständen im Stich lassen. Sie war das wichtigste Stück seines ganzen Gepäcks, und um ihretwillen hatte er die lange Reise gemacht und vor der Zeit Urlaub genommen. Hilfesuchend sah er sich auf dem breiten Pier um, aber da er im Augenblick niemand fand, der sie tragen konnte, ging er auf den Zollschuppen zu.

»Haben Sie schon Ihren Paß visitieren lassen?« fragte ihn ein Hafenbeamter in Uniform. »Paßkontrolle, bitte, rechts.«

Jim schüttelte den Kopf und steuerte nach links auf den Zollschuppen zu.

»Halt – erst Paßkontrolle!«

Carley mußte sich wohl oder übel fügen. Er war der letzte der Passagiere und stellte sich hinten an.

»Rechts Engländer – links Ausländer!« rief ihm ein Beamter zu, der ihm ansah, daß er auf der verkehrten Seite stand.

Mit einem Seufzer der Erleichterung trat Jim nach rechts hinüber, wo die Abfertigung bedeutend schneller ging. Immerhin dauerte es noch einige Zeit, bis er seinen Paß vorlegen konnte und den Landungsstempel erhielt.

Im Zollschuppen herrschte fieberhafte Tätigkeit. Koffer wurden geöffnet, und kurz, ruhig und gemessen stellten die Beamten ihre Fragen. Diesmal war der Dampfer ziemlich stark besetzt gewesen, und es gab viel zu tun.

Nach einigem Suchen fand Carley seinen Gepäckträger, der schon verzweifelt nach ihm Ausschau hielt.

In dem Augenblick trat ein Zollbeamter auf Carley zu und reichte ihm eine Liste von zollpflichtigen Dingen.

»Haben Sie Feuerwaffen, Explosivstoffe, Munition, Konterbande in Ihren Koffern?«

»Nein. Ich bin kein Anarchist oder Bolschewist, und ich habe weder Bomben, Dynamit noch Ekrasit, um England in die Luft zu sprengen.«

Der Beamte grinste, ließ eine Handtasche öffnen und malte dann mit grüner Kreide ein sonderbar verschnörkeltes Zeichen darauf. Niemand konnte es enträtseln, aber es bedeutete soviel, daß die Revision beendet war.

»Soll ich die Koffer zum Londoner Zug bringen?« fragte der Gepäckträger.

»Nein, bleiben Sie hier. Ich muß noch einmal auf den Dampfer zurück und nachsehen, wo mein letztes Gepäckstück bleibt.«

»Beeilen Sie sich aber, der Zug geht bald ab.«

Im Laufschritt überquerte Jim den Pier. Er ärgerte sich, daß die Landungsbrücke nicht frei war und er ruhig hinter einer Gruppe von Arbeitern hergehen mußte, die es nicht sehr eilig zu haben schienen. Auf dem Promenadendeck wandte er sich nach der Treppe und stieß bei einer Biegung heftig mit einem Angestellten zusammen. Als er an der Stelle ankam, an der er seinen Steward zurückgelassen hatte, war dieser natürlich verschwunden, und von der Kiste war nichts mehr zu sehen.

Aufgeregt stürzte Carley den Gang entlang und stieg schließlich wieder zum Speisesaal hinauf, wo der Obersteward und mehrere seiner Leute Tischwäsche und Bestecke nachzählten und forträumten.

»Kann ich etwas für Sie tun?« fragte der Mann liebenswürdig, als er Carley sah.

Dieser trug sein Anliegen vor, und der Obersteward gab ihm jemand mit, der ihm behilflich sein sollte.

Als sie zur Treppe kamen, entdeckten sie die kleine Kiste, die in eine dunkle Ecke geschoben war, damit sie nicht im Weg stehen sollte.

Carley und der Steward hoben sie auf und schleppten sie mühsam aufs Promenadendeck. Als sie die Landungsbrücke erreichten, waren aber beide in Schweiß gebadet und mußten sie niedersetzen.

»Wie kommt das Ding überhaupt in Ihre Kabine?« fragte der Steward. »Das hätten Sie doch im Laderaum abgeben müssen!«

»Schon gut. Jetzt handelt es sich nur noch darum, sie durch den Zoll zu bringen.«

Carley erkannte, daß der schmächtige Steward ihm nicht mehr helfen konnte. Glücklicherweise entdeckte er einen Kohlentrimmer, der unten am Kai stand und anscheinend nichts zu tun hatte. Er winkte ihm, und nachdem er ihm einen Geldschein gezeigt hatte, stieg der breite, untersetzte Mann schwerfällig die Brücke hinauf. Mit seinen starken, großen Händen packte er die Kiste, hob sie auf die Schulter und ging breitbeinig den Landungssteg hinunter.

Carley folgte ihm und sah nach der Uhr. Der Anschlußzug nach London war noch nicht abgefahren, er hielt noch auf der anderen Seite des Zollschuppens.

Schließlich war Carley bei seinem Gepäck angelangt. Der Beamte, der kurz vorher Jims Koffer geprüft hatte, kam auf ihn zu. Carley war der letzte Passagier, der noch nicht abgefertigt war. Schwer setzte der Trimmer die kleine, mit Bandeisen verschlossene Kiste auf den Tisch.

»Bitte, öffnen Sie.«

»Das geht nicht so schnell.«

»Was haben Sie denn darin? Etwa doch Bomben?«

»Nein, Gesteinsproben.«

Der Beamte warf dem jungen Mann einen fragenden Blick zu.

»Ich muß unter allen Umständen den Anschlußzug nach London noch erreichen.«

»Dann können Sie die Kiste ja hierlassen und Ihre Adresse angeben. Sie geht unter Zollverschluß mit dem nächsten Zug nach London zum Zollamt.«

Die Lokomotive pfiff. Carley warf einen Blick durch die große, offene Tür und sah, daß der Zug sich langsam in Bewegung setzte.

»Schade!« meinte der Gepäckträger mitfühlend.

Carley wußte, daß das Öffnen der Kiste zu große Schwierigkeiten machen würde, und nahm den Vorschlag des Beamten an.

Eine Viertelstunde später saß er enttäuscht in einem Personenzug, der den Umweg über Portsmouth und Guildford machte und auf fast allen Stationen hielt.

2

Carley saß allein in einem Abteil zweiter Klasse und war in trüber, fast verbitterter Stimmung. Nur unter schweren Opfern hatte er diese Reise von Rangun vor Abschluß seines ersten Vertrages möglich gemacht, und nun stellte sich ihm ein Hindernis nach dem anderen entgegen.

Zu allem Unglück war heute auch noch Sonntag! In London konnte man an diesem Tag sowieso nichts erreichen. Hoffentlich wurde ihm wenigstens morgen die Kiste ausgeliefert.

Obwohl die Jahreszeit schon weit vorgeschritten war, herrschten noch nicht die üblichen Nebel, und die englische Landschaft strahlte in hellem Sonnenschein. Carley sah einige Zeit zum Fenster hinaus. Er hatte sich darauf gefreut, saubere Dörfer, stattliche Einzelgehöfte und weite, grüne Rasenflächen mit friedlich weidenden Schafherden zu sehen, aber jetzt fehlten ihm Andacht und Ruhe dazu. Immer wieder grübelte er über die großen Pläne nach, die er ausführen wollte und die so vielversprechend begonnen hatten.

Warum hatte nur Sir Richard Richmond, sein Onkel und einziger Verwandter, nicht auf den letzten dringenden Brief geantwortet?

Das häufige Anhalten des Zuges machte die Fahrt langweilig. Jetzt war es zwei Uhr. Wenn er den Anschluß nicht versäumt hätte, könnte er jetzt längst in der Hauptstadt sein und wahrscheinlich seinen Onkel sprechen. Wohl hatte ihm Mr. Stetson, der Rechtsanwalt Sir Richards, höflich, kühl und geschäftlich auf sein Schreiben erwidert, aber damit waren die wichtigen Entscheidungen, die Carley brauchte, nicht getroffen worden.

Das gleichmäßig rollende Geräusch der Eisenbahnwagen und die taktmäßigen Stöße wirkten schließlich doch beruhigend auf ihn. Er überdachte noch einmal, was er seinem Onkel sagen wollte. Solch eine glückliche Entdeckung machte doch unter vielen tausend Ingenieuren in langen Jahren höchstens einmal einer! Und Sir Richard war zuerst freudig, ja begeistert auf die Pläne eingegangen. Carley verstand nicht, warum der Mann plötzlich eine Weltreise machen mußte, wie Stetson geschrieben hatte.

Birma lag aber auch wirklich zu weit aus der Welt. Wieviele Wochen vergingen, bevor ein Brief nach England gelangte und beantwortet wurde! Trotz der schnellen Postflugzeuge dauerte es noch immer empfindlich lange, bis man sich einmal mit London verständigen konnte.

Aber jetzt würde er ja Sir Richard sehen, und es wurde hoffentlich noch alles gut. Immerhin war es höchste Zeit, daß die Kautionssumme gezahlt wurde, sonst verfielen alle Rechte.

Als plötzlich die Tür des Abteils geöffnet wurde, fuhr er aus seinen Grübeleien auf und sah eine kleine Hand, die eine leichte Reisetasche hielt. Schnell erhob er sich, um der jungen Dame behilflich zu sein und ihr den Koffer abzunehmen, aber schon hatte sie sich gewandt über die hohen Tritte ins Abteil geschwungen und das Gepäckstück im Netz untergebracht. Dann setzte sie sich ihm gegenüber in die Ecke, und der Schaffner warf die Tür zu. Ein Pfiff, und der Zug fuhr wieder weiter.

Unwillkürlich betrachtete Carley seine Reisegefährtin, und auf den ersten Blick war er von ihrer Erscheinung gefangengenommen. Ihre dunkelbraunen Augen blickten ruhig und sicher, und ihre Persönlichkeit strahlte jugendliche Frische aus. Sie mochte einundzwanzig sein und trug ein einfaches braunsamtenes Kostüm und eine Kappe aus demselben Stoff, unter der braunlockiges Haar hervorschaute.

»In welcher Station waren wir eben?« fragte er, um eine Unterhaltung zu beginnen.

»Das war Guildford«, erwiderte sie liebenswürdig und sah ihn so freundlich an, daß er seine Sorgen ganz vergaß.

Jim Carley war ein gewandter Gesellschafter, aber im Augenblick fiel es ihm schwer, das Gespräch fortzuführen. Er schaute aus dem Fenster und schien wieder in Nachdenken zu versinken.

Interessiert betrachtete sie sein kühngeschnittenes, sonnengebräuntes Gesicht, dem tiefblaue Augen und schwarzes Haar einen eigenartigen Reiz gaben. Aber ein bitterer Zug um den Mund sprach von Enttäuschungen.

»Sie kommen wohl von einer weiten Reise?« fragte sie.

Er schaute sie erstaunt an, aber dann wurde ihm plötzlich klar, daß sie die Aufklebezettel des Dampfers auf seinem Gepäck gelesen haben mußte.

Nun kamen sie bald in eine lebhafte Unterhaltung. Er erzählte ihr von Land und Leuten in Birma, von den goldenen, märchenhaften Tempelbauten in Rangun und den stimmungsvollen religiösen Feiern.

Begeistert und aufmerksam hörte sie zu. Er schilderte so anschaulich, daß sie die ehernen, bronzenen Tempelglocken und den wunderbaren Wohllaut der Gebete buddhistischer Priester zu hören glaubte.

Wie im Flug verging die Zeit.

Wieder hielt der Zug.

»Wimbledon!« rief der Schaffner.

»Noch ein paar Stationen, dann sind wir in London«, sagte Carley fast traurig.

»Ja, es ist schade, daß die Fahrt schon zu Ende geht«, erwiderte sie mit einem leisen Seufzer. »Sie erzählen so schön, daß ich Ihnen noch stundenlang zuhören könnte. Wie gern würde ich all diese Herrlichkeiten auch einmal persönlich sehen!«

»Solch ein Besuch ist doch bei unseren modernen Verkehrsmitteln nicht mehr unmöglich.«

Plötzlich hatte er den Wunsch, ihr alle Wunder und Schönheiten des Landes zu zeigen. Sie hatte ihm so dankbar zugehört, und er hatte sich in ihrer Gegenwart zufrieden und glücklich gefühlt. Gern wäre er näher mit ihr bekanntgeworden, um sie wiedersehen zu können.

»Ich heiße Jim Carley – würden Sie mir auch Ihren Namen sagen?«

»Evelyn Rolands«, entgegnete sie offen.

Durfte er sie wohl um ein Wiedersehen am Abend bitten und sie zum Essen einladen? Aber durch einen solchen Vorschlag mochte das gute Einvernehmen zwischen ihnen getrübt werden, und so schwieg er.

Sie erzählte ihm, daß sie zum Wochenende ihre Mutter in Guildford besucht hatte.

»Sie selbst wohnen aber in London?«

»Ja. Seit einiger Zeit.«

Der Zug hielt in Vauxhall. Noch zwei Minuten, dann kamen sie auf dem Waterloo-Bahnhof an.

»Darf ich Sie um einen großen Gefallen bitten?« fragte Carley und schob entschlossen alle Bedenken beiseite.

»Ja, ich erfülle Ihnen gern einen Wunsch, wenn es mir möglich ist«, entgegnete sie und sah ihn fragend an.

»Würden Sie heute noch ein paar Stunden mit mir verbringen? Es tut so wohl, wenn man nach einem langen Aufenthalt in den Tropen nach England zurückkommt und gleich einen Menschen findet, mit dem man sich gut versteht.«

Es war, als ob ein Schatten über ihr Gesicht fiele.

»Das geht leider nicht – ich bin schon verabredet.«

Diese Worte ernüchterten ihn. Wie konnte er auch annehmen, daß ein so schönes junges Mädchen noch frei war? Trotzdem wollte er die Verbindung mit ihr nicht verlieren.

»Ich weiß noch nicht, wo ich wohnen werde. Wenn Sie heute keine Zeit haben, könnten wir uns vielleicht an einem der nächsten Tage treffen? Bitte, schreiben Sie mir postlagernd nach King's Cross.«

»Vielleicht.«

Der Zug fuhr in den Bahnhof ein. Carley nahm ihre Handtasche aus dem Gepäcknetz und half ihr beim Anziehen ihrer Kostümjacke. Sie dankte ihm freundlich und sagte noch etwas, aber bei dem Geräusch, das der haltende Zug machte, verstand Carley nicht, ob es ein Lebewohl oder »Auf Wiedersehen« war. Schnell hob er auch seine eigenen Koffer herunter und winkte einem Träger, der zufällig vor dem Abteil stand.

Als sie die Tür öffnete, reichte er ihr die Hand zum Abschied, aber sie sah es nicht und nickte nur noch einmal, dann stieg sie aus.

Diesmal hatte er mehr Glück als bei der Ankunft des Dampfers. In wenigen Sekunden war er auf dem Weg zur Sperre, und deutlich konnte er Miß Rolands etwa zwanzig Meter vor sich in der Menge sehen. Plötzlich faßte er einen Entschluß, nahm dem Träger einen Koffer ab und trieb ihn zur Eile an, so daß er aufholte und näher an sie herankam.

»Ich möchte das Gepäck auf dem Bahnhof lassen. Wo ist die Aufbewahrung?«

Trotz aller Eile wurde er aufgehalten, da noch mehrere Leute vor ihm am Schalter standen. Endlich hatte er den Träger bezahlt und ging mit großen Schritten vor den Bahnhof. Aber so aufmerksam er sich auch umschaute, er konnte Evelyn Rolands nicht mehr sehen.

3

Carley überlegte. Der Waterloo-Bahnhof lag am rechten Themseufer, und wahrscheinlich würde sie am anderen Ufer wohnen, mußte also über die Waterloo-Brücke gehen. Ob sie wohl eine Taxe genommen hatte, um nach Hause zu kommen?

Er glaubte es nicht, wenn er auch keinen Grund dafür angeben konnte. Zu Fuß war er selbst auch freier und hatte einen besseren Überblick über die Straße, während er in einem Wagen nur behindert war.

Geschickt bahnte er sich einen Weg durch den starken Verkehr und war bald auf der Brücke selbst. Wie oft hatte er sich abends in den Tropen ausgemalt, wie es wäre, wenn er zum erstenmal die Themse wiedersehen würde, aber nun dachte er kaum noch daran. Im Augenblick hatte er nur ein Ziel: Er wollte feststellen, wo Miß Rolands wohnte.

Und schließlich wurde er belohnt. Nach einiger Zeit, als er das andere Ufer fast erreicht hatte, sah er ihre braune Samtkappe in nicht allzu weiter Entfernung vor sich.

Nun mußte er sich vorsehen, damit sie ihn nicht bemerkte. Unter keinen Umständen durfte sie erfahren, daß er ihr nachging.

An der Ecke des Strands wollte sie nach links abbiegen, mußte aber warten, bis der Verkehr in dieser Richtung freigegeben wurde.

Carley hielt sich im Hintergrund und folgte ihr dann wieder. Unter den vielen Fußgängern fand er genügend Deckung. Einige Sekunden hatte er sie aus den Augen gelassen, da er annahm, daß sie zu der nächsten Autobushaltestelle gehen würde. Aber als er wieder nach ihr Umschau hielt, wurde er von Schrecken gepackt.

Ein großer, roter Autobus der Linie 44 hätte beinahe eine Frau überfahren, die sich entgegen allen Verkehrsvorschriften auf den Fahrdamm gewagt hatte, um auf die andere Seite der Straße zu kommen. Es blieb dem Chauffeur nichts übrig, als nach rechts auszubiegen. Dabei geriet er aber an ein Auto, das am Straßenrand parkte. Durch den Anprall wurde es auf den Gehsteig gedrückt.

Mit einem großen Satz sprang Jim Carley vor, packte Evelyn Rolands und riß sie gerade noch im letzten Augenblick zur Seite. Ihr Kleid wurde vom Kotflügel gestreift, zerrissen und beschmutzt.

Einige Frauen schrien auf, ein Mann schien, verletzt zu sein – er lag stöhnend am Boden. Es gab einen allgemeinen Auflauf.

Schnell zog Carley Miß Rolands in den nächsten Hauseingang.

»Sind Sie verletzt?« fragte er ängstlich.

Ihre Lippen zitterten, und sie brachte kein Wort hervor. Bleich und verstört schaute sie ihn an.

»Haben Sie etwas gebrochen?«

Sie machte einen Schritt zur Seite und fühlte an den Kopf.

Inzwischen waren Polizisten herbeigeeilt, um die Verkehrsstockung möglichst schnell zu beseitigen.

»Können Sie gehen, ohne daß es schmerzt?«

Carley wollte verhüten, daß ihr Name als Zeugin notiert wurde. Das hätte nur eine unliebsame Verzögerung zur Folge gehabt. Er faßte sie unter den Arm und führte sie die Straße entlang.

»Am besten bringe ich Sie in einer Taxe nach Hause, damit Sie sich von dem Schrecken erholen können.«

Sie war noch so benommen, daß sie nicht widersprach.

Schnell winkte er einem vorbeifahrenden freien Wagen und half ihr beim Einsteigen.

»Wohin darf ich Sie bringen?«

»Zum Ardmay-Hotel, Woburn Place beim Russell Square.«

Er rief dem Chauffeur die Adresse zu, dann zog er sein Taschentuch heraus.

»Gestatten Sie, daß ich Ihnen ein wenig behilflich bin?« fragte er und versuchte, den Schmutz von ihrem Kleid zu reiben.

Sie sah ihn erstaunt an. Jetzt erst schien ihr klarzuwerden, daß es Carley war, der sie gerettet hatte.

»Das war ein unerwartetes Wiedersehen«, sagte sie, nachdem sie sich etwas gefaßt hatte.

Er erwiderte nichts, denn er wollte sie in dem Glauben lassen.

»Wie gut und umsichtig von Ihnen, daß Sie mich wegrissen und in Sicherheit brachten.« Sie warf ihm einen dankbaren Blick zu und legte eine Hand auf seinen Arm.

Er wollte nichts davon hören.

»Ich bin Ihnen aber wirklich sehr dankbar.«

Die Entfremdung, die er bei dem Abschied im Zug gefühlt hatte, war verschwunden, und wieder herrschte das beste Einvernehmen zwischen ihnen.

»Wir werden gleich am Ziel sein«, sagte sie. »Sehen Sie, da sind schon die Anlagen von Russell Square, und gleich rechts liegt der Eingang zum Hotel. Ich wohne dort.«

Kurz darauf hielt das Auto. Der Portier eilte auf die Straße und öffnete den Wagenschlag. Evelyn stieg zuerst aus, während Carley den Chauffeur bezahlte und ihm ein gutes Trinkgeld in die Hand drückte.

»Darf ich Sie zu einer Tasse Tee einladen?« wandte sie sich an ihn. »Warten Sie bitte unten im Gesellschaftssalon, ich ziehe mich nur schnell um.«

»Gern«, erwiderte er erfreut.

Sie eilte die Treppe hinauf. Ein Page nahm ihm Hut und Mantel ab und zeigte ihm dann den Weg in die Gesellschaftsräume.

Im Hintergrund wurde in einem Zimmer Tischtennis gespielt, Bridgepartien waren im Gang, und vor den beiden großen Kaminen saßen Gruppen von Gästen, die lebhaft miteinander plauderten.

Carley ließ sich an einem Tisch der Tür gegenüber nieder und wartete. Hoffentlich hatte sie sich nicht verletzt. Er wollte sie noch einmal fragen, wenn sie zurückkam.

Ob sie wohl nur zu einem kurzen Aufenthalt in London war? Vielleicht studierte sie an der Universität oder an einer Kunstschule?

Er winkte einem der Hotelangestellten, der gerade vorüberging, und ließ sich eine Zeitung geben.

»Nun, wie gefällt es Ihnen hier?« sagte plötzlich Miß Rolands neben ihm und setzte sich.

Gleich darauf servierte ein Kellner den Tee.

»Haben Sie inzwischen schon ein Hotel gewählt?« fragte sie, nachdem sie ihm eine Tasse eingeschenkt hatte.

»Nein, noch nicht.« Er wurde verlegen, denn sie sollte doch nicht erfahren, daß er ihr nachgegangen war. »Das hat Zeit bis später. Ich wollte erst einmal die Themse und den Strand wiedersehen. Deshalb habe ich mein Gepäck zunächst auf dem Bahnhof gelassen.«

»Dann haben Sie also vor Ihrem Aufenthalt in Birma auch in London gewohnt?« meinte sie und schaute ihn fragend an.

Er nickte.

»Wie geht es Ihnen denn nun nach dem Unfall? Haben Sie irgendwelche Schmerzen?«

»Es ist nicht schlimm – nur ein paar Abschürfungen am rechten Bein. Wenn ich mich zusammennehme, merkt man es mir hoffentlich beim Gehen nicht an. Aber ich habe mich sehr gestoßen und werde morgen wohl blaue und grüne Flecke haben.«

»Wir sind nun schon fast alte Bekannte. Wie wäre es – wollen wir nicht noch den Rest des Nachmittags zusammen verbringen?«

Fast tat es ihm leid, daß er die Frage gestellt hatte, denn sofort schien Evelyns heitere Stimmung verflogen zu sein.

»Das ist leider nicht möglich. Ich sagte Ihnen doch schon, daß ich bereits verabredet bin. Ich habe auch jetzt nicht viel Zeit. Seien Sie mir bitte deshalb nicht böse. Ich möchte meinem Lebensretter gegenüber wirklich nicht unhöflich sein.« Sie machte eine leichte Verbeugung und lächelte eigentümlich.

Er wurde unsicher. War diese Bemerkung ironisch gemeint?

Evelyn sah, daß er sich durch ihre Antwort getroffen fühlte, und wollte es wieder gutmachen.

»Vielleicht können wir uns später wiedersehen.«

»Ja«, entgegnete er eifrig. »Wann paßt es Ihnen?«

Sie dachte einen Augenblick nach.

»Heute abend um acht.«

»Und wo? Vielleicht am Trafalgar Square, Nelson-Säule?« schlug er vor.

»Ach nein, dort treffen sich zuviele Leute. Lieber an einem ruhigeren Platz.«

»Gut, dann im Eingang zum Untergrundbahnhof, gegenüber der Kirche Mary-le-Strand.«

»Einverstanden. Nun erzählen Sie mir aber bitte noch ein wenig von Ihrer Tätigkeit in Hinterindien.«

Sofort waren sie wieder in reger Unterhaltung, bis Evelyn Rolands plötzlich erschrak, als ihr Blick auf die Uhr über dem Kamin fiel.

»Es ist höchste Zeit, daß ich gehe. Jetzt müssen Sie mich entschuldigen.«

Sie gingen zusammen zur Treppe, und er drückte ihr zum Abschied herzlich die Hand.

Der Page hielt bereits Mantel und Hut bereit, und gleich darauf stand Carley auf der Straße und schlenderte zur nächsten Autobushaltestelle, die dem Hotel gegenüberlag. Nun mußte er sich um sein Gepäck und ein Hotelzimmer kümmern.

Aber die Nummern der Autobuslinien hatten sich während seiner Abwesenheit geändert, und er fragte einen Schaffner, mit welcher Linie er zum Waterloo-Bahnhof kommen könnte.

Als er Antwort erhalten hatte, sah er, daß Evelyn Rolands aus dem Hotel trat. Ob sie auch einen Autobus nehmen wollte? Vorsichtig ging er die Straße weiter hinauf und stellte sich in einen Hauseingang. Wieder näherte sich ein Wagen der Haltestelle. Es war der Autobus, den auch er benützen mußte. Fast die Hälfte der Wartenden stieg ein, unter ihnen auch Evelyn Rolands.

Carley sprang im letzten Augenblick noch auf. Er hatte beobachtet, daß sie nach oben gegangen war, und blieb unten. Sitzplätze waren nicht mehr frei, und er stellte sich unter die Treppe, so daß sie ihn nicht sehen konnte, wenn sie herunterkam. Zufällig bot sich ihm eine günstige Gelegenheit, und er konnte der

Versuchung nicht widerstehen, Miß Rolands wieder zu folgen.

Die Fahrt dauerte fast eine Viertelstunde, und er war gespannt, welches Ziel Evelyn hatte.

An der Ecke der Old Bond Street stieg sie aus. Auch mehrere andere Leute verließen den Wagen, und es gelang ihm, unbemerkt zu folgen.

Die Gegend kannte er gut, denn er hatte früher in dem Haus seines Onkels in der Bruton Street gewohnt.

Miß Rolands ging etwa zwanzig bis dreißig Meter vor ihm die Old Bond Street hinauf. Sie schien es ziemlich eilig zu haben. Mit wem mochte sie nur verabredet sein?

Ungefähr vierhundert Meter ging sie geradeaus, dann aber staunte er, als sie plötzlich in die Bruton Street einbog. In dieser wenig belebten Straße mußte er sich in acht nehmen, wenn er nicht gesehen werden wollte. Rechts lag das Haus seines Onkels, und er traute seinen Augen kaum, als sie davor anhielt und einen Schlüssel aus ihrer Handtasche nahm. Dann ging sie durch einen Seitengang zu einer Nebentür.

Was hatte das zu bedeuten? Er wußte nicht, ob er wachte oder träumte. Als er sie im Zug und nachher im Hotel um ein Wiedersehen gebeten hatte, war sie sonderbar zurückhaltend und ausweichend gewesen. Wußte sie vielleicht, wer er war? Hatte sein Onkel über ihn gesprochen?

Unruhig ging er auf und ab und sah nach der bekannten Fassade hinüber. In der Mitte sprang sie etwas vor, dahinter lag die große Halle, die durch zwei Geschosse ging und die Haupttreppe zum oberen Stock enthielt. Sie war dunkel, das sah er deutlich an der Öffnung über der Haustür und den oberen Fenstern. Aber im rechten Eckraum des Obergeschosses brannte Licht. Die Vorhänge waren vorgezogen, aber die Läden nicht geschlossen.

Plötzlich flammte für kurze Zeit das Licht in der Halle auf.

Jim blieb stehen und sah nach den beiden Fenstern empor. Unwillkürlich faßte er in die Tasche, aber dann besann er sich, daß er den Hausschlüssel zur Seitentür nicht bei sich hatte. Der mußte irgendwo in einem Koffer liegen.

Wieder ging er auf der gegenüberliegenden Straßenseite auf und ab, dann schaute er auf die Uhr. Es war halb sechs.

Eigentlich hatte er gleich nach seiner Ankunft in London seinen Onkel aufsuchen wollen, aber es war anders gekommen. Die Bekanntschaft mit Miß Rolands hatte sein ganzes Interesse in Anspruch genommen. Aber warum sollte er nicht jetzt die Gelegenheit wahrnehmen? Vielleicht hatte es so sein sollen. – Oder würde es bei Evelyn Rolands einen zu sonderbaren Eindruck machen, wenn er jetzt unversehens wieder auftauchte?

Er überlegte noch einige Minuten, schließlich ging er zur Haustür und klingelte.

Es dauerte kurze Zeit, dann wurde es hell in der Halle, und er hörte, daß jemand die Treppe herunterkam. Ein Diener, wahrscheinlich der Butler, öffnete ihm. Carley kannte den Mann nicht, der vermutlich während seiner Abwesenheit eingestellt worden war.

»Ich möchte Sir Richard sprechen«, sagte er, nahm eine Karte aus seiner Brieftasche und reichte sie ihm.

»Es tut mir sehr leid – er ist nicht zu Hause.«

»Kommt er bald zurück? Kann ich vielleicht auf ihn warten?«

Der Butler betrachtete ihn sonderbar.

»Das hat wohl keinen Zweck. Sir Richard kommt wahrscheinlich erst spät zurück.«

Carley hatte den Eindruck, daß der Mann ihm nicht die Wahrheit sagte. Aber welchen Grund mochte der nur dazu haben?

»Ich bin sein Neffe.«

Es tat ihm aber sofort leid, daß er diese Bemerkung gemacht hatte.

Der Mann zuckte die Schultern.

»Das ändert auch nichts an der Tatsache, daß Sir Richard vorläufig nicht zurückkommt. Es tut mir leid, Mr. Carley.« Damit schloß er die Haustür wieder.

Jim war über diese Abweisung verärgert, aber schließlich sollte er ja Evelyn Rolands um acht Uhr wiedersehen. Vielleicht erklärte sie ihm, warum sie in das Haus seines Onkels gegangen war.

Inzwischen konnte er die Zeit ausnützen, ein Zimmer in einem Hotel nehmen und sein Gepäck dorthin bringen. Der Gedanke lenkte ihn ab. Bald saß Carley in einem Autobus, der nach Osten fuhr, und später stieg er in einen anderen Wagen um, der ihn zum Bahnhof brachte.

Eigentlich hatte er damit gerechnet, daß er wieder bei seinem Onkel wohnen könnte. Er läutete im Arundel-Hotel an, das am Themse-Ufer lag, und nachdem er erfahren hatte, daß noch Zimmer frei waren, fuhr er mit seinem Gepäck dorthin.

4

Evelyn Rolands stieg an der Ecke der Old Bond Street aus. Sie wurde um fünf Uhr erwartet, und jetzt war es schon halb sechs. Mit schnellen Schritten ging sie die Straße entlang.

Sie wollte zusehen, daß sie mit ihrer Arbeit möglichst bald fertig wurde, um zur rechten Zeit am Eingang der Untergrundbahn sein zu können.

Seit einigen Wochen hatte sie durch die Vermittlung des Rechtsanwalts Stetson, ihres früheren Vormundes, eine gutbezahlte Stellung als Sekretärin erhalten. Vor Jahren hatte ihre Familie in guten Verhältnissen gelebt, aber durch den Tod ihres Vaters war Evelyn gezwungen worden, selbst Geld zu verdienen. Die große Wohnung in London wurde aufgegeben, und nun lebte die Mutter in zwei Zimmern in Guildford, weil es dort viel billiger war. Evelyn hatte auch in der Provinz als Stenotypistin gearbeitet, aber die Bezahlung war so gering, daß sie sehr sparsam und zurückgezogen mit ihrer Mutter leben mußte. Das hatte sich nun seit den letzten drei Wochen geändert. Anwalt Stetson hatte ihr eine Vertrauensstellung in London beschafft, wo sie sofort doppelt soviel verdiente wie in Guildford. Die Trennung von der Mutter war ihr zwar in den ersten Tagen schwergefallen, aber nun hatte sie sich schon daran gewöhnt, auf eigenen Füßen zu stehen.

Schnell betrat sie das Haus in der Bruton Street durch die Seitentür. Ob Sir Richard sie schon lange erwartete?

In der Garderobe legte sie Jacke und Hut ab, dann ging sie durch die Schwingtür in die große Halle.

Der Butler Miller kam gerade die Treppe herunter und begrüßte sie zuvorkommend. Er hielt sogar die Tür zur Bibliothek für sie auf, die an der entgegengesetzten Seite der Halle lag. Mit einem Kopfnicken ging sie an ihm vorbei.

»Sir Richard läßt Ihnen sagen, daß Sie die Schriftstücke, die auf dem kleinen Tisch neben der Maschine liegen, abschreiben möchten. Es sind wichtige Dokumente«, erklärte er.

Evelyn hatte ihren Arbeitsplatz bereits erreicht und bemerkte einen Zettel, der auf den Papieren lag.

»Liebe Miß Rolands«, las sie, »wie ich Ihnen schon telegraphierte, ist die Arbeit sehr wichtig. Bitte sehen Sie zu, daß Sie heute noch möglichst weit damit kommen. Morgen mittag soll sie mit einem Begleitschreiben abgesandt werden. Später werde ich selbst auf kurze Zeit in die Bibliothek kommen und noch einige dringende Briefe diktieren. R.«

Der Butler hatte also gar nicht den Auftrag gehabt, ihr etwas mitzuteilen, aber sie wußte ja, daß er sich wichtig vorkam und immer so tat, als ob er das Vertrauen Sir Richards besäße.

Sie spannte ein Blatt ein und hatte gerade zwei Zeilen geschrieben, als Miller wieder ins Zimmer trat.

Er sah hübsch aus und war für seine Stellung eigentlich noch etwas jung. Das fiel besonders auf, wenn er sich bemühte, eine würdevolle Haltung einzunehmen. Er unterhielt sich gern wohlwollend mit der Sekretärin.

Beide waren noch nicht lange im Haus, denn Sir Richard war erst vor einigen Wochen von einer Weltreise zurückgekehrt.

»Sie haben Ihr Taschentuch in der Garderobe fallen lassen«, sagte er und reichte es ihr.

Sie dankte ihm und hoffte, daß er wieder gehen würde, aber er blieb noch und strich die Decke über dem runden Tisch glatt.

»Ich finde es eigentlich nicht richtig, daß Sir Richard Sie auch am Sonntag zum Arbeiten kommen läßt. Haben Sie nicht auch den Eindruck, Miß Rolands, daß er überhaupt manchmal etwas eigentümlich ist?«

Sie hatte sich vorgenommen, möglichst intensiv zu arbeiten, und nun wurde sie gegen ihren Willen aufgehalten. Sie warf Miller einen ungeduldigen Blick zu.

»Ich hatte bis jetzt noch keine Zeit und Gelegenheit, das festzustellen«, erwiderte sie kurz.

»Aber ich könnte Ihnen Dinge erzählen –«

Sie sah entrüstet auf. Ihrer Meinung nach war es unrecht, in solcher Weise über Sir Richard zu sprechen.

»Mr. Miller, ich glaube, es ist besser, wenn wir uns nicht über derartige Dinge unterhalten. Außerdem habe ich viel zu tun. Sir Richard erwartet, daß ich heute noch einen großen Teil dieser Akten abschreibe.«

»Nichts für ungut – ich meinte nur – denken Sie, Sir Richard hat bis jetzt keine Nacht hier im Hause geschlafen.«

Nun wurde es Evelyn zuviel.

»Es ist sehr freundlich von Ihnen, wenn Sie sich mit mir unterhalten wollen, aber ich habe jetzt wirklich keine Zeit für Sie.«

Er wollte nicht aufdringlich werden, aber er hätte sich doch zu gern ein paar Minuten mit der hübschen Miß Rolands unterhalten. Bedauernd zuckte er die Schultern, es blieb ihm nichts anderes übrig, als sie allein zu lassen.

Evelyn seufzte, als er die Tür schloß. Dann nahm sie die Schriftstücke auf und sah sie durch. Es waren im ganzen fast dreißig engbeschriebene Seiten. Das war allerdings ziemlich viel, wenn sie bis morgen mittag damit fertig sein und außerdem noch Briefe schreiben sollte. Energisch machte sie sich an die Arbeit. Der Inhalt war zunächst nicht fesselnd, aber allmählich erwachte ihr Interesse. Es handelte sich um eine Minenkonzession in Birma!

Je weiter sie schrieb, desto aufmerksamer wurde sie. Es war doch ein merkwürdiger Zufall, daß sie gerade heute nachmittag Jim Carley kennengelernt hatte, der auch in Birma gewesen war. Aber sie sah ihn ja nachher noch und konnte mit ihm darüber sprechen.

Seite um Seite schrieb sie mustergültig und klar ab, ohne zu merken, wie die Zeit verging. Als sie einmal auf die Uhr schaute, war es bereits fünf Minuten über dreiviertel acht.

Sie erschrak. Wenn Sir Richard nicht bald kam, konnte sie ihre Verabredung nicht einhalten.

Aber gleich darauf trat er ins Zimmer.

Im allgemeinen sah sie wenig von ihm. Seine schlanke, jugendliche Gestalt machte einen imponierenden Eindruck, und da er sich stets sehr elegant kleidete, konnte man sein Alter nicht genau feststellen; er mochte Anfang oder auch Ende der Vierziger sein. Das noch vollkommen schwarze Haar trug er nach hinten zurückgekämmt, so daß die etwas eckige Stirn nur noch höher erschien. Seine dunkelbraunen Augen blickten lebhaft, seine Gesichtszüge waren schön, aber etwas zu scharf.

Mit einem verbindlichen Lächeln begrüßte er Evelyn, trat mit leichten Schritten auf sie zu und reichte ihr die Hand.

Sie stand auf.

»Es ist sehr liebenswürdig von Ihnen, daß Sie heute gekommen sind. Sie dürfen versichert sein, daß ich Sie nicht am Sonntag belästigt hätte, wenn es sich nicht um eine so dringende Sache handelte. Sicher sind Sie schon sehr fleißig gewesen. Es ist selbstverständlich, daß ich Sie für diese Mehrarbeit entschädige. Außerdem wollte ich Ihnen schon gestern sagen, daß ich Ihr Gehalt um zwei Pfund wöchentlich erhöhe.«

Sie sah ihn erstaunt an und wollte etwas erwidern, aber er ließ sie nicht zu Wort kommen.

»Und heute abend möchte ich Sie gern zum Essen einladen.«

Evelyn war es peinlich, daß er bei den letzten Worten die Hand auf ihre Schulter legte.

»Entschuldigen Sie, Sir Richard, aber –«

»Sie brauchen sich doch nicht zu entschuldigen.«

»Doch – ich habe nämlich heute abend leider keine Zeit.«

»Nun, wenn ich Sie nicht telegraphisch nach London gerufen hätte, wären Sie doch noch in Guildford? Aber es lohnt doch nicht mehr, jetzt noch einmal zu Ihrer Mutter zurückzufahren? Sie würden erst spät in der Nacht ankommen.«

»Wollten Sie nicht noch wichtige Korrespondenz erledigen?«

»Ach ja, das hatte ich im Augenblick ganz vergessen. Also, schreiben Sie, bitte.«

Er ging im Zimmer auf und ab, während er ihr mehrere kurze Briefe diktierte.

Verstohlen sah sie nach der Uhr. Es war fünf Minuten vor acht. Nun würde sie schon, eine Viertelstunde zu spät kommen.

»Ich werde die Briefe sofort ins Reine schreiben. Haben Sie sonst noch etwas zu diktieren?«

»Nein, heute nicht mehr. Aber ich habe mir überlegt, die Briefe können auch morgen abgehen. Sie brauchen sich also heute nicht mehr damit abzuplagen.«

Sie erhob sich und wollte gehen. Freundlich trat er auf sie zu.

»Nun, wie ist es? Fahren Sie mit mir zum Carlton?«

»Ich habe heute wirklich keine Zeit, Sir Richard.«

»Nun, was hat denn eine so hübsche junge Dame viel zu tun?« Er nahm ihre Hand, die sie ihm zum Abschied hatte geben wollen, ließ sie aber nicht los. »Warum wollen Sie heute abend allein sein? Sie brauchten gar nicht in dieser einfachen Hotelwohnung zu leben, wenn Sie ab und zu mit mir ins Theater gehen und mir Gesellschaft leisten wollten.«

Sie riß die Hand weg und sah ihn empört an.

»Was denken Sie denn von mir –«

»Das habe ich Ihnen schon gesagt – daß Sie eine hübsche junge Dame sind. Warum wollen Sie Ihre Jugend vertrauern? Sie könnten es doch so gut haben, wenn Sie nur wollten. Ihr Gehalt könnte auch noch bedeutend erhöht werden.«

Bei diesen Worten blitzten ihre Augen auf. Zornig hob sie die Hand, aber geschickt fing er den Schlag ab, der ihn sonst ins Gesicht getroffen hätte. Blitzschnell legte er den Arm um ihre Schultern, zog sie an sich und küßte sie.

Evelyn wehrte sich verzweifelt, aber er hatte sie so fest gefaßt, daß sie nichts gegen ihn ausrichten konnte. Wieder und wieder küßte er sie. Erst als er ihre linke Schulter losließ, um ihr Kinn höher zu heben, gelang es ihr, sich loszureißen. Sie eilte hinaus und hätte beinahe den Butler überrannt, der vor der Tür lauschte.

Sie war in wilder Erregung, und ihre Empörung kannte keine Grenzen. Als sie die Schwingtür erreicht hatte, die zu dem hinteren Flur und Treppenhaus führte, warf sie schnell einen Blick zurück und sah, daß Sir Richard dem Butler einen Auftrag gab und ihn fortschickte. Sie riß Jacke und Hut vom Kleiderhaken, stieg die wenigen Stufen hinunter und atmete erleichtert auf, als sie im Freien stand. Es war nicht zu befürchten, daß Sir Richard ihr so weit folgen würde, aber trotzdem lief sie, so schnell sie konnte, auf die Straße.

Sie atmete schwer. Was sollte nun werden? Die gute Stellung war verloren, und ihren früheren Posten in Guildford hatte sie aufgegeben. Aber verdienen mußte sie, schon um ihrer Mutter willen. Bei dem schlechten Geschäftsgang war es nicht leicht, Arbeit zu bekommen. Es gab Tausende und Abertausende von Stenotypistinnen in London, die nichts zu tun hatten. Aber anders hätte sie nicht handeln können. Es tat ihr nur leid, daß ihn die Ohrfeige nicht getroffen hatte.

Plötzlich dachte sie wieder an ihre Verabredung mit Jim Carley, aber dazu war es nun zu spät geworden. Der Tag hatte so schön begonnen, und nun endete er so häßlich.

5

Im Arundel-Hotel nahm Carley ein Zimmer, das nach dem Themseufer zu lag und einen schönen Ausblick auf den Fluß hatte.

Nachdem der Zimmerkellner gegangen war, sah Jim auf die Uhr. Er hatte noch reichlich Zeit bis zur Verabredung mit Miß Rolands, außerdem lag das Hotel in der Nähe des Treffpunktes. Wenn er die Arundel Street zum Strand hinaufging, war er dicht bei der Untergrundbahnstation.

Er schnallte seine Koffer auf und brachte seine Sachen in Kommoden und Schränken unter. Dann wusch und rasierte er sich, und schließlich machte er sich auf den Weg.

Aber er hatte immer noch eine halbe Stunde Zeit und ließ sich von dem Menschenstrom treiben. Hin und wieder trat er an ein Schaufenster, das ihn interessierte, denn nach so langer Abwesenheit hatte alles ein neues Gesicht für ihn.

Als die Kirchenuhr von St. Mary-le-Strand endlich langsam und feierlich die achte Stunde schlug, stand er etwas abseits vom Eingang zum Untergrundbahnhof.

In freudiger Erwartung sah er nach Westen, denn er glaubte, daß Evelyn von dort kommen würde. Noch einmal rief er sich die Unterhaltung mit ihr ins Gedächtnis zurück. Eigentlich hatten sie sich nichts Wichtiges erzählt. Wohl hatte er erfahren, daß ihre Mutter in Guildford wohnte, aber er wußte noch nicht, ob sie selbst einen Beruf ausübte, oder ob sie sich erst darauf vorbereitete. Warum hatte sie ihm nicht gesagt, was für eine Verabredung sie hatte? Und in welcher Beziehung mochte sie zu seinem Onkel stehen? Nun, er würde es ja bald erfahren.

Er ging auf die andere Seite hinüber, dann schaute er wieder auf die Uhr, aber es waren inzwischen nur zwei Minuten vergangen. Dann machte er einige Schritte bis zur nächsten Straßenecke, kehrte aber sofort wieder um, da er fürchtete, sie könnten sich auf diese Weise verfehlen.

Um halb neun wartete er immer noch, aber seine Unruhe war gestiegen. Ob der Unfall doch schwerer gewesen war, als es ursprünglich den Anschein hatte? Tausend Möglichkeiten malte er sich aus. Auf der Straße fuhren vor ihm in ununterbrochener Folge die leuchtendrot gestrichenen, mächtigen Autobusse, die Taxen und Privatwagen vorüber.

Warum kam sie nicht? Das Gefühl freudiger Erwartung schlug allmählich in düstere Stimmung um. Er redete sich ein, daß sie nur so bereitwillig zugesagt hatte, ihn zu treffen, weil sie ihn auf bequeme Art loswerden wollte. Aber sie hatte ihn doch so offen, und aufrichtig angesehen, und sicher würde sie ihr Versprechen halten.

Als er wieder an der Straßenecke umdrehte, um zurückzugehen, sah er eine Dame auf sich zukommen. Schon wollte er erfreut grüßen, als er erkannte, daß er sich geirrt hatte. Enttäuscht ging er weiter, aber gleich darauf klopfte ihm jemand auf die Schulter.

»Hallo, Jim – bist du es wirklich?«

Carley drehte sich erstaunt um und sah Edward Belling, seinen alten Schulkameraden und Studienfreund, vor sich.

»Eddie! Das ist aber großartig, daß wir uns wiedersehen! Ich bin gerade heute nach England zurückgekommen.«

»Ja, ich habe gehört, daß du seit Jahren in Birma steckst. Braun genug siehst du auch aus. Hast du drüben schon ein großes Vermögen zusammengescharrt? Oder hast du die herrlichen Rubinaugen des großen Buddha von Rangun mitgebracht?«

»Erlebt habe ich allerhand – aber erzähle du erst einmal, wie es dir geht.«

»Danke, ich bin ganz zufrieden. Aber du rätst wohl kaum, welchen Beruf ich ergriffen habe.«

»Laß mich nicht so lange warten und sage es schon.«

»Ich bin Polizeibeamter, das ist heutzutage nicht das Schlechteste. Seit einiger Zeit hat man mich nach Scotland Yard versetzt, und dort arbeite ich in der Kriminalabteilung als Detektivsergeant. Da staunst du, was?«

Belling war größer und kräftiger als Carley und ein Jahr jünger als sein Freund. Er sah gesund und frisch aus mit seinen braunen Haaren und dunklen Augen, die lustig und vergnügt dreinschauten. Seine männlichen Züge verrieten Intelligenz und Energie.

»Du bist noch ganz der Alte, und du hast dir sicher einen sehr interessanten Beruf ausgesucht. Aber entschuldige, ich muß mich einmal umsehen, ich erwarte jemand.«

»Was, gleich am ersten Abend? Nun, bis sie kommt, kann ich ja noch bei dir bleiben. Inzwischen mußt du mir erzählen, wie es dir ergangen ist.«

Jim war zuerst abgelenkt worden, aber jetzt führte er Belling langsam zum Eingang der Untergrundbahn zurück und musterte wieder eifrig alle Leute, die im Lichtschein der hellen Bogenlampen auftauchten.

»Als wir uns zuletzt sahen, sattelte ich doch im Studium um und wurde Ingenieur, weil ich damit einen Wunsch meines Onkels erfüllte. Er gab mir nach dem Tod meines Vaters die Mittel zu meiner weiteren Ausbildung.«

»Ja, ich weiß es noch. Und dann haben wir uns aus den Augen verloren. Was hast du denn die ganze Zeit über getrieben?«

»Als ich mein Diplom als Ingenieur erhalten hatte, wohnte ich einige Zeit bei meinem Onkel. Wir hatten uns vorher ganz gut verstanden, aber als wir nun so nah zusammenlebten, kam es manchmal zu Meinungsverschiedenheiten. Es war sein Wunsch, daß ich schnell Karriere machen sollte, und ich war froh, als er mir schließlich eine Stellung bei der Eisenbahnverwaltung in Rangun beschaffte.«

»Du bist also jetzt auf Urlaub hier?«

»Ja. Eigentlich hatte ich einen fünfjährigen Vertrag und hätte noch sechs Monate länger drüben bleiben müssen, aber gewisse Umstände haben die vorzeitige Reise notwendig gemacht.«

Belling merkte, daß Carley unruhig wurde.

»Sag mal, alter Junge, auf wen wartest du eigentlich? Ist sie sehr hübsch? Wann wollte sie denn kommen?«

»Um acht«, erwiderte Jim kurz.

»Dann sieht es aber wirklich so aus, als ob sie irgendwie verhindert ist«, meinte Belling lächelnd. »Es ist fünf Minuten vor neun, und in London wartet man eine halbe, höchstens eine Dreiviertelstunde bei solchen Gelegenheiten aufeinander.«

»Sie kommt bestimmt. Sie wird nur aufgehalten worden sein.«

Belling grinste, als es gleich darauf neun schlug.

»Nun hast du deinen Pflichten aber in jeder Weise genügt. Hast du denn schon zu Abend gegessen? Wahrscheinlich nicht.«

Carley sah ein, daß sein Freund recht hatte. Längeres Warten hatte keinen Zweck mehr.

Beide fuhren nach Soho und speisten dort in einem guten italienischen Restaurant. Sie hatten eine gemütliche Ecke für sich, und während des Essens erzählte Jim, wie er Evelyn Rolands kennengelernt und was er seit seiner Rückkehr erlebt hatte.

»Du bist also Eisenbahningenieur. Du sagtest aber vorhin, du wärst wegen besonderer Umstände hergekommen. Willst du bald wieder zurückkehren?«

»Das hängt ganz davon ab.«

»Tu doch nicht so geheimnisvoll.«

»Zuerst habe ich natürlich in Rangun bei der Direktion gesessen und die Sprache gelernt, später hat man mich ins Land hinausgeschickt. Schließlich erhielt ich die besondere Aufgabe, die Strecke von Mulmein zur siamesischen Grenze abzustecken, und mußte bis zum Salven-Fluß vorstoßen. Dort habe ich große Erzlager entdeckt in Gegenden, die nur von Karenstämmen bewohnt sind. Es scheint sich bisher noch niemand um die dortigen Bodenschätze gekümmert zu haben. Ich habe so reichhaltige Lager gefunden, wie ich es mir nie hätte träumen lassen. Magneteisen tritt in reiner Form zutage. Es ist ein unglaublich reiches Vorkommen in langgestreckten Hügelketten.«

»Dann bist du ja mit einem Schlag ein reicher Mann geworden.«

»Nein, so einfach ist das nicht. Mein Onkel hat als Hüttenchemiker das größte Interesse an der Sache. Er hat sein Vermögen durch Entdeckung moderner Schmelzprozesse gewonnen und ist auf diesem Gebiet einer der ersten Fachleute.«

»Ja, ich weiß es. Bei der Polizei und den Gerichtsbehörden ist Sir Richard als Sachverständiger gut bekannt. Du hast ihn also heute, wie du sagtest, nicht getroffen, aber du kannst ja morgen zu ihm gehen.

Jedenfalls hast du soviel Erfolg gehabt, daß für dein weiteres Leben gesorgt ist.«

»Nein, du irrst. Es sind noch große Schwierigkeiten zu überwinden, denn solche Konzessionen werden von der Regierung nicht ohne weiteres vergeben. Und du hast keine Ahnung, welche Spionage bei derartigen Dingen getrieben wird. Selten erntet der Entdecker die Früchte seiner Arbeit. Gewöhnlich wird er von anderen darum betrogen. Du glaubst nicht, wie schlecht die Menschen sind.«

»Nun, das erfahre ich in Scotland Yard zur Genüge. Aber darüber wollen wir heute abend nicht sprechen und lieber unser Wiedersehen feiern.«

Belling bemerkte natürlich, daß Carley sich Sorgen machte, und versuchte, ihn zu zerstreuen.

Schließlich gingen sie noch in einen Nachtklub, aber es gelang Belling nicht, den Freund aufzuheitern, und gegen elf brachen sie wieder auf.

Als sie sich erhoben, sah Carley eine Dame von blendender Schönheit, die an der Seite eines älteren Herrn den Saal betrat. Unwillkürlich packte er Belling am Arm, und dieser sah sich erstaunt nach ihm um.

»Was gibt es denn?«

»Siehst du die beiden, die eben hereingekommen sind? Das ist Sir Richard Richmond – du kennst ihn doch auch! Aber wer ist denn diese Dame?«

6

Nach einer unruhigen Nacht erwachte Jim am nächsten Morgen schon vor sieben. Böse Träume hatten ihn gequält, und seine Stimmung war dadurch nicht besser geworden. Vor acht war er schon fertig, aber um diese Zeit konnte er unmöglich jemand anrufen. Er ging ins Frühstückszimmer und sah die Zeitungen durch. Nachher wollte er im Ardmay-Hotel anrufen und sich nach Evelyn erkundigen.

Um halb neun stand er auf, ging zum Telephon und ließ sich mit dem Haus von Sir Richard in der Bruton Street verbinden.

»Ist mein Onkel zu sprechen?« fragte er, nachdem er seinen Namen genannt hatte.

»Sir Richard ist nicht zu Hause.«

Beinahe hätte Carley geflucht. Wie durfte der Mann ihn so belügen? Sir Richard konnte doch noch nicht ausgegangen sein – dazu war es viel zu früh! Was bedeutete dieses sonderbare Verhalten – wollte sein Onkel ihn nicht sprechen? Das war doch unglaublich!

»Haben Sie ihm mitgeteilt, daß ich gestern dort war, und ihm meine Karte gegeben?«

»Ja, aber er hat nichts Besonderes dazu gesagt.«

»Wann glauben Sie denn, daß er heute vormittag zu sprechen ist?«

»Das kann ich leider nicht sagen.«

»Gut, ich rufe später wieder an.«

Carley war davon überzeugt, daß der Butler die Unwahrheit gesagt hatte, aber er konnte es nicht beweisen. Es blieb ihm nichts anderes übrig, als zu warten.

Er ging ins Rauchzimmer und sah dem lebhaften Verkehr auf der Themse zu. Das Verhalten Sir Richards war ihm unerklärlich. Er hatte ihm dringend geschrieben, wie wichtig es war, die Konzession durchzubringen. Diesen Brief mußte sein Onkel doch längst erhalten haben! Wie konnte er noch zögern!

Carley hatte geglaubt, daß er von Sir Richard ungeduldig erwartet würde, aber dessen Benehmen war während der letzten Zeit mehr als sonderbar gewesen. Er dachte wieder an die Begegnung vom vergangenen Abend. Wenn er nur doch seinen Onkel begrüßt hätte, statt auf Belling zu hören, der ihn davon zurückgehalten hatte!

Gewiß, Sir Richard war wohlhabend, aber wenn es sich um eine so fabelhafte Sache handelte, konnte er doch nicht gleichgültig bleiben, nachdem er schriftlich jede finanzielle Hilfe zugesagt und selbst Auftrag gegeben hatte, die Konzession einzureichen.

Um halb zehn nahm Carley eine Taxe und fuhr zur Bruton Street.

Er fluchte leise, als er vom Butler wieder den gleichen Bescheid erhielt wie eine Stunde vorher.

Nun beschloß er, Mr. Stetson, den Rechtsanwalt Sir Richards, anzurufen und mit ihm eine Unterredung zu vereinbaren. Stetson war ein kühler, kluger Geschäftsmann, der ihm sicher einen guten Rat geben würde, und auch Sir Richard hörte auf den Mann!

»Mr. Stetson ist noch nicht im Büro«, antwortete ein Angestellter. »Aber um halb elf will er hier sein.«

»Gut, dann komme ich zu der Zeit hin.«

Mit einer gewissen Befriedigung hängte Carley den Hörer an. Dann ließ er sich mit dem Ardmay-Hotel verbinden, erfuhr aber, daß Miß Rolands schon vor einiger Zeit fortgegangen war.

Pünktlich um halb elf meldete er sich im Büro des Anwalts.

»Mr. Stetson ist hier, aber er hat schon eine Besprechung. Bitte, warten Sie im Vorzimmer.«

Er trat in den Raum und steckte sich eine Zigarette an. Nach einer Weile wurde er aufmerksam, als er im Nebenzimmer eine bekannte Stimme hörte.

»Nein, das ist unmöglich, ich kann nicht wieder in sein Haus gehen«, sagte Evelyn Rolands leidenschaftlich.

Der Anwalt schien sie zu beruhigen, aber Carley konnte nicht verstehen, was Stetson sagte. Nach einiger Zeit öffnete sich die Tür vom Büro des Rechtsanwalts zum Flur. Eilig sprang Jim auf und ging ebenfalls hinaus. Er hatte sich nicht getäuscht. Evelyn stand vor ihm, und er sah, daß sie geweint hatte. Sie war ebenso betroffen wie er, aber dann kam sie auf ihn zu und reichte ihm die Hand.

»Guten Morgen, Mr. Carley. Das Schicksal führt uns anscheinend immer wieder zusammen. Gestern abend wurde ich leider so lange aufgehalten, daß ich nicht mehr kommen konnte. Ich hatte ein unangenehmes Erlebnis und war sehr aufgeregt.«

»Was ist denn geschehen?« fragte er besorgt.

Der Angestellte, der ihn vorher empfangen hatte, unterbrach ihn.

»Mr. Stetson läßt bitten.«

»Die Zeit ist jetzt zu kurz, um es Ihnen zu erzählen«, erwiderte sie.

»Können wir uns vielleicht beim Mittagessen sehen?« fragte er dringend.

»Ja«, entgegnete sie zögernd. »Erwarten Sie mich zwischen zwölf und halb eins am Berkeley Square.«

Er sah ihr noch einen Augenblick nach, dann folgte er dem jungen Mann.

Carley kannte den Anwalt von früher her, obwohl er ihn nicht häufig getroffen hatte.

»Nun, da wären Sie ja wieder in London nach langem Tropenaufenthalt«, begrüßte ihn Stetson liebenswürdig.

Der fünfundvierzig Jahre alte Anwalt hatte ein kluges, intelligentes Gesicht und gehörte zu den bekanntesten und erfolgreichsten Juristen der Hauptstadt. Er war etwas untersetzt, hatte dunkles Haar und dunkle Augen, und seine Kleidung verriet kultivierten Geschmack.

»Scheint Ihnen recht gut bekommen zu sein. Und dabei hört man doch immer, daß Hinterindien ein heißes, ungesundes Fieberklima hat. Vermutlich wollen Sie wegen der wichtigen Konzession mit mir sprechen?«

»Ja. Ich möchte Sie bitten, mir zu helfen, denn bisher ist es mir nicht gelungen, meinen Onkel zu sehen, obwohl höchste Eile notwendig ist. Ich nehme an, daß Sie von meinem Briefwechsel mit ihm wissen?«

»Bis zu einem gewissen Grade.«

»Vielleicht sagen Sie mir, wie weit Sie in die Angelegenheit eingeweiht sind, dann kann ich das Nötige ergänzen.«

»Sie haben vor einiger Zeit ein großes Erzlager in der Nähe des Salven-Flusses entdeckt, das Ihrer Meinung nach von größter wirtschaftlicher Bedeutung für Hinterindien ist. Sie haben sehr fleißig gearbeitet, und nun ist eine Konzession bei der Regierung von Birma eingereicht, die auf den Namen Ihres Onkels lautet. Soweit ich unterrichtet bin, ist alles in bester Ordnung.«

»Nein, gerade das Gegenteil ist der Fall. Unter den größten Schwierigkeiten habe ich die Eingabe im Auftrag meines Onkels gemacht, aber wie Sie sich denken können, will die Regierung nicht ohne weiteres ein derartig großes Gebiet ausnahmslos einem Einzigen zur Ausbeutung überlassen. Es muß auch der Nachweis geführt werden, daß mit dem Abbau der Erze tatsächlich in kürzester Zeit begonnen wird. Dafür ist die Stellung einer Kaution von fünfzigtausend Pfund gefordert worden, deren erste Rate von zehntausend

Pfund sofort hinterlegt werden muß, wenn die Erteilung der Konzession ausgesprochen werden soll.«

»Ja, Ihr Onkel hat mir davon erzählt, aber ich hatte die Sache nicht für so dringend gehalten.«

»Ich bin heute hauptsächlich zu Ihnen gekommen, weil ich auf meine letzten Briefe von Mulmein aus keine Antwort von meinem Onkel erhielt. Sie teilten mir mit, daß er auf eine Weltreise gegangen wäre, aber von ihm selbst habe ich in den letzten drei Monaten nichts erfahren.«

»Das hat auch seine Gründe. Ich weiß, daß ich mich auf Sie verlassen kann, und ich freue mich, daß Sie zu mir gekommen sind, weil ich vertraulich mit Ihnen über den Fall sprechen möchte.«

»Ich muß doch erwarten, daß mein Onkel jetzt Wort hält und mich nicht einfach im Stich läßt. Eine beglaubigte Abschrift des Konzessionsantrages mit allen dazugehörigen Plänen, Karten und genauen Angaben habe ich ihm nach London geschickt.

Als dann aber einen Tag später Ihr Brief ankam, in dem Sie mir mitteilten, daß er auf eine lange Erholungsreise gegangen wäre, packte ich meine Koffer und kam her, um Klarheit zu schaffen. Die Sache steht jetzt so: In den nächsten fünf bis sechs Tagen müssen telegraphisch zehntausend Pfund nach Rangun überwiesen werden. Dann steht der Erteilung der Konzession nichts weiter im Weg. Wenn das Geld aber nicht geschickt wird, verfällt sie, und all meine Bemühungen waren umsonst.«

»Wieso?«

»Sie können sich doch wohl vorstellen, daß eine so wichtige Angelegenheit nicht geheim bleiben kann. Vorläufig haben wir das Vorrecht, aber wenn die Kaution nicht gezahlt wird, sind sofort andere Finanzgruppen bei der Hand, um die Konzession für sich zu erwerben.«

»Da Sie abgereist waren, haben Sie meinen letzten Brief nicht erhalten. Ich muß Ihnen deshalb den Inhalt erzählen. Zunächst habe ich nicht gewußt, daß soviel auf dem Spiel steht, sonst hätte ich selbstverständlich in Ihrem Interesse und in dem Ihres Onkels die Sache beschleunigt. Eine Zahlung von zehntausend Pfund ist möglich, aber immerhin keine Kleinigkeit, besonders da in absehbarer Zeit weitere vierzigtausend Pfund aufgebracht werden müssen.«

»Gewiß, aber warum mußte denn mein Onkel plötzlich verreisen? Ich kann das noch immer nicht verstehen.«

»Ich deutete in meinem ersten Brief an Sie bereits an, daß er einen Unfall hatte und sich erholen mußte. Sie wissen ja, daß er in seinem Kellergeschoß ein großes Laboratorium eingerichtet hat – dort hat er sich bei einem unglücklichen Sturz eine Verletzung an der Stirn zugezogen. Zunächst war er lange bewußtlos. Glücklicherweise erfuhr ich sofort davon und konnte gleich dafür sorgen, daß die nötigen Spezialärzte zugezogen wurden. Was ich Ihnen nun sage, behandeln Sie bitte als vertrauliche Mitteilung.«

Carley nickte und sah Stetson gespannt an.

»Die körperliche Verletzung war nicht so schlimm, aber sie hatte nachteilige Folgen, denn Charakter und Wesen Ihres Onkels haben sich in gewisser Weise geändert. Sie kannten ihn doch auch früher als einen zuverlässigen Mann, jetzt aber scheint er leichtsinnig geworden zu sein. Er gibt unverhältnismäßig viel Geld aus – für meiner Meinung nach unnütze Dinge. Professor Haviland, der ihn behandelte, riet zu einer langen Seereise. Daraufhin machte Ihr Onkel eine Reise um die Welt, von der er vor etwas mehr als vierzehn Tagen zurückkehrte.«

»Es ist gut, daß ich das erfahre. Nun kann ich sein Verhalten wenigstens etwas besser verstehen.«

»Ich hatte auf eine günstige Wirkung gehofft«, fuhr der Anwalt fort, »aber unterwegs schrieb er mir Briefe und verlangte, daß ich ihm immer größere Summen nachsenden sollte. Ich bin ernstlich besorgt, verspreche Ihnen aber, daß innerhalb der nächsten drei Tage die zehntausend Pfund nach Ihrem Wunsch überwiesen werden. Ich begreife vollkommen die Dringlichkeit und versichere Ihnen, daß ich alles tun werde, um Ihnen zu helfen. Aber seien Sie Ihrem Onkel gegenüber vorsichtig und reizen Sie ihn nicht, da er in seinem jetzigen Zustand leicht aufbraust und furchtbar heftig werden kann. Was später geschehen soll, müssen wir abwarten. Nach seiner Rückkehr habe ich vergeblich versucht, ihn zu bestimmen, daß er sich wieder von Professor Haviland untersuchen läßt.«

»Ich danke Ihnen für diese Mitteilungen. Nun möchte ich gern noch eine andere Sache mit Ihnen besprechen. Ich habe eben gehört, daß Sie sich mit Miß Evelyn Rolands unterhielten. Sie sprach so heftig, daß ich verschiedene Worte hören mußte. Können Sie mir sagen, was sie mit meinem Onkel zu tun hat?«

»Sie ist seit drei Wochen seine Sekretärin. Ich selbst habe sie für diesen Posten vorgeschlagen, denn sie ist mein Mündel.«

»Ich vermute, daß sie sich über Beleidigungen oder Zudringlichkeiten beschwert hat – es war doch hoffentlich nicht mein Onkel, der ihr zu nahe getreten ist?«

»Leider ja.« Stetson sah, daß Carley unwillkürlich die Hand ballte, die er auf den Schreibtisch gelegt hatte.

Nur mit Mühe unterdrückte Jim einen Fluch.

»Das ist ja unerhört«, fuhr er auf. »Ich will und muß ihn sehen, und ich werde –« Er sprach nicht weiter, aber seine zornigen Blicke verrieten deutlich seine Empörung.

»Nach allem, was ich Ihnen erzählt habe, dürfen Sie die Sache nicht so tragisch nehmen. Ich schließe aus Ihrer Frage, daß Sie sich für Miß Rolands interessieren. Ich selbst fühle mich immer noch für sie verantwortlich und werde schon dafür sorgen, daß derartige Vorfälle in Zukunft unterbleiben. Jedenfalls spreche ich heute noch mit Sir Richard darüber.«

»Es ist doch vollkommen ausgeschlossen, daß sie ihre Stellung weiterbehält.«

»Ruhig, Mut!« beschwichtigte ihn Stetson. »Es handelt sich hier auch noch um andere Dinge. Wir dürfen den Fall nicht vom normalen Standpunkt aus betrachten, da Ihr Onkel eben zur Zeit nicht normal ist. Das habe ich Miß Rolands auch gesagt.«

»Am liebsten würde ich mit ihm abrechnen! Unter allen Umständen werde ich mit ihm sprechen.«

»Das wäre mir auch sehr lieb. Kommen Sie nachher bitte wieder zu mir, damit wir beraten, was geschehen soll.«

Carley erhob sich.

7

Gegen Mittag ging Carley langsam um die großen, ovalen Parkanlagen am Berkeley Square. Nach seinem Besuch bei Stetson hatte er die Kiste mit den Erzproben vom Zollamt abgeholt und sich dann telephonisch mit Edward Belling für den Nachmittag in Scotland Yard verabredet.

Als er an die Ecke der Bruton Street kam, blieb er stehen und sah zu Nummer Vierunddreißig hinüber, aber er faßte sich in Geduld und rechnete nicht damit, daß Evelyn vor halb eins kommen könnte.

Damit behielt er auch recht. Freudig waren ihre Wangen gerötet, als sie ihm entgegenging. In einer Taxe fuhren sie zum Restaurant Molinari, wo er schon vorher einen Ecktisch bestellt hatte.

»Ich muß mich noch sehr entschuldigen, daß ich gestern abend nicht gekommen bin«, begann sie zögernd.

Während der Fahrt hatten sie über gleichgültige Dinge gesprochen, und keines hatte dieses unangenehme Thema berührt.

»Ich glaube, ich kenne den Grund«, entgegnete er. »Sie sprachen heute bei Stetson so laut, daß ich Ihre Worte hören mußte.«

Sie wurde verlegen, aber dann erzählte sie ihm, was sich am vergangenen Abend zugetragen hatte.

»Wissen Sie auch, daß Sie bei meinem Onkel tätig sind?« fragte er.

»Was? Sir Richard Richmond ist mit Ihnen verwandt?«

»Ja. Ich war sehr erstaunt, als ich erfuhr, daß Sie bei ihm arbeiten, und ich brauche Ihnen wohl nicht erst zu sagen, wie empört ich über sein Verhalten Ihnen gegenüber bin.«

Sie sah, daß er die Zähne zusammenbiß, und legte beruhigend die Hand auf die seine.

»Ich habe gestern abend noch Stetson in seinem Landhaus angerufen, weil ich so aufgebracht war, und er ist heute morgen deshalb früher zur Stadt gekommen, als es sonst seine Gewohnheit ist. Sie wissen wahrscheinlich schon, daß er früher mein Vormund war? Er nimmt sich aber auch jetzt noch meiner in jeder Weise an, und ich bin ihm sehr dankbar dafür.«

»Eigentlich müßten Sie die Stellung bei meinem Onkel aufgeben.«

»Das habe ich Stetson auch erklärt, aber er wollte nichts davon hören, und schließlich setzte er mir auseinander, warum ich bleiben müßte. Sie haben sicher auch erfahren, wie die Verhältnisse liegen, und so hat Stetson wenigstens eine Vertrauensperson im Hause. Da ich die ganze Korrespondenz führe, teile ich ihm die wichtigsten Dinge mit, damit er im Bilde ist und in schwierigen Fällen eingreifen kann. Aber bis jetzt ist eigentlich nichts Besonderes vorgefallen.«

»Trotzdem würde ich an Ihrer Stelle nicht bleiben. Wenn sich Sir Richard Ihnen gegenüber nun wieder vergißt ...«

»Stetson versprach mir, dafür zu sorgen, daß sich das nicht wiederholt, und daß Sir Richard sich bei mir entschuldigt. Nur unter dieser Bedingung habe ich eingewilligt, zu bleiben.«

Carley sah sie besorgt an.

»Es ist mir wirklich nicht recht, daß Sie sich einer solchen Gefahr aussetzen.«

»Ich sollte eine Abschrift für Sir Richard fertigstellen, deshalb wartete ich auch bis halb eins, da ich glaubte, daß er noch kommen würde. Aber er hat sich nicht sehen lassen. Vielleicht ist es ihm selbst unangenehm, mir wieder gegenüberzutreten. Übrigens habe ich im Augenblick eine sehr interessante Arbeit – ich schreibe einen Antrag mit Belegen und Dokumenten für eine Bergwerkskonzession in Birma ab. Es ist doch merkwürdig, daß Sie auch von dort gekommen sind.«

Carley hörte erstaunt zu. Dann interessierte sich sein Onkel also doch für die Sache?

»Können Sie mir sagen, ob er heute vormittag zu Hause war?«

»Das weiß ich nicht genau – ich habe ihn jedenfalls nicht gesehen.«

»Diesen Antrag für die Konzession habe ich verfaßt«, sagte er und erklärte ihr dann die Zusammenhänge.

Aufmerksam folgte sie seinen Worten.

»Soviel ich gemerkt habe, legt Sir Richard großen Wert darauf, daß die Abschrift des Antrags bald abgeschickt wird. Er wollte mir heute die nötigen Begleitschreiben dazu diktieren.«

Carley horchte auf. Was hatte das nun wieder zu bedeuten? Das Verhalten seines Onkels wurde immer rätselhafter.

Nur zu bald war die Mittagspause vorüber. Jim wollte Evelyn wieder in einer Taxe nach der Bruton Street bringen, aber sie zog es vor, die kleine Viertelstunde mit ihm zu Fuß zu gehen.

In gehobener Stimmung begann sie zu arbeiten. Sie hatte fast noch eine Stunde mit der Abschrift der Beilagen zum Konzessionsantrag zu tun.

Während sie eifrig tippte, öffnete sich die Tür und Sir Richard trat ein. Sie schrak leicht zusammen, aber er kam so unbefangen auf sie zu, als ob überhaupt nichts vorgefallen wäre.

»Wir wollen uns wieder vertragen, Miß Rolands. Ich habe mich gestern vergessen, aber ich hoffe, daß Sie großzügig genug sind, mir zu verzeihen. Es war nicht böse gemeint.«

Zögernd reichte sie ihm die Hand, die er sofort wieder freigab.

»Ich habe die Abschrift fast fertig – soll ich jetzt die Begleitschreiben aufnehmen?«

»Ach, das hat Zeit bis morgen. Es ist inzwischen eine Wendung eingetreten, so daß die Sache nicht mehr so wichtig ist. Zum Zeichen des Friedensschlusses möchte ich Sie aber bitten, ein kleines Geschenk von mir anzunehmen. Ich habe mit Anwalt Stetson darüber gesprochen. Der hat mir ordentlich die Meinung gesagt!«

Er zog ein Lederkästchen aus der Tasche, öffnete es und stellte es neben die Schreibmaschine.

Evelyn warf einen Blick darauf und sah eine prachtvolle Armbanduhr, rührte sie aber nicht an.

»Sie können sie ruhig annehmen. Wenn Sie im Zweifel sind, fragen Sie Ihren Vormund, aber er wird sicher nichts dagegen haben«, fügte er mit leiser Ironie hinzu. »Sollte ich bis fünf nicht wieder hier gewesen sein, so brauchen Sie nicht auf mich zu warten. Ich habe noch einige Verhandlungen, die mit der Konzession zusammenhängen, und wenn die Sache doch noch eilig werden sollte, lasse ich Ihnen Nachricht zukommen.«

Sie war froh, als er wieder gegangen war.

Kurz vor vier kam der Butler herein, und sie fürchtete schon, daß er wieder eine Unterhaltung mit ihr beginnen wollte.

»Miß Rolands, würden Sie so liebenswürdig sein und kurze Zeit auf die Haustür achtgeben? Ich muß rasch einmal fortgehen, bin aber in zehn Minuten wieder da.«

Sie versprach es ihm, und als es kurze Zeit später klingelte, ging sie zur Tür und öffnete.

»Ach, wie liebenswürdig«, sagte die Dame, die vor ihr stand, und musterte sie mit einem prüfenden Blick. »Ist dies das Haus von Sir Richard Richmond?«

»Ja.«

»Ist er hier?«

Evelyn nahm es nicht an, da sie es aber nicht mit Bestimmtheit sagen konnte, gab sie eine ausweichende Antwort.

»Aber Sie müssen doch wissen, ob er anwesend ist oder nicht!« erwiderte die Fremde scharf.

Evelyn sah, daß die Frau ihr nicht traute, aber sie wußte nicht, was sie entgegnen sollte, und zuckte nur die Schultern.

Glücklicherweise kam in dem Augenblick der Butler zurück, und Evelyn war froh, daß sie wieder in die Bibliothek gehen konnte.

8

Sergeant Belling saß seinem Vorgesetzten in dessen
Büro in Scotland Yard gegenüber.

Inspektor Crawford gehörte zu der jüngeren Generation der englischen Kriminalbeamten, deren umsichtige und erfolgreiche Tätigkeit die Polizei Londons zu einer der besten gemacht hatte. Mit seinen
blonden Haaren, seinen blauen Augen und seiner sehnigen Gestalt war er der vorbildliche Typ eines Engländers. Seine Berufspflichten nahm er ernst, war aber
doch so entgegenkommend und großzügig, daß seine
Untergebenen ihn verehrten. Auch zu Sergeant Belling stand er in einem kameradschaftlichen Verhältnis.

Zuerst sprachen sie über verschiedene Kriminalfälle, die augenblicklich bearbeitet wurden, dann erkundigte sich Crawford, ob Belling sonst noch eine
interessante Neuigkeit wüßte.

»Ria Bonati ist wieder im Land«, erwiderte der
Sergeant.

»Woher wissen Sie denn das?«

»Ich habe sie gestern abend zufällig im Atheneion-
Klub gesehen.«

»Wer ist denn diesmal der Unglückliche?«

»Sie kennen ihn – es ist Sir Richard Richmond.«

»Ich bin noch nicht zu einem klaren Bild über sie gekommen. Sie hat so viele Abenteuer hinter sich, von denen manche sehr merkwürdig waren. Sie erinnern sich doch noch an den seltsamen Tod des Bankiers Carrier in Brüssel? Sie war auch in den Fall verwickelt. Ich will gerade nicht sagen, daß sie die Täterin war, aber die Rolle, die sie dabei spielte, war jedenfalls nicht einwandfrei.«

Belling nickte.

»Es ist nur gut, daß wir mit dem Skandal nichts zu tun hatten. Die Brüsseler und Pariser Polizei haben ja genug Schwierigkeiten damit gehabt.«

»Es wäre gut, die Frau im Auge zu behalten.«

Belling erzählte nun, daß er am vergangenen Abend seinen Freund Jim Carley getroffen und was dieser ihm berichtet hatte. Während sie noch miteinander sprachen, wurde Carley gemeldet.

»Gut, gehen Sie jetzt«, sagte Crawford. »Wir sprechen später noch über die Sache.«

Belling nahm den Freund in sein Büro mit.

»Es war doch ein merkwürdiger Zufall, daß wir gestern noch meinen Onkel im Klub trafen«, sagte Carley. »Du hast mir übrigens versprochen, mir heute noch Näheres über die Dame mitzuteilen, die wir in seiner Begleitung sahen.«

»Ja, ich kenne sie sehr gut. Wir führen sogar ein Aktenstück über sie.«

»Um Himmels willen, sie ist doch keine Verbrecherin?«

»Das gerade nicht, aber die Polizei beobachtet auch Leute, die noch nicht mit dem Gesetz in Konflikt gekommen sind.«

»Kannst du mir Genaueres über sie sagen?«

»Ria Bonati ist sicher eine sehr interessante Erscheinung und eine Artistin von internationalem Ruf. Früher trat sie hauptsächlich in Paris und Brüssel auf, und auch in den Vereinigtem Staaten und hier in England ist sie bekannt.« Belling schlug ein Aktenstück auf. »Ria Bonati, geboren 17. Juli 1905 – sie ist also jetzt etwas über dreißig Jahre alt – platinblond, Augen blau, Gesicht oval –«

»Ach, wie sie aussieht, weiß ich doch schon. Wir haben sie ja gestern gesehen.«

»Sie machte sich zuerst in Brüssel als Soubrette einen Namen, später als Tänzerin, und in den letzten Jahren hat sie sich in Amerika auch als Kunstschützin gezeigt. Sie soll Fabelhaftes darin leisten.«

»Ich möchte nur wissen, wie mein Onkel an sie geraten ist.«

»Sie schließt leicht Bekanntschaften. Daß sie ein internationaler Star ist, sagte ich schon, aber in letzter Zeit hat ihr Ruhm etwas nachgelassen.«

»Dann ist die Lage für meinen Onkel ja noch viel schwieriger und gefährlicher, als ich dachte.«

»Hast du ihn eigentlich heute gesehen?«

»Nein, das ist mir noch nicht gelungen, obwohl ich es schon zweimal versuchte.«

Carley erzählte Belling im Vertrauen, was er am Morgen von Stetson erfahren hatte.

»So klärt sich also diese rätselhafte Sache auf?« erwiderte sein Freund. »Wir in Scotland Yard hatten uns auch schon darüber gewundert.«

»Aber mein Onkel hat doch nichts mit der Polizei zu tun?«

»Das nicht. Aber wir kümmern uns um viele Dinge, die noch keine Verbrechen sind, wie ich dir schon vorhin sagte, denn im geeigneten Augenblick müssen wir Bescheid wissen. Wenn wir erst anfangen wollten, uns zu orientieren, wenn ein Mord oder ein schweres Verbrechen geschehen ist, dann kämen wir meistens zu spät. Ich würde nun aber an deiner Stelle noch einmal versuchen, durch eine persönliche Aussprache mit deinem Onkel alles zu klären. Du darfst dich nicht ausschließlich auf das Urteil anderer Leute verlassen. Rechtsanwalt Stetson hat viele Angelegenheiten zu regeln und kann sich deiner Sache sicher nicht mit der nötigen Ruhe widmen. Wie wäre es, wenn du jetzt gleich von Scotland Yard aus dorthin gingst?«

Carley runzelte die Stirn.

»Was hast du denn?«

»Du weißt doch, daß ich gestern Miß Rolands kennenlernte. Es ist kaum glaublich, aber sie ist die Sekretärin meines Onkels! Gestern abend ist es zu einem Auftritt zwischen den beiden gekommen, deshalb habe ich auch vergeblich auf sie gewartet.« Mit wenigen Worten wiederholte Carley, was er von Stetson und Evelyn darüber erfahren hatte.

Belling schüttelte den Kopf. »Man sollte es nicht für möglich halten.«

»Ich glaube, ich hätte mich nicht beherrschen können, wenn ich dazugekommen wäre, und ich weiß
nicht, ob es ratsam ist, daß ich meinen Onkel gerade
heute spreche. Ich bin noch zu empört.«

»Aber wie kann man sich durch seine Stimmungen
so beeinflussen lassen! Es ist doch für dich lebensnot-
wendig, daß du die Sache mit deinem Onkel ins Reine
bringst. Ich würde mich unter keinen Umständen nur
auf Stetson verlassen. Du bist doch selbst Manns genug, die Angelegenheit zu regeln. Ich will Stetson ja
nicht zunahe treten –«

»Was willst du damit sagen?« unterbrach ihn Carley.

»Er hat eine große Praxis, kommt mit vielen zusammen und will es allen Leuten möglichst recht machen.
Sicher kannst du allein auch Sir Richard durch eine
klare Aussprache zur Vernunft bringen und brauchst
keinen Fürsprecher. Am besten ist es, den Stier bei
den Hörnern zu packen.«

Carley nickte und gab dem Freund recht.

Nachdem sie noch einige Zeit miteinander gesprochen hatten, verabschiedete er sich und fuhr nach der
Bruton Street. Unterwegs überlegte er, daß es gut wäre, den Butler für sich günstig zu stimmen.

Als er klingelte, dauerte es nicht lange, bis Miller
öffnete.

»Sir Richard ist nicht zu Hause«, sagte er. »Aber
Sie wollten doch telephonisch anfragen? Er war um
drei Uhr hier und blieb einige Zeit. Vor einer Viertelstunde ist er wieder gegangen.«

Carley hielt für alle Fälle eine Zweipfundnote bereit.

»Ich sagte Ihnen schon, daß mir sehr viel daran
liegt, meinen Onkel zu sprechen. Können Sie mir
dabei nicht behilflich sein?« erwiderte er und reichte
ihm den Geldschein.

Miller zögerte einen Augenblick und sah Carley unsicher an. Aber nachdem er dann einen kurzen Blick
auf die Banknote geworfen hatte, nahm er sie.

»Mr. Carley, ich möchte Ihnen gern helfen und
mich erkenntlich zeigen. Aber das wird nicht leicht
sein. Ich habe ihm gesagt, daß Sie sich heute bereits
zweimal nach ihm erkundigt haben, aber er scheint
Sie nicht empfangen zu wollen.«

»Wie kommen Sie darauf?«

Miller wurde verlegen, aber schließlich steckte er
die Zweipfundnote ein, die er bisher in der Hand gehalten hatte.

»Im Vertrauen, Mr. Carley, Sir Richard gab mir
heute den Auftrag, ihn immer zu verleugnen, wenn
Sie sich melden sollten. Verstehen kann ich das nicht,
aber er ist überhaupt sehr sonderbar.«

9

Sir Richard Richmond stieg die Treppe in der Halle hinauf und ging über den schweren Teppich in der Galerie in sein Arbeitszimmer. Auf sein Klingeln erschien Miller.

»Hat jemand angerufen. Sind Telegramme oder Briefe gekommen?«

»Post ist nicht eingelaufen, aber es war inzwischen eine Dame hier, die nach Ihnen fragte.«

»Wer war es denn?«

»Sie hat ihren Namen nicht genannt.«

»Wie sah sie aus?«

»Sie war eine auffallend schöne Erscheinung und trug einen grauen Fehmantel und eine Kappe aus demselben Pelz.«

»Und was wollte sie?«

»Sie wünschte Sie zu sprechen. Als ich sagte, Sie wären nicht zu Hause, stellte sie viele Fragen, die mir sonderbar vorkamen.«

»Ich kann mir denken, wer es war. Nehmen Sie sich vor der Dame in acht, wenn sie wiederkommen sollte, und sagen Sie möglichst wenig.«

»Sehr wohl.«

Sir Richard sah den Butler fragend an, denn der Mann blieb noch an der Tür stehen.

»Gibt es sonst noch etwas?«

»Die Köchin hat drei Freikarten fürs Kino bekommen, und ich möchte fragen, ob wir heute abend ausgehen können.«

»Ich habe nichts dagegen. Ich brauche Sie heute abend nicht.«

Miller bedankte sich und verließ das Zimmer.

Richmond stand einige Zeit nachdenklich vor dem großen Spiegel. Es konnte kein Zweifel darüber bestehen, daß Ria Bonati hiergewesen war. Er runzelte ärgerlich die Stirn.

In mißmutiger Stimmung fuhr er später zum Savoy-Hotel, ging sofort auf sein Zimmer und kleidete sich für den Abend um. Als er fertig war, rief er Ria Bonati an.

»Wie ist es – kann ich dich zum Essen abholen?«

»Ja. Ich warte bereits auf dich.«

Kurz darauf fuhren beide mit dem Fahrstuhl nach unten und gingen den Korridor entlang, der zum Speisesaal führte. Ihr stahlblaues Samtkleid stand vorzüglich zu dem Platinblond ihrer Haare. Eine große Brillantagraffe am Gürtel war ihr einziger Schmuck, und die kostbaren Steine warfen sprühend das Licht der großen Kronleuchter in allen Farben des Regenbogens zurück.

Bewundernd betrachtete er sie. Er hatte sich über sie geärgert, und im Grunde war er ihrer überdrüssig, aber an diesem Abend übte sie wieder große Anziehungskraft auf ihn aus, und er stand ganz unter ihrem Bann. Mürrisch war er zum Hotel gefahren und hatte ihr Vorwürfe machen wollen, aber nun sagte er kein böses Wort, sondern war galant und höflich zu ihr.

Als sie in den Speisesaal traten, fielen sie allgemein auf. Der Oberkellner kam ihnen entgegen und führte sie zu einem besonders gutgelegenen Tisch, der stets für sie reserviert blieb.

»Du siehst heute wieder entzückend aus«, sagte er, winkte die Blumenverkäuferin heran und kaufte ihr einen großen Strauß brennendroter Rosen ab, die er Ria reichte.

Sie dankte anscheinend gleichgültig, und er zerbrach sich den Kopf, warum sie so abweisend war.

Ein Page eilte dienstfertig herbei, nahm die Blumen in Empfang, brachte sie in einer Vase zurück und stellte sie auf den Tisch.

Gleich darauf erschien der Oberkellner wieder. Sir Richard hatte die Speisekarte genommen und stellte das Menü zusammen, nachdem er sich nach Rias Wünschen erkundigt hatte.

»Eigentlich wollte ich oben mit dir sprechen«, sagte sie plötzlich, »aber du bist ja erst im letzten Augenblick gekommen.«

»Was gibt es denn?« fragte er erstaunt.

»Beim Mittagessen sagtest du mir heute, du müßtest zur Bank gehen und würdest bald wiederkommen.«

»Ja. Aber warum erinnerst du mich daran?«

»Ich habe so getan, als ob ich mich zur Ruhe legen wollte, aber dann bin ich dir gefolgt und habe gesehen, daß du zu deinem Haus in der Bruton Street gefahren bist. Soviel mir bekannt ist, gibt es dort keine Bank«, fügte sie ironisch hinzu.

»Ich hatte dort zu tun.«

»Aber warum hast du mir denn vorher nichts von deinem Haus erzählt? Warum hast du es mir nicht gezeigt? Du kannst dir doch denken, daß mich das interessiert.«

Diese Wendung des Gesprächs war ihm unangenehm. Er hatte seine Gründe, warum er ihr das verschwiegen hatte und mit ihr während seines hoffentlich nicht allzu langen Aufenthaltes in London im Savoy-Hotel wohnte. Bis jetzt war alles gut gegangen, und es war ihm sehr peinlich, daß sie diese Entdeckung gemacht hatte.

»Ich bin dabei, es zu schließen und den Haushalt aufzulösen.«

»Das scheint aber nicht zu stimmen. Wozu hast du denn für die kurze Zeit wieder vollzähliges Personal engagiert?«

Ein Kellner erschien und servierte, ein anderer brachte den bestellten Sekt. Sir Richard wartete mit seiner Antwort, bis die beiden sich wieder entfernt hatten.

»Ich habe die Leute nicht angestellt, sondern mein Anwalt Stetson. Er hat es von sich aus getan – du kennst ihn ja auch.«

»Das ist doch wohl dasselbe. Ich möchte überhaupt einmal offen mit dir reden.«

»Sprechen wir denn nicht immer offen miteinander?«

»Ich habe heute nachmittag gemerkt, daß du mir viel verheimlichst.«

»Aber Ria, wie kannst du so etwas sagen!«

»Ich habe in der Taxe in der Nähe des Hauses gewartet. Es dauerte ziemlich lange, bis du wieder herauskamst. Von deiner Wohnung in der Stadt hattest du ja gesprochen, aber du hast mir doch, bevor wir nach London kamen, ausdrücklich versichert, daß du dein Personal entlassen hättest und deshalb im Hotel wohnen wolltest.«

»Ich wohne doch auch im Hotel.«

»Aber trotzdem bist du jeden Tag in der Bruton Street. Als du fortgegangen warst, stieg ich aus und klingelte an der Haustür. Dann sah ich deine schöne Sekretärin, die mir die Tür aufmachte. Es war mir riesig interessant, diese junge Dame kennenzulernen, die offenbar der magnetische Anziehungspunkt der Bruton Street für dich ist.«

Ria Bonati war zwar eine gefeierte Artistin, aber die Tage ihrer großen Triumphe lagen hinter ihr. Auch hatte es ihretwegen viele Skandalaffären gegeben, und sie hatte erkannt, daß sie nun bald für eine gesicherte Zukunft sorgen mußte. Außer ihrem allerdings kostbaren Schmuck besaß sie nichts.

»Wie kann man nur so eifersüchtig sein?«

In diesem Augenblick kam ihm zum Bewußtsein, wie sehr er sich schon von ihr hatte umgarnen lassen, und wie gefährlich es war, daß er hier in London mit ihr im selben Hotel wohnte, selbst wenn jeder eine Reihe von Zimmern hatte, die durch den Korridor voneinander getrennt waren.

»Kurz vor unserer Ankunft in London hast du mir doch versprochen, daß wir bald heiraten.«

»So bestimmt habe ich das nicht behauptet, und wir haben es doch auch nicht so eilig damit«, erwiderte er lächelnd. Vor allem durfte er jetzt nicht mit ihr brechen, sonst würde sie sofort wegen Bruch des Eheversprechens gegen ihn klagen. Er hatte nie geglaubt, daß sie sich so an ihn klammern würde. »Warum wollen wir uns den schönen Abend durch Vorwürfe verleiden? Dich schätze ich doch unter allen Frauen am meisten – das habe ich dir schon oft gesagt, und mit der Sekretärin hat es wirklich nichts auf sich.«

Ihre Unterhaltung wurde häufiger durch die Kellner unterbrochen, die die einzelnen Gänge servierten. Sir Richard hob den geschliffenen Kelch und versuchte, Frieden zu schließen.

»Also, auf dein Wohl, liebe Ria – auf das Wohl der berühmten, schönen Bonati!«

Sie stieß mit ihm an. Etwas freundlicher war sie gestimmt, aber sie ließ sich nicht so leicht beruhigen.

»Ich reise nun schon drei Monate mit dir – deinetwegen habe ich alle meine Engagements aufgegeben – mit dem Ruhm der schönen Bonati ist es bald vorbei, wenn sie das Publikum nicht mehr bejubeln kann.«

Er antwortete nicht sofort, da er auf dieses gefährliche Thema nicht näher eingehen wollte, und so aßen beide schweigend. Erst nachdem die Teller gewechselt und ein neues Gericht aufgetragen war, sprach er wieder zu ihr. Er hatte seine schlechte Stimmung überwunden und war nun besonders höflich und liebenswürdig.

»Du mußt dir doch selbst sagen, daß ich dich nicht in meinem Haus empfangen könnte. Du hättest nicht dort wohnen können – so frei ist man selbst in England noch nicht. Und im übrigen habe ich dir doch stets den größten Teil meiner Zeit gewidmet.«

Sie schien auch einzusehen, daß es sinnlos war, ihn zu verärgern, denn schließlich wollte sie doch ihr Ziel erreichen und Lady Richmond werden. Vor allem durfte sie die Herrschaft über ihn nicht verlieren und mußte deshalb vorsichtig sein. Hoffentlich konnte sie ihn zu einer baldigen Heirat bestimmen, sonst mußte sie dafür sorgen, daß der Aufenthalt in England möglichst schnell abgebrochen wurde, damit diese Miß Rolands, deren Namen sie vom Butler erfahren hatte, nicht noch größeren Einfluß auf ihn gewann.

Es war fast, als ob er ihre Gedanken erraten hätte.

»Hoffentlich habe ich meine Geschäfte in London bald erledigt, so daß wir wieder auf Reisen gehen können.«

»Das meine ich auch. England ist im November wirklich langweilig. Wir könnten nach Südfrankreich oder an die Riviera fahren.«

»Oder nach Florida – dort herrscht wunderbar mildes Klima.«

Sie glaubte, daß sie ihn wieder an sich gefesselt hatte, aber auf keinen Fall durfte sie ihn aus den Augen lassen. Sie mußte sich dauernd um ihn kümmern, bis sie ihr Ziel erreicht hatte.

Beide schwiegen, als die Kapelle eine sehnsüchtige Weise spielte. Verführerisch und verträumt sah sie ihn an, dann legte sie leicht die Hand auf die seine.

Er war froh, daß sie sich wieder beruhigt hatte.

»Heute wird Carmen gegeben – meine Lieblingsoper«, sagte sie leise. »Es ist wohl bald Zeit, daß wir aufbrechen, denn die Vorstellung beginnt um acht.«

Er sah nach der Uhr.

»Ja, wir können einen Wagen bestellen.«

Er winkte einem Pagen und gab ihm den Auftrag.

Bald darauf fuhren sie durch das bunte Lichtermeer des abendlichen Londons zur Covent Garden-Oper.

»Übrigens muß ich noch einmal fort«, sagte er plötzlich. »Ich habe eine dringende Besprechung.«

Sie entzog ihm ihren Arm und sah ihn empört an.

»Davon hast du doch vorher nichts gesagt?«

»Ich wollte es zu Anfang des Essens tun, aber du hattest ja über andere Dinge zu reden, und so kam ich nicht dazu.«

»Was für eine Besprechung ist denn das?«

»Es handelt sich um eine geschäftliche Angelegenheit, ich bin hauptsächlich deswegen nach London gekommen.«

»Aber muß das denn gerade heute abend sein?«

»Es hat sich erst im Lauf des Nachmittags ergeben.«

»Dann hättest du doch die Sache auf morgen verschieben können. Du hattest mir doch versprochen, heute mit mir in die Oper zu gehen.«

»Gewiß, aber man muß Geschäfte eben abschließen, wenn die Gelegenheit sich dazu bietet, und man kann erst in die Oper gehen, wenn man das nötige Geld dazu verdient hat.«

Sie lächelte ironisch. Das brauchte der reiche Sir Richard Richmond doch nicht zu sagen!

»Du tust ja gerade so, als ob du ein Bettler geworden wärst.«

Er war verstimmt.

»Wenn du es genau wissen willst, kann ich dir ja sagen, mit wem ich verhandeln muß – es ist mein Neffe Jim Carley, der lange Zeit in Birma war. Es geht um wichtige Konzessionen, und es stehen Millionenwerte auf dem Spiel.«

»Immer ist dir alles andere wichtiger als meine Gesellschaft«, entgegnete sie unlogisch und heftig.

Er seufzte, nahm sich eine Zigarette und bot ihr auch sein Etui an. Sie dankte und lehnte sich wütend in die Polster zurück.

Diese Frau war wirklich schwierig und fiel ihm immer mehr auf die Nerven.

Schließlich hielt der Wagen vor dem Theater, und sie stiegen aus. Er half ihr, aber sie warf den Kopf in den Nacken und wartete nicht auf ihn, während er den Chauffeur zahlte.

»Ich kann doch auch nicht dafür, daß die Umstände mich zwingen, gerade jetzt zu dieser Besprechung zu gehen« sagte er, als er sie eingeholt hatte. »Ich komme wahrscheinlich schon nach Schluß des ersten Aktes zurück.«

Sie erwiderte nichts und preßte die Lippen aufeinander. Er begleitete sie zu ihrer Loge und reichte ihr die Hand.

»Also, bis nachher.«

»Ich kann mir schon denken, daß diese Besprechung nichts mit deinem Neffen, sondern mit der schönen Sekretärin zu tun hat. Aber nimm dich in acht, ich lasse nicht mit mir spielen!«

Sie warf ihm einen gehässigen Blick zu, dann drehte sie ihm den Rücken.

Der Logenschließer öffnete ihr die Tür.

Sir Richard zuckte die Schultern. Nicht einmal in Gegenwart anderer Leute konnte sie sich beherrschen.

10

Richmond eilte die Treppe hinunter und winkte eine Taxe herbei.

»Bruton Street 34«, rief er dem Chauffeur zu, während er einstieg.

Ria Bonati schien gefährlich zu werden. Er nahm sich vor, die Verhandlungen in London möglichst schnell zum Abschluß zu bringen und dann wieder ins Ausland zu gehen. Er hatte nie daran gedacht, sich für immer an diese bekannte Schönheit zu binden, die schon so viele Erlebnisse hinter sich hatte. Warum wollte sie sich gerade an ihn klammern? Blendend und verführerisch war sie, aber innerlich kalt, leer und habgierig. Eine plötzliche Depression überkam ihn, und er empfand Ekel vor dem Leben, das er jetzt führte. Wie ganz anders wäre es, wenn er noch einmal beginnen könnte, und wenn eine Frau wie Evelyn Rolands ihn liebte!

Er grübelte darüber nach, und plötzlich hielt der Wagen vor seinem Haus, ehe er es gedacht hatte.

Langsam stieg er aus, zahlte den Chauffeur und schloß sich selbst die Haustür auf.

Trotz seiner niedergedrückten Stimmung fiel es ihm auf, daß das Licht in der Halle angedreht wurde.

Er trat ein und sah, daß Miller die Treppe herunterkam.

Diensteifrig eilte der Butler auf ihn zu und nahm
ihm Mantel und Hut ab. Müde sah Sir Richard ihn
an.

»Ich dachte, Sie wollten ins Kino gehen? Hatte ich
Ihnen nicht Urlaub gegeben?«

»Ja, aber als wir hinkamen, wurde ein Film gespielt,
den ich schon kannte, und so bin ich wieder nach
Hause gegangen.«

»Sie hätten doch anderswohin gehen können? Ich
brauche Sie jedenfalls nicht mehr. Machen Sie sich
ruhig einen vergnügten Abend.«

»Ich danke Ihnen, Sir Richard, aber ich möchte
lieber zu Hause bleiben und lesen. Ich habe ein ausge-
zeichnetes Buch angefangen.«

»Ganz, wie Sie wollen«, entgegnete Sir Richard
und ging merkwürdig langsam die Treppe hinauf.

Miller hängte Hut und Mantel in die Garderobe,
dann kehrte er in sein eigenes Zimmer zurück, das im
zweiten Stock lag. Dieses Geschoß war nur durch die
Nebentreppe zugänglich.

Ein sonderbarer Haushalt! dachte er. Sir Richard
war fast nie zu Hause. Nun, ihm konnte das ja nur
recht sein, dann hatte er um so weniger zu tun.

Als Miller den oberen Treppenabsatz erreicht hatte,
ging er den langen Korridor bis zu Ende. Sein Zimmer
lag direkt über dem Arbeitszimmer von Sir Richard.

Er drehte das Licht an, gähnte und nahm aus der Schublade einen Kriminalroman, dessen erstes Kapitel er schon mit größter Spannung gelesen hatte.

Warum hatte die schöne Dame heute nur so interessiert nach Sir Richard gefragt? Auch sie hatte ihm ein gutes Trinkgeld gegeben. Wenn das so weiterging, hatte er bald eine hübsche Summe gespart und konnte Mabel Denver heiraten. Aber sonderbar blieb es doch, daß Sir Richard keine Nacht nach Hause kam und auch am Tage selten hier war. Die einzige, die zu tun hatte, war die Sekretärin. Den sonderbaren Auftritt zwischen ihr und Sir Richard hatte er ja am vergangenen Tag belauscht.

Er setzte sich an den Tisch und schlug das Buch auf. Aber dann überlegte er, daß es bequemer sein würde, im Bett zu lesen. Sir Richard hatte ja ausdrücklich gesagt, daß er ihn heute nicht mehr brauchte, und Besuch war eigentlich abends noch nie gekommen. Rasch kleidete er sich aus, um möglichst bald an die spannende Lektüre zu kommen.

Seite um Seite blätterte er um, die Handlung spitzte sich immer mehr zu, und sein Kopf glühte.

Aber plötzlich erschrak er heftig.

Es hatte geklingelt.

Ein Blick auf die Tafel sagte ihm, daß jemand auf den Knopf an der Haustür gedrückt hatte.

Aber gerade jetzt mußte herauskommen, wer der Mörder war! Nur schwer konnte er sich von seinem Buch trennen. Er schlug die Bettdecke zurück, legte das Buch mit einem leisen Fluch auf den Stuhl, sprang auf und zog sich hastig an. Am liebsten hätte er schnell noch die nächste Seite gelesen, aber das war unmöglich. Den rechten Schuh hatte er angezogen – wo war nur der linke? Miller suchte, bückte sich und zog ihn unter dem Bett hervor. Wenn es besonders schnell gehen sollte, kamen gewöhnlich dauernd Störungen.

Endlich war er fertig und stürzte die Treppe hinunter. Er nahm sich nicht einmal soviel Zeit, das Licht im Treppenhaus anzudrehen, denn er kannte den Weg genau.

Als er durch die Schwingtür in die Galerie eilte, bemerkte er, daß die Tür zum Arbeitszimmer von Sir Richard weit offen stand. In der Halle unten brannte Licht, und auch das Arbeitszimmer war hellerleuchtet. Deutlich sah er das große Bild, auf dem Sir Richard mit all seinen Orden dargestellt war. Davor stand ein Mann.

Jetzt drehte er sich um, und Miller erkannte Jim Carley, der auf ihn zukam.

Aber plötzlich entdeckte er, daß Sir Richard direkt unter dem Bild auf dem Teppich lag, und stürzte auf die Tür zu.

Carley hatte etwas gesagt, aber Miller hatte es in der Aufregung nicht verstanden. Als er sich nach ihm umwandte, bemerkte er, daß Carleys linke Hand blutig war.

Er kniete neben seinem Herrn nieder, aber er brauchte dessen Puls nicht zu fühlen.

Sir Richard war tot!

Entsetzt sprang Miller auf.

»Sie haben ihn ermordet!« schrie er.

Wie gelähmt blieb Jim Carley stehen, während der Butler die Treppe hinunterraste. Gleich darauf fiel die Haustür dröhnend ins Schloß.

Der Mann würde die Polizei rufen! Carley mußte handeln und etwas zu seiner Sicherheit tun.

Wirr sah er sich im Zimmer um, und plötzlich fiel ihm Edward Belling ein. Der war sein Freund, der würde die Sache gerecht beurteilen, ohne voreingenommen zu sein. Carley eilte zum Telephon, das auf einem kleinen Tisch neben dem Schreibtisch stand. Aber welche Nummer hatte Belling? Hastig schlug er im Telephonbuch nach und ließ sich dann mit Scotland Yard verbinden.

Die Zentrale meldete sich.

»Hier James Carley. Geben Sie mir bitte sofort Sergeant Belling!«

»Es ist fraglich, ob er noch im Amt ist.«

»Bitte, stellen Sie es fest – es ist sehr eilig.«

Der Beamte schien an derartig dringende Anrufe gewöhnt zu sein und ließ sich dadurch nicht aus der Ruhe bringen.

Carley kam es vor, als ob eine Ewigkeit verginge, bis er wieder eine Stimme hörte. Gott sei Dank – es war Belling, der sprach.

»Hallo, Jim, was gibt es?«

»Ich bin Bruton Street 34 – im Haus meines Onkels – er ist ermordet worden!«

»Was sagst du?« fragte Belling scharf. »Was ist denn geschehen?«

»Das kann ich dir nicht mit ein paar Worten erklären. Komm bitte so schnell wie möglich hierher.«

»Ich kann nicht ohne weiteres aus dem Amt fort – bis zwölf Uhr habe ich Nachtdienst. Aber ich werde –«

»Komm bitte sofort«, unterbrach ihn Carley nervös. »Es handelt sich –«

»Vor allem mußt du ruhig bleiben, Jim, und nicht den Kopf verlieren. Ich werde mich gleich mit Inspektor Crawford in Verbindung setzen. Er ist nicht mehr hier, aber ich kann ihn vielleicht zu Hause erreichen. Wenn ich ihn gesprochen habe, komme ich gleich zu dir. Kannst du mir nicht wenigstens in großen Zügen sagen, was los ist?«

Jim hörte ein Geräusch hinter sich und drehte sich um. Evelyn stand vor ihm, bleich und entsetzt.

»Einen Augenblick!« rief er ins Telephon.

»Aber so antworte doch, damit ich Inspektor Crawford unterrichten kann!«

»Evelyn – Miß Rolands ist eben ins Zimmer gekommen –«

Unten wurde die Haustür aufgerissen, und eilig stürzten mehrere Leute die Treppe herauf.

»Du scheinst ja vollständig den Kopf verloren zu haben«, sagte Belling.

»Nein, höre doch, ich will dir ja alles erklären –«

Jim zuckte zusammen, denn eine Hand legte sich auf seine Schulter.

»Wenn hier telephoniert wird, dann tue ich es«, sagte Polizist Granter. »Mit wem haben Sie eben gesprochen?«

»Mit Belling.«

»Privatgespräche haben zu unterbleiben.«

»Ich habe Scotland Yard angerufen.«

»Er ist der Mörder!« rief Miller.

»Seien Sie jetzt ruhig, Sie können nachher noch alles sagen. Wo ist der Tote?«

Granter entdeckte Sir Richard, kniete sofort nieder und untersuchte ihn.

»Er ist erst vor ein paar Minuten gestorben«, erklärte er, nachdem er gefühlt hatte, daß der Körper noch nicht erkaltet war. »Wer ist das?« fragte er Miller.

»Ich habe es Ihnen doch schon gesagt«, erwiderte der Butler totenbleich. »Es ist Sir Richard Richmond, dem dieses Haus gehört.«

»Wer sind Sie?« wandte sich der Polizist an Jim. »Wie heißen Sie?«

»Carley – James Carley.«

»Und wer ist diese Dame?«

»Miß Evelyn Rolands«, entgegnete Miller. »Die Sekretärin von Sir Richard.«

»Die Dame kann selbst antworten«, fuhr Robert Granter ihn an. Er war noch nicht lange im Amt, kam sich daher um so wichtiger vor. Sicher wurde er nun bald befördert, nachdem er einen wirklichen Mord entdeckt hatte. Auf keinen Fall durfte von den Leuten hier die Autorität der Polizei angetastet werden. Er war hier, und er würde die Tatsachen feststellen.

»Treten Sie zur Seite!« befahl er barsch.

»Aber der Mann ist doch der Mörder!« rief Miller wieder.

»Zum Kuckuck noch einmal, können Sie denn nicht den Mund halten? Dies ist also Sir Richard Richmond?«

Miller war so erschrocken, daß er nichts erwidern konnte.

»Antworten Sie, wenn ich Sie frage!«

»Ja«, stotterte der Butler verschüchtert.

»Wer ist zuerst im Zimmer gewesen?«

»Er!« entgegnete Miller und zeigte auf Carley.

»Wie kommen Sie hierher?«

Jim hatte sich inzwischen gefaßt, aber er sagte sich, daß es keinen Zweck hatte, diesem untergeordneten Beamten etwas mitzuteilen.

»Das werde ich später erzählen, wenn die Beamten von Scotland Yard hier sind.«

»Sie werden jetzt antworten!«

Carley schwieg.

»Ich bin Polizist Granter, und Sie haben meinen Anordnungen nachzukommen.«

Als Carley auch darauf nichts sagte und nur düster dreinblickte, wandte sich der Polizist an Evelyn.

»Was haben Sie denn hier zu tun?«

»Ich war unten in der Bibliothek –«

»Das stimmt nicht«, warf Miller ein.

»Warten Sie, bis Sie gefragt werden!«

Carley machte Evelyn ein Zeichen, zu schweigen, dann trat er auf sie zu und wollte ihr etwas sagen.

»Privatunterhaltungen gibt es hier nicht«, fuhr Granter dazwischen.

Er erkannte, daß die Aufklärung eines Mordes keine einfache Sache war, und er hielt es jetzt für das beste, den Vorfall seinem Polizeirevier zu melden. Damit aber die drei Anwesenden währenddessen nicht miteinander sprechen konnten, schickte er den Butler in die Galerie hinaus und ließ Carley und Evelyn in verschiedene Ecken des Zimmers treten.

Zögernd kamen sie seiner Anordnung nach, dann rief er seine Station an.

»Hier Polizist Granter. Auf meiner Patrouille durch die Bruton Street bin ich eben ins Haus Nummer 34 gerufen worden, wo ein Mord verübt worden ist.«

»Ein Mord?« wiederholte der diensttuende Sergeant Pemberton ungläubig, denn er kannte Granter.

»Ja, ein Mord! Sir Richard Richmond, der Besitzer des Hauses, liegt tot in seinem Arbeitszimmer.«

»Rühren Sie nichts an. Ich werde sofort den Stationsarzt benachrichtigen, dann komme ich selbst. Sehen Sie zu, daß alles unverändert bleibt.«

»Sehr wohl.«

Granter hängte an. Die Meldung war bedeutend nüchterner und weniger ruhmreich ausgefallen, als er es sich gedacht hatte. Er sah sich um und bemerkte, daß Carley das Taschentuch herauszog, um die linke Hand abzuwischen. Schnell trat er auf ihn zu.

»Das ist ja Blut!« rief er aufgeregt. »Zeigen Sie einmal die Hand bei Licht!«

Langsam ging Carley zum Schreibtisch, auf dem eine Leselampe brannte.

»Drehen Sie die Hand um – Sie haben eben versucht, wichtiges Beweismaterial zu beseitigen!« herrschte ihn der Polizist an.

Laut schrillte eine Klingel durchs Haus.

»Miller!« Granter wurde nervös. Ausgerechnet mußte es jetzt auch noch klingeln!

»Jawohl?«

»Kommen Sie sofort hierher.«

»Es hat an der Seitentür geklingelt«, sagte der Butler, als er ins Arbeitszimmer trat.

»Wer kann das sein?«

»Ich weiß es nicht.«

Granter wurde verlegen, aber er mußte eine Entscheidung treffen.

»Gehen Sie nach unten und öffnen Sie, aber unterhalten Sie sich nicht mit der Person, die draußen steht!«

»Jawohl.«

Miller eilte hastig die Treppe hinunter.

Granter verschränkte die Arme. Er wußte nicht mehr, was er tun sollte, denn alles ging verkehrt. Kurz darauf hörte er unten Frauenstimmen und ging an die Tür.

»Ruhe!« brüllte er nach unten. »Kommen Sie sofort herauf!«

Unheimlich hallten die lauten Worte in der großen Halle wider.

Miller kam eilig mit dem Zimmermädchen und der Köchin die Treppe herauf, die eben vom Kino zurückgekommen waren.

»Ich habe gleich gesagt, daß das nicht gut ausgehen kann«, wandte sich die Köchin an den Polizisten.

»Schweigen Sie!« rief er heftig. »Wer ist diese Person?« fragte er den Butler.

»Ann Stoutman, die Köchin.«

»Und die?« Granter zeigte auf das Zimmermädchen.

»Mabel Denver«, entgegnete das Mädchen verängstigt.

In dem Augenblick hörten alle das Heulen einer Sirene.

»Das Polizeiauto mit den Beamten von der Station«, sagte Granter und atmete erleichtert auf. »Alle bleiben ruhig stehen, bis der Sergeant kommt und weitere Anordnungen gibt. Miller, öffnen Sie die Haustür.«

Wieder eilte der Butler hinunter, während dumpfes Schweigen in dem Mordzimmer herrschte.

Mabel Denver sah plötzlich den Toten am Boden und schrie laut auf.

Wütend wandte sich Granter nach ihr um, aber dann sprang er auf sie zu und fing sie auf, denn sie war ohnmächtig geworden.

11

Als die Sirene des Polizeiautos ertönte, riß sich Carley von seinen düsteren Gedanken los. Er hoffte, daß Belling und Inspektor Crawford von Scotland Yard kamen.

Unten wurde die Tür geöffnet, und sie hörten eine tiefe Stimme.

»Guten Abend – wo ist Polizist Granter?«

»Oben – im Arbeitszimmer.«

Der Butler eilte voraus. Sergeant Pemberton mit zwei Leuten folgte ihm.

Auf halber Treppe drehte er sich um.

»McLean, sehen Sie zu, daß niemand das Haus verläßt.«

Kurz darauf traten sie in das Arbeitszimmer.

Granter hatte inzwischen Mabel Denver in einen Sessel gleiten lassen, der in der Ecke stand.

»Was ist denn hier vorgegangen?« wandte sich Sergeant Pemberton an ihn.

»Ich war auf meinem Rundgang durch das Revier gerade in der Bruton Street. Einige Häuser von Nummer 34 entfernt –«

Wieder ertönte draußen das Heulen einer Polizeisirene. Ein Wagen hielt vor der Haustür, und Sergeant Pemberton trat auf die Galerie hinaus.

Verschiedene Leute in Zivilkleidern kamen auf ihn zu. Den ersten kannte er: es war Detektivinspektor Ernest Crawford von Scotland Yard.

»Sergeant Pemberton von Revier 67«, meldete er. »Ich bin eben von Polizisten Granter angerufen worden, der hier einen Mord entdeckt hat.«

»Gut, ich übernehme die Untersuchung des Falles. Bitte, bleiben Sie hier. Wieviel Leute haben Sie bei sich?«

»Außer Granter zwei Mann und den Chauffeur, also im ganzen vier. Ich habe bereits angeordnet, alle Ausgänge zu bewachen, so daß niemand aus dem Haus kann.«

Inzwischen war Belling ins Zimmer getreten und hatte Carley und Evelyn gesehen. Er grüßte seinen Freund schweigend von der Tür aus.

»Nach meiner Untersuchung ist Mr. Carley der Mörder – er hat Blut an der Hand«, sagte Granter gewichtig. Er hatte es kaum erwarten können, bis er zu Wort kam.

Pemberton warf ihm einen wütenden Blick zu.

»Das kommt alles später«, sagte Crawford nachsichtig. »Wer sind denn diese Leute?«

Granter erklärte es kurz.

»Sergeant Pemberton, sehen Sie sofort nach, ob jemand durch ein Fenster ins Haus eingedrungen ist, und durchsuchen Sie alle Räume. Lassen Sie das Haus umstellen, vielleicht ist der Täter noch zu fassen. Belling, Sie sehen sich inzwischen die Räume an. Wahrscheinlich ist das Speisezimmer groß genug, daß die Leute unten warten können, bis ich sie vernehmen kann. Es ist ja hier die reinste Volksversammlung. Alle Spuren werden verwischt. Tragen Sie das Mädchen hinaus und legen Sie sie auf das Sofa in der Galerie«, wandte sich Crawford dann an Granter.

Miller und der Polizist führten den Auftrag aus. Gleich darauf kehrte Belling zurück.

»An der Halle liegen drei Räume«, berichtete er. »Vorne links die Bibliothek, dahinter, aber ebenfalls von der Halle aus zugänglich, das Speisezimmer, und rechts neben dem Anfang der Treppe das Empfangszimmer. Im Speisezimmer können die Zeugen warten. Ich schlage vor, sie im Empfangszimmer zu vernehmen.«

»Gut, bringen Sie sie hinunter. Granter bleibt bei ihnen und führt dort die Aufsicht. Durchsuchen Sie das Haus, ob Sie irgendwelche Spuren finden. Ich werde mich hier umschauen. Armstrong«, wandte sich der Inspektor an einen Beamten von Scotland Yard, »machen Sie kurze Grundriß-Skizzen der einzelnen Geschosse.«

Mabel Denver kam wieder zu sich und wurde die Treppe hinuntergeführt.

Crawford kniete nun neben dem Toten nieder und legte ihm die Hand aufs Herz.

»Tot«, sagte er leise und erhob sich wieder. Er trat einige Schritte zurück, so daß er das große Bild von Sir

Richard gut betrachten konnte. Dann warf er wieder einen Blick auf den Ermordeten, der direkt zu Füßen des Gemäldes lag. Er stellte eine verblüffende Ähnlichkeit fest, obwohl das Bild bereits vor acht Jahren gemalt war, wie aus der Unterschrift des Künstlers und der beigefügten Jahreszahl hervorging.

Der Inspektor ging zur Tür und übersah von dort aus das Arbeitszimmer.

Ein großes Fenster führte zur Straße hinaus. Die Vorhänge waren vorgezogen, aber die Jalousien nicht heruntergelassen.

Sir Richard lag ausgestreckt auf dem Rücken. Beide Arme ruhten auf dem Teppich, und etwa zwanzig Zentimeter von der rechten Hand entfernt bemerkte Crawford eine Pistole.

Belling trat wieder zu ihm.

»Sorgen Sie dafür«, wandte sich der Inspektor an ihn, »daß unsere Leute die Lage des Toten mit der Waffe möglichst bald photographieren, damit wir die Waffe selbst untersuchen können. Es sieht fast so aus, als ob Sir Richard sich hat wehren wollen. Der Pistolengriff ist der Hand zugekehrt.«

Der Stuhl, der anscheinend vor dem Schreibtisch gestanden hatte, war umgefallen und lag jetzt links von dem Toten vor dem Sofa, unter dem großen Ölbild.

Der Boden war mit einem weichen, grünen Smyrna-Teppich bespannt.

Crawford bemerkte, daß die Tür zu dem Zimmer nebenan offenstand.

»Belling, sehen Sie sich hier weiter um, ich komme bald zurück.«

Der Inspektor trat in den angrenzenden Raum und drehte das Licht an. Es war ein Ankleidezimmer. Schnell durchsuchte er es, konnte aber nichts Besonderes finden. Auch die große Schiebetür zu dem nächsten Zimmer war geöffnet.

Vom Ankleidezimmer kam er ins Schlafzimmer, von dort ins Bad. Überall standen die Türen auf, aber sonst konnte Crawford nichts entdecken, nachdem er in allen Räumen Licht gemacht hatte. Vom Bad führte ein Ausgang ins Treppenhaus. Crawford ging darauf zu und wollte die Tür aufmachen, aber sie war nur angelehnt. Sie öffnete sich auf das obere Podest der Dienertreppe, die zum Seiteneingang führte.

Er ging hinunter und benützte einen schmalen Gang, dann kam er durch eine Pendeltür in die Halle und stieg wieder die Haupttreppe hinauf.

Durch die offene Tür zur Galerie sah er, daß die Beamten vom Bilddienst schon dabei waren, Aufnahmen zu machen.

»Untersuchen Sie auch alle Türklinken und Griffe in den anliegenden Räumen«, wandte er sich an den Photographen. »Es ist möglich, daß der Täter dort Spuren zurückgelassen hat. Ich meine das Ankleide-, Schlaf- und Badezimmer.«

»Ich habe keine besonderen Anhaltspunkte finden können«, meldete Belling.

»Nun gut, dann wollen wir jetzt die Leute vernehmen – vielleicht ergibt sich daraus etwas. Inzwischen wird auch der Arzt kommen. Wir sind hier oben vorläufig überflüssig. Kommen Sie mit.«

Die beiden gingen die Treppe hinunter und ließen einen Beamten von Scotland Yard als Wache auf der Galerie zurück.

»Zuerst hören wir am besten den Polizisten, der die Tat entdeckt hat«, sagte der Sergeant.

»Ja. Lassen Sie Granter durch einen anderen Mann ablösen und rufen Sie ihn herein.«

Crawford nahm an dem großen, runden Tisch Platz, der mitten im Zimmer stand.

»Erzählen Sie einmal, wie Sie den Mord entdeckt haben«, wandte er sich an Granter, als dieser mit Belling eingetreten war.

»Auf dem Gang durch mein Revier kam ich kurz vor neun in die Nähe dieses Hauses und sah aus einiger Entfernung, daß sich eine Dame an der Haustür zu schaffen machte. Vorsichtig ging ich näher und beobachtete sie. Dann wandte sie sich nach links zu dem kleinen Gang und ging wahrscheinlich zu der Nebentür. Es schlug neun. Ich wartete noch einige Zeit, aber sie kam nicht wieder auf die Straße. Meiner Meinung nach ist sie ins Haus gegangen.«

»Auf Ihre Meinung kommt es gar nicht an. Berichten Sie die Tatsachen, das übrige werden wir dann schon feststellen.«

Granter schwieg verwirrt. Er hatte geglaubt, großes Lob zu ernten, aber darin hatte er sich getäuscht.

»Also, was geschah dann?« fragte Belling aufmunternd.

»Ich blieb noch einige Minuten, dann ging ich weiter und begegnete kurz darauf einer Taxe, die anhielt. Ein Herr stieg aus – ich konnte aber sein Gesicht nicht sehen. Als er auch auf die Haustür von Nr. 34 zuging, beobachtete ich weiter. Er schien zu klingeln, wartete einen Augenblick und verschwand dann ebenfalls nach links in den Seitengang. Vorsichtig trat ich näher, aber als ich um die Hausecke schaute, war er nicht mehr zu entdecken.

Mir kam das sonderbar vor. Die Halle des Hauses war dunkel, im oberen Zimmer rechts brannte Licht. Das konnte ich sehen, obgleich die Vorhänge vorgezogen waren. Nach einiger Zeit hörte ich Stimmen im Haus, gleich darauf wurde die Tür aufgerissen, und der Butler Miller stürzte auf die Straße. Er hatte mich nicht gesehen und lief auf Berkeley Square zu. Dabei rief er mehrmals laut: ›Polizei!‹

Ich eilte ihm nach und brachte ihn durch Zurufe zum Stehen. Dann kehrten wir beide zum Haus zurück. Er war sehr aufgeregt und sagte mir, daß sein Herr, Sir Richard Richmond, der hier wohnt, ermordet worden sei. Ich fand Mr. Carley und eine junge Dame namens Evelyn Rolands, die Sekretärin, oben im Arbeitszimmer. Der Tote lag ausgestreckt auf dem Teppich.«

»Können Sie uns die Dame und den Herrn genauer beschreiben, die zuerst zur Haustür gingen und später durch den seitlichen Gang verschwanden?«

»Die Dame war groß und schlank und trug einen Pelzumschlag. Ich habe sie nur flüchtig gesehen.«

»Können Sie sie wiedererkennen?«

»Ja, wahrscheinlich.«

»Und wie sah der Herr aus?«

»Er war schlank und etwas über mittelgroß. Er trug einen dunklen Mantel und einen dunklen Hut. Ich stand aber nicht nahe genug, als daß ich mehr sehen konnte.«

»Würden Sie den auch wiedererkennen können?«

»Ich habe mir inzwischen überlegt, daß es Mr. Carley gewesen sein muß.«

Crawford runzelte die Stirn.

»Fahren Sie in Ihrem Bericht fort.«

Granter erzählte nun umständlich weiter, was inzwischen geschehen war, und Belling protokollierte genau. Der Inspektor stellte noch verschiedene Einzelfragen, aber Granters Antworten waren wenig aufschlußreich.

»Können Sie uns nicht genau die Zeit angeben, als die Dame und später der Herr ins Haus gingen?«

Der Polizist dachte einen Augenblick nach.

»Die Dame muß ein bis zwei Minuten vor neun ins Haus gegangen sein.«

»Sie wissen doch gar nicht, ob sie ins Haus gegangen ist, sondern nur, daß sie in dem seitlichen Gang verschwunden ist. Und wie war es mit dem Herrn?«

»Der muß fünf bis zehn Minuten später gekommen sein.«

»Haben Sie denn keine Uhr? Sie sagten doch selbst, daß Ihnen die Sache verdächtig vorkam. Polizeibeamte müssen sich daran gewöhnen, über Zeit, Maß und Zahl immer genaue Angaben zu machen. In dem Fall hätte es doch wirklich nicht geschadet, wenn Sie einen Blick auf Ihre Taschenuhr geworfen hätten.«

Als Granter ins Speisezimmer zurückging, holte Belling seinen Freund Carley herein.

»Also, Sie sind Mr. James Carley?« begann der Inspektor. Er sah ihn prüfend an und bemerkte sofort eine gewisse Ähnlichkeit zwischen dem jungen Ingenieur und seinem Onkel. »Sergeant Belling hat mir schon Verschiedenes von Ihnen erzählt, und Ihre Personalien sind mir bekannt. Erzählen Sie also bitte gleich, was Sie von diesem Mord wissen.«

Carley war bleich, und seine Hände zitterten, als er sie auf die Tischdecke legte.

»Darf ich rauchen?« fragte er. »Der Tote ist mein Onkel, und ich bin begreiflicherweise sehr aufgeregt.«

»Ja – bitte.«

Belling reichte Carley sein Etui, und nachdem dieser einige Züge getan hatte, begann er zu sprechen. Auch seine Stimme verriet seine Nervosität.

»Ich war heute nachmittag bei Sergeant Belling in Scotland Yard und erzählte ihm von dem merkwürdigen Verhalten meines Onkels. Bei der Unterhaltung kamen wir überein, daß es am besten wäre, wenn ich ihn noch heute aufsuchte.«

»Ich weiß von Belling bereits Einiges. Sie brauchen mir von der Konzession in Birma und der Rolle, die Ihr Onkel dabei spielte, nichts Näheres zu sagen. Im allgemeinen bin ich orientiert.«

»Gestern und heute habe ich mehrfach versucht, meinen Onkel telephonisch zu erreichen, und bin auch hierhergekommen, um ihn zu sehen, weil die Kaution gestellt werden mußte. Etwa gegen vier Uhr kam ich heute nachmittag wieder her. Der Butler öffnete und teilte mir mit, daß mein Onkel nicht anwesend wäre. Dann sagte er mir im Vertrauen, Sir Richard hätte ihm den Auftrag gegeben, ihn mir gegenüber stets zu verleugnen.«

»Belling, das ist wichtig. Unterstreichen Sie es im Protokoll«, unterbrach Crawford den Bericht. »Und wie sind Sie heute abend ins Haus gekommen?«

»Ich fuhr in einer Taxe her, weil ich noch einmal versuchen wollte, meinen Onkel zu sprechen. Unterwegs hörte ich, daß die Turmuhren neun schlugen. Ich stieg in einiger Entfernung vom Haus aus, ging zur Tür und klingelte. Aber im selben Augenblick fiel mir ein, daß mich der Butler doch wieder abweisen würde. Deshalb entschloß ich mich, die Nebentür und das seitliche Treppenhaus zu benützen, stieg bis zum Obergeschoß hinauf und ging dann durch die Schwingtür in die Galerie. Ich drehte das Licht an und kam zum Arbeitszimmer. Als ich die Tür öffnete, lag er ausgestreckt auf dem Teppich. Ich beugte mich über ihn und untersuchte ihn – er war tot. Ich war so verstört, daß ich nicht wußte, was ich beginnen sollte. Wie lange ich im Arbeitszimmer gestanden habe, ohne mich zu rühren, weiß ich nicht, aber plötzlich hörte ich Schritte auf der Galerie, wandte mich um und sah, daß Miller mir entgegenkam. Auch er neigte sich über den Toten, dann schrie er mich an: ›Sie haben ihn ermordet!‹ Als er davonstürzte, machte ich mir klar, daß ich etwas tun mußte, um mich gegen diese Beschuldigung zu wehren, und rief Scotland Yard an. Glücklicherweise konnte ich Sergeant Belling erreichen.«

Dann berichtete Carley die weiteren Vorgänge.

»Wie kamen Sie denn ins Haus? War die Seitentür nicht zugeschlossen?«

»Ich hatte einen Schlüssel dazu.«

»Woher haben Sie den?«

»Bevor ich nach Birma ging, wohnte ich in dem Haus meines Onkels.«

Der Inspektor sah ihn scharf an und runzelte die Stirn, sagte aber nichts.

Armstrong klopfte und brachte die verlangten Grundrisse. Crawford legte sie vor sich auf den Tisch und ließ Carley an Hand des Planes zeigen, welchen Weg er genommen hatte.

»Können Sie mir noch genauer angeben, wann Sie ins Haus kamen?«

Carley überlegte.

»Es muß kurz nach neun gewesen sein.«

»Wieviel Minuten? Denken Sie noch einmal nach.«

»Vielleicht fünf bis zehn Minuten nach neun.«

»Wie kam es, daß Ihre linke Hand blutig wurde?«

»Als ich niederkniete, legte ich sie unter den Kopf meines Onkels und faßte dabei in eine Blutlache.«

»Wissen Sie, ob Ihr Onkel Feinde hatte?«

»Darüber kann ich nichts sagen, denn ich bin erst gestern nach mehrjährigem Tropenaufenthalt zurückgekehrt.«

»Danke, das wäre im Augenblick alles. Bitte, verlassen Sie das Haus noch nicht. Ich habe später wahrscheinlich noch weitere Fragen an Sie.«

12

Belling brachte als nächste Zeugin Evelyn Rolands herein. Nach den Eingangsfragen über Namen, Persönlichkeit und Stellung im Hause Sir Richards sagte der Inspektor:

»Ich weiß schon über verschiedene Dinge Bescheid, und ich will nur kurz erwähnen, daß Sie gestern Mr. Carley kennengelernt und ihn mehrmals getroffen haben. Bitte, erzählen Sie mir einmal, wie Sie heute hier ins Haus kamen, und was Sie von dem Mord wissen.«

»Heute nachmittag sagte Sir Richard zu mir, daß er vielleicht in meinem Hotel anrufen würde, wenn ich heute abend noch für ihn arbeiten sollte.«

»Haben Sie schon häufig abends hier geschrieben?«

»Nur zweimal.«

»Wann sind Sie heute abend gekommen?«

»Ich erfuhr es so spät, daß ich erst um halb neun hier war.«

»Wer hat Sie hereingelassen?«

»Ich habe selbst einen Schlüssel zum Seiteneingang.«

»Was taten Sie, als Sie im Haus waren?«

»Ich ging in die Bibliothek, wo ich gewöhnlich arbeite, und machte dort Licht. Zu meinem Erstaunen fand ich keine Arbeit vor, aber ich hatte schon früher mehrmals stundenlang nichts zu tun gehabt, und Sir Richard war sehr unregelmäßig in seinem Kommen.

Kurz vor neun glaubte ich ein Geräusch im Haus zu hören. Als die Uhr auf dem Kamin dann neun schlug, überlegte ich mir, daß ich noch eine Viertelstunde warten wollte. Wenn Sir Richard dann nicht erschienen wäre, wollte ich wieder nach Hause gehen. Daher warf ich öfter einen Blick auf die Uhr. Ich hatte den Eindruck, daß über mir, in dem Arbeitszimmer von Sir Richard, gesprochen wurde, aber ich kann es nicht genau sagen.

Kurz darauf klingelte es – das war um neun Uhr sieben. Ich weiß es genau, denn ich sah nach der Uhr. Ich ging zur Tür, wagte aber nicht zu öffnen, und lauschte angestrengt. Draußen ging jemand von der Haustür zur Seitentür und kam dann herein.

Einige Minuten darauf hörte ich laute Stimmen und trat in die Halle. Das Licht brannte, und gleich darauf lief der Butler Miller die Treppe herunter. Er überstürzte sich so, daß er stolperte und beinahe gefallen wäre. Als er das Haus verlassen hatte, stieg ich langsam und vorsichtig die Treppe hinauf und hörte, daß oben Mr. Carley telephonierte. Kurze Zeit später kehrte Mr. Miller mit einem Polizisten zurück.«

»Sie sagten vorhin, Sie hätten gehört, daß in dem Zimmer über Ihnen gesprochen wurde. Können Sie darüber etwas Genaueres mitteilen?«

Evelyn dachte nach.

»Nein, leider nicht.«

»Haben Sie deutlich gehört, daß in dem Zimmer über Ihnen gesprochen wurde?«

»Nein, ich kann mich auch getäuscht haben.«

»Belling, bitte, notieren Sie auf ein besonderes Blatt die einzelnen Zeitangaben. – Wann haben Sie Mr. Carley heute getroffen, Miß Rolands?«

Sie wurde verlegen.

»Zuerst heute morgen bei Rechtsanwalt Stetson, aber das war nur eine zufällige, kurze Begegnung. Wir haben kaum eine Minute miteinander gesprochen. Um halb eins hat er mich dann zum Essen abgeholt, und wir sind bis kurz nach zwei zusammengeblieben. Später hat er um fünf Uhr hier vor dem Haus gewartet und mich zum Ardmay-Hotel begleitet, in dem ich wohne. Wir haben dort zu Abend gegessen.«

»Wann hat er sich von Ihnen verabschiedet?«

»Um acht Uhr.«

»Und wann haben Sie erfahren, daß Sir Richard Sie zu heute abend bestellt hat, um Ihnen noch Briefe zu diktieren?«

»Als ich ins Hotel zurückkam, sagte der Portier, daß das Zimmermädchen ein Telephongespräch für mich angenommen hätte.«

»Soviel ich erfahren habe, hatten Sie gestern einen unangenehmen Auftritt mit Sir Richard?«

»Ja.«

»Bitte, erzählen Sie, wie das kam.«

Evelyn wurde über und über rot und berichtete zögernd, was sich zugetragen hatte.

»Haben Sie das auch Mr. Carley erzählt?«

»Ja«, erwiderte sie leise.

»Wie hat er darauf reagiert?«

»Er wurde sehr zornig, und ich mußte ihn beruhigen.«

»Hat Sir Richard noch einmal mit Ihnen über den Auftritt gesprochen?«

»Anwalt Stetson rief ihn an, und daraufhin entschuldigte er sich heute nachmittag bei mir.«

»Ich danke Ihnen, Miß Rolands. Bitte, gehen Sie ins Speisezimmer zurück und bleiben Sie noch im Haus. – Jetzt wollen wir hören, was der Butler zu berichten hat.«

Belling begleitete Evelyn hinaus und kam gleich darauf mit Miller zurück.

»Bitte, nehmen Sie Platz«, sagte der Inspektor.

»Ich kann Ihnen mitteilen, wer den Mord begangen hat«, begann der Butler.

»Tun Sie das lieber nicht und beantworten Sie dafür genau die Fragen, die ich an Sie stelle. Die Schlußfolgerungen aus den Tatsachen werden wir schon selbst ziehen. Zunächst erzählen Sie einmal, wie Sie den Mord entdeckten. Aber ich will nur Tatsachen hören, keine Vermutungen.«

Miller erklärte wahrheitsgetreu, daß er früher aus dem Kino zurückgekehrt war, und daß gleich darauf Sir Richard nach Hause kam.

»Haben Sie miteinander gesprochen?«

»Ja.« Miller gab die kurze Unterhaltung wieder, die er mit seinem Herrn geführt hatte.

»Zu dem Zeitpunkt haben Sie also Sir Richard zum letztenmal lebend gesehen?«

»Ja.«

»Wann war das?«

»Viertel nach acht.«

»War außer Ihnen noch jemand im Haus?«

»Nein, soviel ich weiß, nicht.«

»Fiel Ihnen an Sir Richards Benehmen etwas auf? War er nervös? Oder erwartete er Besuch?«

»Er schaute mich sonderbar an und war unheimlich ruhig. Ob er Besuch erwartete, weiß ich nicht.«

»Haben Sie in letzter Zeit hier im Haus etwas Besonderes bemerkt?«

Der Butler zögerte.

»Ich habe schon verschiedene Stellen gehabt, aber dieser Haushalt ist sehr merkwürdig. Sir Richard hielt sich nur wenig hier auf, und wenn er kam, war er meistens bei der Sekretärin in der Bibliothek, oder er ließ sie zu sich ins Arbeitszimmer kommen.«

»Wollen Sie damit andeuten, daß Sir Richard sich besonders für Miß Rolands interessierte?«

»Ja. Gestern abend kam es auch zu einem Auftritt zwischen den beiden.«

»Woher wissen Sie das?«

»Ich war in der Halle, und die Tür zur Bibliothek war nur angelehnt. Als ich einen Wortwechsel hörte, trat ich näher.«

Nun erzählte Miller, was er gesehen und gehört hatte. Sein Bericht deckte sich mit dem, was Crawford bereits wußte.

»Was taten Sie, nachdem Sie sich heute abend von Sir Richard verabschiedet hatten?«

»Ich ging nach oben, zog mich aus, legte mich ins Bett und las einen Kriminalroman. Plötzlich klingelte es. Ich wunderte mich, daß so spät noch jemand Sir Richard sprechen wollte, und es dauerte einige Zeit, bis ich mich angezogen hatte. In der Eile stieß ich den Stuhl um, als ich aus dem Zimmer ging. In der Halle und im Arbeitszimmer brannte Licht. Deutlich besinne ich mich darauf, daß ich das große Bild durch die Tür sehen konnte. Ich lief die Galerie entlang und traf Mr. Carley, der mit blutigen Händen aus dem Arbeitszimmer herauskam. Sir Richard lag ermordet am Boden. Dann holte ich die Polizei.«

»Das andere ist bekannt. Können Sie uns genau sagen, wann es klingelte?«

»Ja. Ich sah nach der Uhr – es war neun Uhr sieben. Ich kann mich genau daran erinnern, denn der Wecker stand auf dem Stuhl vor meinem Bett.«

»Belling, notieren Sie genau – neun Uhr sieben. – Wie ich aus den Grundrissen sehe, liegt Ihr Schlafraum über dem Arbeitszimmer von Sir Richard. Haben Sie etwas von den Vorgängen unter Ihnen gemerkt?«

»Nein«, entgegnete der Butler nachdenklich. »Nur zu Anfang, als ich das Buch aufschlug, hörte ich schwach, daß unter mir jemand hustete. Das mußte Sir Richard gewesen sein. Aber nachher war der Roman so spannend, daß ich nicht mehr aufgepaßt habe.«

Belling unterdrückte ein Lächeln.

»Seit wann sind Sie hier im Haus beschäftigt?« fragte Crawford weiter.

»Seit etwa drei Wochen.«

»Wer hat Sie engagiert?«

»Rechtsanwalt Stetson. Er hat auch Miß Denver und die Köchin angestellt. Es dauerte dann noch zwei bis drei Tage, bis Sir Richard von seiner Reise zurückkam. Inzwischen haben wir das Haus instandgesetzt und Großreinemachen gehalten.«

»Haben Sie Ihren Arbeitsausweis bei sich?«

Miller faßte in den Rock, zog zuerst eine elegante Brieftasche heraus und legte sie auf den Tisch. Dann fand er auch seinen Arbeitsausweis und reichte ihn dem Inspektor.

»Bitte, geben Sie mir auch einmal die Tasche her.«

Der Butler zögerte einen Augenblick, dann reichte er sie Crawford, der sie neben sich legte.

»Ich habe sie vorhin unten im Flur gefunden, als ich das Zimmermädchen und die Köchin hereinließ.«

»Notieren Sie die Personalien«, wandte sich der Inspektor an Belling und schob ihm den Arbeitsausweis über den Tisch zu. »Wissen Sie, ob Sir Richard Feinde gehabt hat?« fragte er dann wieder den Butler.

»Nein. Aber Mr. Carley hat in den beiden letzten Tagen öfter angerufen, auch ist er verschiedentlich hier gewesen und hat nach Sir Richard gefragt. Er wollte ihn unter allen Umständen sprechen, und Sir Richard hat mir heute Auftrag gegeben, zu sagen, er sei nicht hier, wenn Mr. Carley wiederkäme.«

Crawford schwieg kurze Zeit und warf Belling einen vielsagenden Blick zu. Aber der Sergeant schüttelte den Kopf.

»Haben Sie den Eindruck, daß ein gespanntes Verhältnis zwischen Sir Richard und seinem Neffen bestand?«

»Ja.«

»Warum?«

»Sir Richard wollte Mr. Carley doch nicht empfangen. Als Mr. Carley das erfuhr, wurde er sehr aufgebracht und zornig und sagte, daß er das seinem Onkel heimzahlen wollte.«

»Also haben Sie Mr. Carley das verraten?«

»Ja. Er stellte soviele Fragen an mich und wollte alles so genau wissen, daß mir nichts anderes übrigblieb, als ihm die Wahrheit zu sagen.«

»Hat Sir Richard hier im Haus öfter Besuch empfangen?«

»Nein.«

»Hat vielleicht einmal jemand nach ihm gefragt?«

»Ja. Heute nachmittag war eine Dame in einem grauen Pelzmantel und ebensolcher Kappe hier. Miß Rolands öffnete ihr, weil ich gerade kurze Zeit fortgegangen war. Ich kam aber gleich darauf zurück. Sie stellte sonderbare Fragen.«

»Bitte beschreiben Sie die Dame genauer.«

»Sie war groß, schlank und hatte frische Gesichtsfarbe, blaue Augen und blonde Haare.«

»Wie groß mag sie gewesen sein?«

»Etwas über mittelgroß.«

»Wonach hat sie denn gefragt?«

»Zunächst wollte sie wissen, ob Sir Richard hier wohnte, wann er zu Hause wäre, und ob er öfter abends herkäme. Sie machte einen merkwürdigen Eindruck«, fuhr Miller fort, »und sie fragte mich dann vor allem noch nach Miß Rolands aus.«

Sergeant Pemberton meldete sich.

»Miller, Sie können wieder ins Speisezimmer gehen«, sagte Crawford.

Der Butler erhob sich, blieb aber noch einen Augenblick stehen, um die Ledertasche zu nehmen, die vor dem Inspektor lag.

»Nein, lassen Sie die vorläufig noch hier.«

Miller zögerte, und Crawford sah ihn fragend an. Langsam wandte sich der Butler zur Tür.

»Nun, was haben Sie zu berichten, Pemberton?«

»Wir haben das ganze Haus durchsucht. Armstrong hat mir Kopien der Grundriß-Skizzen gegeben, aber wir haben nichts weiter gefunden. Alle Fenster sind gesichert, und soweit wir bis jetzt feststellen konnten, ist niemand auf diesem Weg eingedrungen. Wir sind in allen Räumen vom Boden bis zum Keller gewesen, es kann sich niemand hier versteckt halten. Außergewöhnlich im Haus ist eine Wendeltreppe, die unter dem linken Podest neben der Haustür liegt. Eine Geheimtür in der Bibliothek öffnet sich auf das linke Podest, außerdem kann man von diesem Wendeltreppen-podest aus sofort ins Freie gelangen. Sie führt zu einem großen Laboratorium im Keller, das die ganze Tiefe des Hauses einnimmt.«

Crawford nahm die Pläne zur Hand.

»Ja, ich sehe, was Sie meinen. Sonst ist also nichts Ungewöhnliches gefunden worden?«

»Nein.«

Es klopfte.

Pemberton öffnete, und der Polizeiarzt trat ein. »Guten Abend, Dr. Reynolds – es tut mir leid, daß wir Sie so spät noch in Anspruch nehmen müssen. Der Sergeant wird Sie gleich hinaufführen, es handelt sich um einen Mord. Der Tote liegt im ersten Stock.«

Der Arzt reichte dem Inspektor und Belling die Hand, dann folgte er Pemberton nach oben.

»Jetzt wollen wir noch das Zimmermädchen und die Köchin vernehmen. Viel können die wahrscheinlich nicht sagen, weil sie ja während der fraglichen Zeit im Kino waren. Bitte, rufen Sie zunächst die Köchin.«

Ann Stoutman war eine energische Frau, untersetzt und ziemlich klein. Sie mochte Mitte der Dreißig sein und machte einen zuverlässigen Eindruck. Nachdem Crawford verschiedene Fragen an sie gerichtet hatte, die nichts Neues zutage förderten, wollte er wissen, ob ihr in der letzten Zeit in dem Haushalt oder an dem Benehmen Sir Richards etwas aufgefallen wäre.

»Ja. Sir Richard ist nur selten hier gewesen und hat keine Nacht hier geschlafen. Sein Bett war immer unbenützt.«

»Haben Sie das gesehen?«

»Ja. Einmal hat mich Mabel gerufen und es mir gezeigt. Auch hat er nur zweimal hier gegessen, und es ist doch merkwürdig, wenn man ein großes Haus mit Dienstboten unterhält und nicht darin wohnt.«

Der Inspektor schickte die Köchin fort und ließ das Zimmermädchen rufen.

»Sie sind Mabel Denver?«

»Ja.«

Crawford sah das junge Mädchen an. Sie war hübsch, hatte schwarzes Haar, dunkle Augen und rote Wangen. Inzwischen hatte sie sich von ihrem Schrecken wieder erholt.

Sie bestätigte die Aussagen der Köchin, und da sie sonst nichts wußte, brach Crawford das Verhör bald wieder ab.

»Sie können sich jetzt zur Ruhe legen – sagen Sie das auch der Köchin«, verabschiedete er sie.

»Bevor wir weitergehen, wollen wir einmal die verschiedenen Aussagen vergleichen und sehen«, wandte er sich dann an Belling. »Der junge Carley wird von dem Butler im Arbeitszimmer angetroffen, Sir Richard liegt tot auf dem Teppich, und eine Pistole mit Schalldämpfer wird auf dem Boden gefunden.«

»Es ist ja erklärlich, daß weder der Butler noch Miß Rolands einen Schuß gehört haben, wenn die Mordwaffe mit einem Schalldämpfer versehen war«, meinte Belling. »Miller hat sich übrigens bei dem Verhör sehr zusammengenommen. Dem Polizisten Granter hat er offenbar zuerst viel Mühe gemacht.«

»Ich weiß nicht, ob er so unrecht hat«, entgegnete Crawford. »Sie sind natürlich Carleys Freund, und es ist auch jetzt noch viel zu früh, um Schlüsse aus den Tatsachen zu ziehen. Aber zunächst suchen wir doch immer nach einem Motiv zur Tat, und diese Voraussetzung ist bei Carley zweifach gegeben. Nach jahrelangem Aufenthalt in den Tropen und schwerer Arbeit im Dschungel kommt er nach England zurück. Was ist erklärlicher, als daß er sich in die schöne Evelyn Rolands verliebt?

Ich habe ihn genau betrachtet – er hat eine senkrechte Falte in der Stirn und buschige Augenbrauen. Und mehrmals habe ich gesehen, daß er die Zähne zusammenbiß, so daß die Kaumuskeln vortraten. Das sind alles Anzeichen für eine hitzige, ich möchte fast sagen, jähzornige Veranlagung. Im Überschwang der ersten Liebe erfährt er, daß Miß Rolands von seinem Onkel beleidigt wird. Sie bestätigte uns sogar, daß sie ihn beruhigen mußte. Außerdem wird er von seinem Onkel im Stich gelassen. Sie haben mir unterwegs die Geschichte ja erzählt. Unter solchen Umständen kann er die Herrschaft über sich verloren haben. Vom Butler haben wir erfahren, daß Sir Richard sich vor seinem Neffen verleugnen ließ. Als Carley dies hörte, äußerte er sich sehr abfällig über Sir Richard und sagte, daß er es ihm heimzahlen wollte. Daraus ergibt sich, daß Carley gegen seinen Onkel in sehr gereizter Stimmung war, und bei seinem jähzornigen Charakter ist der Verdacht nicht von der Hand zu weisen, daß er der Täter ist.«

»Ich bin davon überzeugt, daß er seinen Onkel nicht erschossen hat«, bemerkte Belling.

»Daß Sie für Ihren Freund eintreten, ist schön und gut. Aber Polizeibeamte müssen sich an Tatsachen halten.«

Der Sergeant runzelte die Stirn, sagte aber nichts.

13

Inspektor Crawford legte die Pläne der einzelnen Geschosse vor sich auf den Tisch und betrachtete sie einige Zeit eingehend. Dann winkte er Belling zu sich.

»Setzen Sie sich einmal hier neben mich. Sehen Sie, das Haus hat drei Eingänge. Soweit wir bis jetzt festgestellt haben, waren um die fragliche Zeit, in der der Mord begangen wurde, nur zwei Personen im Haus. Die Aussagen der beiden scheinen darin übereinzustimmen, daß um neun Uhr sieben jemand klingelte. Das muß Carley gewesen sein. Die wichtige Frage ist nun: War um neun Uhr sieben der Mord schon begangen? Wenn ja, dann ist Carley unschuldig; wenn nicht, kommt in erster Linie er als Täter in Betracht. Ich wollte Ihnen aber noch eine andere Möglichkeit zeigen. Es kann doch auch jemand durch den Geheimeingang ins Haus eingedrungen sein.«

»Das halte ich für ausgeschlossen. Der Geheimeingang führt doch in die Bibliothek, und dort wartete Miß Rolands.«

»Der Täter kann sich auf diesem Weg ins Haus geschlichen haben, bevor sie hinkam. Wir wissen von ihr, daß sie seit halb neun in der Bibliothek war. Das Haus ist groß, das Zimmermädchen und die Köchin waren ins Kino gegangen, und auch der Butler war mindestens eine halbe Stunde lang fort. Später war er nur ein paar Minuten unten im Haus, und zwar gegen Viertel nach acht. Es blieb also noch genügend Zeit und Gelegenheit, daß sich jemand ins Haus schleichen konnte. Wenn wir dies einmal annehmen, muß der Betreffende aber vor Eintreffen des Sergeanten Pemberton und seiner Leute das Haus wieder verlassen haben, denn von dem Zeitpunkt an sind alle Fronten scharf bewacht worden. Außerdem hat Pemberton das ganze Gebäude durchsucht und niemand gefunden.«

»Das stimmt«, pflichtete Sergeant Belling bei. »Ich möchte aber noch auf einen anderen Punkt hinweisen. Granter hat doch eine Dame beobachtet, die ins Haus gegangen sein soll. Die käme doch als Täterin auch in Frage.«

»Selbstverständlich. Aber sehen Sie einmal, hier führt ein Gang links vom Haus zur Seitentür und weiter auf den Hof. Wir müßten einmal feststellen lassen, ob von dort ein Ausgang nach der anderen Seite existiert.«

Es klopfte, und gleich darauf trat Dr. Reynolds ein, der die erste Untersuchung des Toten beendet hatte.

»Ich möchte Ihnen gern Bericht erstatten. Sir Richard Richmond ist durch einen Pistolenschuß in den Mund getötet worden. Das Geschoß ist zwischen den Zähnen eingedrungen, hat die oberen und unteren Schneidezähne verletzt, den hinteren Gaumen und die Wirbelsäule durchschlagen und eine verhältnismäßig große Ausschußöffnung verursacht. Sir Richard ist infolge des Schusses hintenübergefallen, und unter seinem Kopf hat sich eine große Blutlache gebildet. Der Tod ist unmittelbar darauf eingetreten.«

»Können Sie uns nähere Angaben darüber machen, wann der Tod eintrat?«

Dr. Reynolds seufzte.

»Das ist immer die leidige Frage. In manchen Fällen ist es leicht, in anderen schwer. Sie hätten natürlich am liebsten, daß der Arzt Ihnen sagte: ›Sir Richard ist um neun Uhr zehn Minuten und fünfundvierzig Sekunden gestorben.‹ Aber so genau läßt sich das eben nicht feststellen.«

»Aber Sie werden uns doch einen ungefähren Anhalt geben können?«

»Das ist wohl möglich, wenn man alle Umstände in Betracht zieht.«

»Ist die Leichenstarre schon eingetreten?«

»Sie beginnt eben. Mit ziemlicher Regelmäßigkeit setzt sie zwei Stunden nach dem Tod ein. Daraus folgt, daß Sir Richard vor etwa zwei Stunden starb.«

Der Inspektor sah nach der Uhr. Es war sieben Minuten nach elf.

»Das wäre also gegen neun gewesen.«

»Ja. Ich möchte sagen, frühestens könnte der Tod fünf Minuten vor neun, spätestens fünfzehn Minuten nach neun eingetreten sein.«

»Durch Verhör haben wir festgestellt, daß um neun Uhr sieben an der Haustür geklingelt wurde. Es ist wichtig, festzustellen, ob Sir Richard in dem Augenblick noch lebte. Können Sie darüber wenigstens eine Vermutung äußern?«

»Ich nehme an, daß er ungefähr um neun Uhr sieben starb. Auf die Minute läßt sich das natürlich nicht ausrechnen. Eine medizinische Untersuchung ist eben keine algebraische Gleichung.«

»Wäre es möglich, daß Selbstmord vorliegt? Die Frage ist etwas unangebracht, aber ich muß sie doch stellen.«

»Denkbar wäre es, aber es ist nicht wahrscheinlich. Früher haben sich Selbstmörder meistens durch einen Schuß in die Stirn oder in die Schläfen getötet, da aber in beiden Fällen nicht sicher ist, daß der Tod bestimmt eintritt, sind in letzter Zeit häufiger Selbstmorde durch Schüsse in den Mund vorgekommen. Bei einem Schuß in die Schläfe geschieht es manchmal, daß der Betreffende sich nur den Sehnerv verletzt und dann weiterlebt. Wenn Sir Richard aber die Absicht gehabt hätte, sich zu erschießen, wäre er wohl in seinem Stuhl vor dem Schreibtisch sitzengeblieben.«

»Sie haben recht. Sie müssen natürlich noch eine Obduktion vornehmen?«

»Ja.«

»Wann kann ich Ihren Bericht darüber erwarten?«

»Der Fall liegt ziemlich einfach – ich glaube, daß ich Ihnen morgen vormittag um elf oder spätestens zwölf das Ergebnis mitteilen kann.«

»Belling, veranlassen Sie, daß die Taschen und Kleider des Toten durchsucht werden, falls Pemberton das nicht schon getan hat.«

»Haben Sie denn irgendwelche Anhaltspunkte dafür, daß Selbstmord vorliegen könnte?« fragte Dr. Reynolds, der sich stets lebhaft für die Aufklärung der Fälle interessierte.

»Nein. Alles deutet darauf hin, daß es sich um einen Mord handelt. Aber man kann nie wissen.«

»Ich werde Ihnen morgen den Bericht persönlich bringen, damit ich erfahre, was Sie inzwischen herausgebracht haben.«

»Sind Sie immer noch so neugierig?«

Dr. Reynolds lachte und reichte dem Inspektor zum Abschied die Hand.

»Ich werde veranlassen, daß der Tote festgestellt wird.«

»Ja, bitte, telephonieren Sie nach einem Wagen.«

Dr. Reynolds verließ das Zimmer.

»Rufen Sie Pemberton«, wandte sich Crawford an Belling.

Gleich darauf erschien der Verlangte.

»Haben Sie das Mordzimmer genau untersucht? Hat sich eine Patronenhülse gefunden?«

»Ja, in der Nähe der Fensterwand vor dem Schreibtisch haben wir eine entdeckt.«

»Haben Sie den Inhalt der Taschen des Toten festgestellt?«

»Ja. Wir fanden die üblichen Dinge darin. Ich habe ein genaues Verzeichnis aufgestellt und die einzelnen Gegenstände in einen großen Briefumschlag gelegt. Ich glaube nicht, daß wir dadurch weiterkommen.«

»Herein!« rief Inspektor Crawford, als es an der Tür klopfte.

Detektiv Armstrong trat ein.

»Es ist eben eine Dame gekommen, die ins Haus gehen wollte und sich nach Sir Richard erkundigte.«

»Führen Sie sie sofort hierher – ich will sie sprechen.«

Armstrong entfernte sich wieder.

»Es wäre sicher interessant, wenn wir auch Rechtsanwalt Stetson vernehmen könnten«, meinte Belling. »Der ist sicher in der Lage, uns viele Aufschlüsse zu geben.«

»Das ist richtig. Pemberton, rufen Sie doch einmal an und bitten Sie ihn, daß er herkommen möchte. Teilen Sie ihm aber noch nicht mit, daß Sir Richard ermordet worden ist.«

»Jawohl«, entgegnete der Sergeant und verließ das Zimmer. Vor der Tür begegnete er Ria Bonati, die von Detektiv Armstrong ins Zimmer geleitet wurde. Sie hatte ein kostbares Chinchilla-Cape lose um die Schultern gelegt, so daß das prachtvolle, stahlblaue Samtkleid zu sehen war. Hochaufgerichtet trat sie ein, und Crawford und Belling bewunderten ihre schöne Erscheinung.

»Bitte, nehmen Sie Platz«, sagte der Inspektor höflich.

Sie sah ihn bestürzt an.

»Was ist denn geschehen? Ich muß es wissen?«

»Sie sollen gleich alles erfahren, aber zuerst möchte ich Sie bitten, mir einige Fragen zu beantworten.«

»Wie kommen Sie dazu, Fragen an mich zu stellen?«

»Ich bin Inspektor Crawford von Scotland Yard, und es ist meine Aufgabe, hier ein Verbrechen aufzuklären.«

»Ist Sir Richard etwas zugestoßen?« rief sie aufgeregt.

»Leider muß ich Ihnen die traurige Mitteilung machen, daß er nicht mehr am Leben ist.«

Sie wurde bleich.

»Ich muß ihn sehen!«

»Im Augenblick ist das nicht möglich, später werde ich Ihnen Gelegenheit dazu geben. Sagen Sie mir bitte, wer Sie sind.«

»Ria Bonati!«

»Warum kommen Sie heute abend noch so spät hierher?«

»Ich bin mit Sir Richard verlobt – wir wollten in nächster Zeit heiraten«, antwortete sie erregt und wenig logisch. »Sie wollen mir doch nicht etwa abschlagen, daß ich ihn sehen kann?«

»Es tut mir sehr leid, daß Sie ein so harter Schlag getroffen hat, Miß Bonati. Aber wenn Sie Sir Richard so nahestehen, werden Sie doch vor allem auch den Wunsch haben, daß die Ursache seines Todes möglichst einwandfrei und schnell aufgeklärt wird. Ich bitte Sie also, der Polizei nach Kräften zu helfen.«

Sie nickte, während sie ihr Taschentuch nervös mit den Händen zerdrückte.

»Wann haben Sie Sir Richard zum letztenmal gesehen?«

»Heute abend – in der Oper.«

»Wann war das?«

»Gegen acht – kurz vor Beginn der Vorstellung.«

»Bitte, erzählen Sie mir alles Nähere darüber.«

»Wir speisten im Savoy-Hotel zu Abend und hatten ursprünglich die Absicht, zusammen in Carmen zu gehen, aber er sagte, daß er noch eine wichtige, dringende Besprechung hätte. Er wollte aber nach dem ersten Akt nachkommen.«

»Hat er Ihnen vielleicht mitgeteilt, mit wem er sprechen wollte?«

»Mit seinem Neffen, der in diesen Tagen aus Birma zurückgekehrt ist.«

Crawford und Belling sahen sie aufs höchste erstaunt an.

»Wann hat er Ihnen das gesagt?« fragte der Inspektor nach einer kurzen Pause.

»Auf der Fahrt vom Hotel zur Oper. Er brachte mich bis zu meiner Loge und verabschiedete sich dann von mir. Als er zu Beginn des zweiten Aktes nicht kam, wurde ich unruhig, und –« Sie brach ab und wurde unsicher.

»Was wollten Sie sagen?«

»Und als er mich nach Schluß der Vorstellung nicht abholte, fuhr ich hierher, weil ich in großer Sorge war. Sein merkwürdiges Wesen ist mir schon während des Abendessens aufgefallen. Ich kann es mir allerdings jetzt erklären. Die Unterredung mit seinem Neffen muß der Grund dazu gewesen sein. Aber bitte, führen Sie mich jetzt zu ihm –« Sie bedeckte die Augen mit der Hand.

»Wenn Sie sich stark genug dazu fühlen, will ich Sie begleiten.«

Crawford erhob sich und gab Belling einen Wink, mitzukommen.

»Er liegt im Arbeitszimmer im oberen Geschoß.«

Auf der Treppe blieb Ria Bonati einen Augenblick stehen und preßte die Hand auf die Brust, aber dann nahm sie sich zusammen und ging weiter.

Die Tür des Arbeitszimmers nach der Galerie war geschlossen, und ein Polizeibeamter hielt davor Wache. Als er sah, daß Inspektor Crawford sich näherte, öffnete er und trat zur Seite.

Der Tote lag noch auf dem Teppich, war aber mit einem Tuch zugedeckt. Der Inspektor ging voraus, so daß Ria Bonati Sir Richard erst sehen konnte, als er sich bückte und das Tuch wegzog.

Sie stieß einen gellenden Schrei aus. Belling, der hinter ihr stand, legte den Arm um sie, stützte sie und führte sie zu einem Sessel.

Crawford gab einem der Polizeibeamten einen Wink, und dieser deckte den Toten wieder zu, dann trat er auch zu dem Sessel, in dem Ria Bonati saß.

»Ich bedaure unendlich, daß Sie all dies Schwere heute erleben müssen. Ist es nicht besser, wenn wir nach unten gehen?«

Sie nickte.

»Ist er erschossen worden?« fragte sie leise.

»Ja.«

»Wann ist das geschehen?«

»Etwa um neun.«

Sie richtete sich plötzlich auf und sah Crawford mit starren, weitgeöffneten Augen an. Dann stöhnte sie laut und sank in den Sessel zurück.

Belling hatte Mitleid mit der schönen Frau und sah sie teilnehmend an, aber Crawford beobachtete sie scharf.

»Sergeant Belling wird Sie nach unten bringen«, sagte er. »Ich komme sofort nach.«

Sie schien die Worte nicht gehört zu haben, aber nach einer kurzen Pause preßte sie die Lippen zusammen und erhob sich.

Belling verneigte sich leicht, reichte ihr den Arm und führte sie wieder zum Empfangszimmer.

Pemberton trat gleich darauf zu Crawford.

»Ich habe versucht, Rechtsanwalt Stetson anzurufen. Es hat lange gedauert, bis sich jemand meldete. Aber er war nicht zu Hause. Sein Butler meinte, er wäre in einen Klub gegangen, und es wäre unbestimmt, wann er zurückkäme.«

»Es ist gut, dann müssen wir es eben morgen noch einmal versuchen.«

Crawford ging nun auch in das Empfangszimmer zurück.

»Wie lange kennen Sie Sir Richard schon?« fragte er Ria Bonati.

Aber sie erlitt einen Zusammenbruch. Plötzlich schluchzte sie heftig auf, und es war unmöglich, noch etwas von ihr zu erfahren.

Sergeant Pemberton mußte sie in einer Taxe in ihr Hotel bringen. Inspektor Crawford nahm ihn vorher noch beiseite.

»Fragen Sie das Hotelpersonal über Ria Bonati aus. Vielleicht kommen wir dadurch weiter.«

»Ich wollte Ihnen eigentlich die Resultate der Untersuchung noch melden, aber Armstrong weiß ja auch über alles Bescheid«, erwiderte Pemberton. »Er hat das Protokoll.«

14

»Geben Sie mir doch einmal die Protokolle«, sagte der Inspektor zu Sergeant Belling, als Pemberton und Ria Bonati gegangen waren.

Schnell überflog er die Seiten.

»Zunächst müssen wir den Widerspruch aufklären, der zwischen den Aussagen von Miß Bonati und Mr. Carley besteht.«

»Vielleicht ist es nur ein scheinbarer Widerspruch«, erwiderte Belling.

»Das werden wir ja gleich sehen. Rufen Sie Mr. Carley.«

Als Jim ins Zimmer trat, musterte Crawford ihn. Auch Belling schaute besorgt zu ihm hinüber. Das lange Warten in dem Speisezimmer hatte Carley noch unruhiger gemacht, und er sah auffallend bleich aus.

Der Inspektor lud ihn mit einer Handbewegung ein, am Tisch Platz zu nehmen.

»Sie sagten vorhin, daß Sie heute abend Ihren Onkel aufsuchen wollten, um ihn zur Rede zu stellen.«

»So scharf habe ich mich gerade nicht ausgedrückt, aber es war mein dringender Wunsch, eine Aussprache über die schwebenden Fragen herbeizuführen. Vorher hatte ich eine lange Unterredung mit Sergeant

Belling in Scotland Yard gehabt, der mich in meinem Entschluß bestärkte.«

»Haben Sie sich mit Sir Richard darüber verständigt, daß Sie kommen wollten?«

»Nein.«

»Haben Sie auch nicht indirekt mit ihm Fühlung genommen, so daß er von Ihrer Absicht unterrichtet war?«

»Nein, ich habe mich weder direkt noch indirekt mit ihm in Verbindung gesetzt.«

»Kennen Sie Miß Ria Bonati?«

»Nein.«

»Aber Sie kennen sie doch dem Namen nach?«

»Vor meiner Rückkehr nach England habe ich ihren Namen nie gehört.«

»Ich habe Mr. Carley auf seine Fragen hin heute nachmittag Verschiedenes über sie erzählt«, warf Belling ein.

»Sie war eben hier und teilte uns mit, daß sie mit Sir Richard verlobt wäre. Im Lauf der Vernehmung sagte sie uns auch, daß er heute abend eigentlich mit ihr in die Oper hatte gehen wollen. Er hätte sich aber bei ihr damit entschuldigt, daß er eine wichtige Besprechung mit seinem Neffen hätte, der eben aus Birma zurückgekehrt wäre. Das kann doch kein anderer sein als Sie? Wie erklären Sie sich das?«

»Es ist mir unverständlich – nach allem, was ich von dem Butler gehört habe.«

»Haben Sie eigenes Vermögen?«

»Persönlich besitze ich nur geringe Mittel. Mein Vater hat mir nichts hinterlassen, aber ich habe mir während meines Aufenthalts in Birma etwas gespart. Es sind allerdings nicht mehr als tausendfünfhundert Pfund.«

»Das ist alles, danke. Sie können wieder ins Speisezimmer gehen.«

Carley erhob sich und verließ das Zimmer.

»Ich kann mir nicht denken, daß Miß Bonati die Sache aus der Luft gegriffen hat. Ihre Aussage paßt zu gut in den ganzen Zusammenhang«, sagte Crawford.

»Immerhin steht die Aussage Ria Bonatis den Worten Carleys gegenüber, und ich persönlich halte ihn für zuverlässiger.«

Der Inspektor griff nach der Brieftasche, die Miller ihm gegeben hatte, und klappte sie auf. Rechts sah er einen dicken Stoß Banknoten und nahm sie heraus. Es waren Hundert- und Fünfzigpfundnoten – im ganzen viertausend Pfund. Auf der anderen Seite fand er einen Paß, verschiedene kleine Geldscheine und mehrere Schriftstücke. Der Paß lautete auf Sir Richard Richmond, was auch durch die beigefügte Photographie bestätigt wurde.

»Das ist allerdings ein starkes Stück! Miller behauptete doch, er hätte die Brieftasche unten im Flur gefunden! Klingt sehr unwahrscheinlich.«

»Mir ist Miller gleich verdächtig vorgekommen«, entgegnete Belling.

»Sein vorlautes Wesen hat auch auf mich einen schlechten Eindruck gemacht.«

»Außerdem hat er sofort Carley des Mordes bezichtigt, als ob er den Verdacht von sich abwälzen und auf einen anderen lenken müßte.«

»Ja, die Sache sieht sonderbar aus, aber wir müssen uns vor voreiligen Schlüssen hüten. Zunächst ist es doch merkwürdig, daß Sir Richard soviel Geld in seiner Brieftasche herumgetragen hat. Dann muß aufgeklärt werden, wie sie unten in den Flur kommt, denn ich nehme nicht an, daß er die Hintertreppe benützt hat. Er wird doch wahrscheinlich durch die Halle gegangen sein, in der die Haupttreppe liegt.«

»Wenn Miller das Geld gestohlen hat, wäre ein Motiv für ihn gefunden. Es ist ja auch nicht ausgeschlossen, daß er der Täter ist. Vielleicht glaubte er, daß er mit seinem Herrn allein im Hause war, als er früher aus dem Kino zurückkehrte. Es mochte ihm bekannt sein, daß Sir Richard eine größere Summe von der Bank abgehoben hatte. Die Versuchung war zu stark für ihn, und er wollte sich das Geld aneignen.

Nach allem, was wir bisher wissen, kann er sich ins Arbeitszimmer geschlichen haben, um sein Vorhaben auszuführen. Dabei kommt es zu einem Zusammenstoß zwischen ihm und seinem Herrn. Er schießt Sir Richard nieder und nimmt die Brieftasche. Aber im selben Augenblick klingelt Carley an der Tür. Miller ist verwirrt und verläßt das Arbeitszimmer; vielleicht versteckt er sich irgendwo im Haus und hofft, daß der Besucher wieder geht. Unerwartet öffnet aber Carley mit seinem Schlüssel die Nebentür und benützt die Hintertreppe. Miller ist bestürzt und wartet, bis

Carley ins Arbeitszimmer tritt, dann schleicht er sich auf die Nebentreppe hinaus, tut so, als ob er von seinem Zimmer im oberen Stock herunterkäme, und überrascht Carley. Ein normaler Mensch hätte doch wahrscheinlich erst Carley gefragt, wie er hereingekommen wäre. Statt dessen ruft Miller: ›Sie haben ihn ermordet!‹ und stürzt davon, um die Polizei zu holen.

Dieses seltsame Verhalten des Mannes und seine Aufregung erscheinen mir sehr verdächtig.«

»Was Sie eben sagten, läßt sich hören. Mir sind selbst ähnliche Gedanken gekommen. Aber dagegen spricht doch, daß Miller die gestohlene Brieftasche einsteckte und bei sich trug. Man sollte doch vermuten, daß er vor allem das Geld versteckt hätte und es nicht in unserer Gegenwart aus der Tasche ziehen würde.«

»Ja, aber er war doch dauernd mit Leuten zusammen. Außerdem erschrak er heftig, als es klingelte und später Carley ins Haus kam. Er hatte doch keine Ahnung, daß Carley einen eigenen Schlüssel zur Seitentür besaß.«

»Auf jeden Fall wollen wir ihn sofort danach fragen. Rufen Sie ihn bitte.«

Der Butler trat bleich und nervös ein und sah den Inspektor unsicher an.

»Wußten Sie, daß Miß Rolands um halb neun ins Haus kam?« fragte Crawford.

»Nein.«

»Also glaubten Sie, daß außer Ihnen und Sir Richard sich niemand im Haus befände?«

»Ja.«

»Wissen Sie, was hierin ist?« Der Inspektor legte die Hand auf die Brieftasche.

»Nein. Ich hatte ganz vergessen, daß ich sie eingesteckt hatte. Erst als Sie mich nach meinem Arbeitsausweis fragten, fühlte ich sie wieder in meiner Tasche.«

»Wem gehört sie denn?«

»Das weiß ich nicht«, erwiderte Miller nach einem kurzen Zögern. Seine Worte klangen nicht überzeugend.

»Haben Sie die Tasche wirklich unten an der Treppe gefunden?«

»Ja«, entgegnete Miller jetzt bestimmt.

»Es ist die Brieftasche von Sir Richard, und darin befinden sich viertausend Pfund in großen Banknoten. Wahrscheinlich haben Sie gewußt, daß er soviel Geld bei sich hatte, und da Sie glaubten, allein mit ihm im Haus zu sein, schlichen Sie in sein Zimmer. Es kam zu einer Auseinandersetzung. Sie schossen ihn nieder und nahmen das Geld.«

Miller starrte den Inspektor entsetzt an.

»Nein – nein: – das ist nicht wahr – ich habe es nicht getan!«

»Wie wollen Sie denn Ihre Unschuld beweisen?«

»Ich war oben in meinem Zimmer und las. Ich hatte mich ausgezogen und lag im Bett.«

»Belling, schicken Sie Armstrong nach oben. Er soll nachprüfen, ob die Angaben des Butlers stimmen.«

»Ich schwöre es Ihnen – ich habe die Wahrheit gesagt – ich bin es nicht gewesen!« rief Miller außer sich.

»Das haben Sie schon einmal beteuert, aber ich wiederhole: Wie wollen Sie Ihre Unschuld beweisen?«

»Mabel Denver und die Köchin waren dabei, als ich die Tasche unten im Flur fand.«

»Wir werden die beiden später fragen. Aber wie soll denn die Tasche an den Fuß der Nebentreppe kommen? Nehmen Sie etwa an, daß Sir Richard dorthin gegangen ist und sie fortgeworfen hat?«

Miller schwieg.

»Rufen Sie bitte Longfellow, Belling. Er soll den Butler in die Bibliothek bringen und dort bewachen lassen.«

Der Sergeant rief den Beamten, und Miller folgte ihm gebrochen. An der Tür wandte er sich noch einmal um.

»Ich bin unschuldig, ich habe es nicht getan!« sagte er, den Tränen nahe.

Longfellow legte ihm die Hand auf die Schulter und führte ihn hinaus.

»Es hilft nichts. Wir müssen die Köchin und die hübsche Mabel noch einmal stören«, wandte sich Crawford an Belling.

Der Sergeant ging hinaus und kam gleich darauf wieder.

»Die Sache mit der Brieftasche ist wirklich sonderbar, selbst wenn Miller uns die Wahrheit gesagt hat«, meinte der Inspektor.

Belling nickte, erwiderte aber nichts.

Es klopfte an der Tür, und Armstrong meldete sich.

»Ich war oben. Das Licht brannte noch, und auf dem Boden fand ich einen Kriminalroman. Jemand hat in dem Bett gelegen und die Decke zurückgeschlagen. Der Stuhl vor dem Bett war umgestoßen.«

»Es ist gut. Dadurch werden seine Aussagen allerdings bestätigt.«

Kurze Zeit später wurde die Köchin hereingeführt, und Crawford bot ihr einen Stuhl an.

»Ich war so aufgeregt, daß ich mich noch nicht schlafen gelegt habe«, erklärte sie.

»Ich muß Sie noch etwas fragen«, entgegnete der Inspektor. »Als Sie heute aus dem Kino zurückkamen, klingelten Sie doch an der Nebentür. Hatten Sie denn keinen Schlüssel?«

»Nein. Wir hatten uns umgezogen und den Schlüssel vergessen. Ich sagte auch gleich zu Mabel –«

»Miller kam dann nach unten und öffnete Ihnen die Tür?«

»Ja. Ich wunderte mich, daß er kein Licht machte.«

»Haben Sie bemerkt, daß er etwas aufgehoben hat?«

»Nein. Aber er sagte, wir sollten das Licht andrehen, und dann zeigte er uns eine Ledertasche. Im Dunkeln habe ich nicht gesehen, daß er sich danach gebückt hat.«

»Polizist Granter sagte, er hätte gehört, daß Sie sich unten an der Tür mit dem Butler unterhielten. Haben Sie sonst noch etwas miteinander besprochen?«

»Nein. Er hat uns nicht einmal gesagt, daß Sir Richard ermordet wurde.«

Crawford ließ darauf die Köchin wieder gehen und das Zimmermädchen kommen.

Mabel Denver war aufgeregter als vorher.

»Als Sie vom Kino zurückkehrten und klingelten, öffnete Ihnen Miller die Tür?«

»Ja.«

»Brannte das Licht im Flur, als Sie eintraten?«

»Ja – nein –« erwiderte sie verwirrt.

»Was meinen Sie denn – brannte das Licht oder brannte es nicht?«

»Zuerst war es dunkel, aber dann fand der Butler etwas und sagte, wir sollten Licht machen.«

»Hat er Ihnen seinen Fund gezeigt?«

»Ja. Ich weiß auch, daß er sich gebückt und etwas aufgehoben hat.«

»Woher wissen Sie das?«

Mabel wurde verlegen.

»Er ging dicht neben mir und hielt meine Hand. Aber plötzlich ließ er sie los und bückte sich.«

»Und nachher sind Sie sofort mit ihm nach oben gegangen?«

»Ja.«

»Das wäre alles. Sie können wieder gehen.«

Sie war froh, daß sie das Zimmer verlassen konnte.

»Der Butler scheint also doch die Wahrheit gesagt zu haben. Jedenfalls liegt nicht genügend Material gegen ihn vor, daß wir ihn verhaften können.«

»Aber meiner Meinung nach ist der Verdacht gegen ihn noch nicht ganz entkräftet. Es ist doch möglich, daß Mabel Denver in ihn verliebt ist und zu seinen Gunsten aussagt.«

»Sie hatten kaum Zeit, miteinander darüber zu reden. Immerhin gebe ich zu, daß ein gewisser Verdacht gegen ihn bestehen bleibt. Aber es ist nicht mehr nötig, den Mann bewachen zu lassen.«

15

Detektiv Armstrong kam ins Zimmer und meldete, daß die Photographen und die Beamten vom Erkennungsdienst ihre Arbeit abgeschlossen hätten.

»Dann sollen sie sofort nach Scotland Yard zurückkehren und die Aufnahmen entwickeln und auswerten«, entgegnete Crawford. »Bitte, kommen Sie mit, Belling, wir wollen noch einen Rundgang durch das Haus machen.«

Die beiden stiegen die Treppe hinauf und traten in das Arbeitszimmer. Der Tote war inzwischen fortgeschafft worden, und nur der große, häßliche Blutflecken auf dem hellgrünen Teppich erinnerte noch an die furchtbare Tat.

Crawford nahm die Schußwaffe in die Hand und betrachtete sie genauer. Auf dem Griff war der Name einer Waffenhandlung eingepreßt – dort mußte man Nachforschungen anstellen lassen. Die Pistole hatte einen außergewöhnlich langen Lauf, der fast zwei Zentimeter über den Mantel vorragte. Daran war ein kurzer Schalldämpfer befestigt.

Der Inspektor trat zum Schreibtisch, nahm einen Federhalter aus der Bronzeschale, zog sein Taschentuch heraus, wickelte es um das hintere Ende und führte es in die Mündung der Waffe ein. Als er den Feder-halter zurückzog, war das Taschentuch schmutzig von Pulverschleim.

»Die Waffe ist benützt worden. Damit stimmt auch überein, daß sie entsichert war, als sie gefunden wurde.«

Er drückte auf den Griff und nahm das Magazin heraus, dann schob er den Mantel zurück, so daß auch die nichtabgeschossene Patrone ausgestoßen wurde. Darauf wandte er sich an Armstrong, der sie auch begleitet hatte.

»Haben Sie das Geschoß gefunden?«

»Ja.«

»Wo war es?«

»Es lag in den Falten des großen, grünen Plüsch-vorhangs am Fenster.«

»Bitte, geben Sie es mir.«

Vorsichtig nahm der Detektiv ein Kuvert aus seiner Brieftasche und reichte es dem Inspektor.

»Die Waffenprüfstelle soll sofort untersuchen, ob das Geschoß aus dieser Pistole abgefeuert wurde. Sorgen Sie dafür, daß ich morgen früh das Resultat erhalte.«

Crawford machte nun einen Rundgang durch das ganze Haus und sah sich besonders die eiserne Wendeltreppe an, die durch eine Geheimtür mit der Bibliothek und der Straße verbunden war. Dann stieg er mit seinen Begleitern ins Laboratorium hinunter. Am Fuß der Treppe machte er halt, und bemerkte gelben Sand in einer Ecke des engen Treppenhauses.

Dann trat er durch eine Tür ins Laboratorium und drehte das Licht an. In der Mitte des Raumes lag ein Linoleumteppich, und an den Seiten zogen sich Tische und Regale mit Retorten und Schmelztiegeln entlang. An der einen Wand war ein Schmelzofen eingebaut.

»Der Fußboden ist aufgewischt, aber die Werkzeuge und Apparate stehen noch herum, als ob eben jemand hier experimentiert hätte.«

Crawford ging weiter in den Raum hinein und trat an einen der Tische. Die Glasbehälter waren mit Staub bedeckt.

»Nach seiner Rückkehr scheint Sir Richard noch nicht hier gearbeitet zu haben. Wo ist denn der Eingang zu den anderen Kellerräumen?« wandte sich der Inspektor an Armstrong.

»Das Laboratorium ist nur durch die Wendeltreppe zugänglich. Wenn man die anderen Keller erreichen will, muß man zum Seiteneingang gehen.«

Crawford stieg mit seinen beiden Begleitern wieder nach oben. In der Halle begegnete er Pemberton, der eben vom Savoy-Hotel zurückgekehrt war.

»Nun, haben Sie Miß Bonati nach Hause gebracht?«

»Ja.«

»Haben Sie auch die Leute dort ausgefragt?«

»Das Personal vom Tagesdienst war meistens schon abgelöst, daher konnte ich nur einzelne Angestellte sprechen. Immerhin hatte ich Glück, denn das Zimmermädchen im ersten Stock, in deren Bereich die

Räume von Miß Bonati liegen, hatte Nachtdienst. Miß Boinati wohnt seit nicht ganz drei Wochen im Hotel und hat im ganzen drei Zimmer, die nach der Straße hinausliegen.«

»Hat das Zimmermädchen etwas Besonderes beobachtet?«

»Ja. Aber ich habe vor allem auch festgestellt, daß Sir Richard dort Wohnung genommen hat. Seine Zimmer sind nur durch den Korridor von den ihren getrennt, und die Eingangstüren liegen sich gegenüber.«

»Das war zu erwarten. Was haben Sie sonst noch erfahren?«

»Es hat in der letzten Zeit mehrmals heftige Auftritte zwischen beiden gegeben, aber sie haben sich immer wieder vertragen. Sie muß wohl sehr eifersüchtig auf ihn gewesen sein. Besuch haben sie im Hotel niemals gehabt. Das Personal im Empfangsbüro und in der Halle sagte übereinstimmend aus, daß sie sich immer danach erkundigte, wohin er gegangen wäre.«

Belling sah nach der Uhr.

»Wie spät ist es?« fragte Crawford.

»Halb eins.«

»Dann wollen wir für heute Schluß machen. Viel könnten wir doch nicht mehr erreichen, und morgen haben wir einen langen Tag vor uns. Die Zeugen können nach Hause gehen. Sergeant Pemberton, Sie ordnen die Bewachung des Hauses an. Es soll dauernd ein Beamter in der Nähe des Telephons bleiben, der auf eventuelle Anrufe von Scotland Yard antworten kann.«

Crawford ließ das Auto vorfahren und stieg mit Belling ein, den er nach Hause bringen wollte.

»Die Bonati ist eigentlich immer noch eine fabelhafte Erscheinung«, meinte er unterwegs. »Aber ihr Charakter ist weniger erfreulich – wetterwendisch, hysterisch, gefallsüchtig. Immer will sie im Mittelpunkt stehen. Die geborene Schauspielerin! Mit ihren abgrundtiefen, rätselhaften Augen hat die Frau schon viel Unheil angerichtet!«

»Ja, sie ist eine interessante Frau, aber ich traue ihr nicht recht. Ich habe immer das Gefühl gehabt, daß sie nicht die Wahrheit sagt. Sie macht uns und sich und anderen ein Theater vor. Ob Richmond sich wirklich mit ihr verlobt hat?«

»Wir werden sie noch weiterverhören müssen. Sehen Sie zu, daß Sie morgen von den Angestellten in der Oper noch etwas erfahren.«

»Vor allem ist auch Stetson noch wichtig«, entgegnete Belling. »Ich glaube, daß er uns viele Aufschlüsse über Sir Richard geben kann.«

»Wann haben Sie Carley eigentlich kennengelernt?«

»Ich war mit ihm auf der Universität zusammen und kenne ihn seit etwa zehn Jahren.«

Belling berichtete kurz, was er von der Jugend und der Studienzeit seines Freundes wußte.

»Sir Richard hat also darauf bestanden, daß er Ingenieur wurde?«

»Ja. Carley mußte dem Wunsch nachkommen, weil er finanziell von ihm abhängig war.«

»Er sagte ja auch, daß er in dem Haus seines Onkels wohnte, bevor er in die Tropen ging. Können Sie mir etwas mehr über das Verhältnis zwischen den beiden mitteilen?«

»Carley erhielt das Diplom als Zivilingenieur, nahm aber zunächst keine Stellung an. Als er noch im Hause seines Vaters war, wurde er knappgehalten. Erst als er zu seinem Onkel kam, hatte er mehr Geld und stürzte sich in einen Strudel von Vergnügungen.«

»Wollen Sie damit sagen, daß er viel in Gesellschaft von Frauen war?«

»Das weniger. Aber bei jedem sportlichen Ereignis war er zu finden. Sir Richard wurde das zuviel, und er war nicht damit einverstanden. Oft machte er Carley Vorhaltungen, und ich weiß, daß er damals schlecht auf ihn zu sprechen war.«

»Hat sich das später geändert?«

»Die Beziehungen zwischen den beiden spitzten sich immer mehr zu, so daß Carley schließlich froh war, als sein Onkel ihm eine Stellung bei den Birmanischen Staatsbahnen verschaffte. Gestern abend erzählte er mir, daß sich von da ab das Verhältnis zwischen ihnen dauernd besserte. Er hatte sogar einen regen Briefwechsel mit seinem Onkel, und sie schienen ausgezeichnet miteinander zu stehen. Um so mehr war er natürlich enttäuscht, als er dann drei Monate lang nichts mehr von ihm hörte und hier in London den Eindruck gewinnen mußte, daß Sir Richard ihm aus dem Weg gehen wollte.«

»Carley war nun viereinhalb Jahre lang in den Tropen – hat er sich Ihrer Meinung nach in seinem Charakter geändert?«

»Nein, nicht im mindesten. Er ist noch der alte Draufgänger wie früher, und obwohl wir so lange nicht zusammengewesen sind, haben wir uns gleich wieder gut verstanden. Ich halte ihn für einen unbedingt zuverlässigen, ehrlichen Menschen.«

»Neigt er denn nicht zum Jähzorn?«

»Das ist wohl etwas zuviel gesagt, immerhin braust er leicht auf. Wenn er sich aber zu übereiltem Handeln hinreißen läßt, tut es ihm nachher sehr leid.«

Crawford dachte einige Zeit nach.

»Unparteiisch betrachtet, ist er bisher schwer belastet. Ich will ja in seinem Interesse hoffen, daß sich der Fall anders aufklärt.«

Belling wollte etwas zugunsten seines Freundes sagen, aber Crawford legte ihm die Hand auf den Arm.

»Ich weiß schon, daß Sie von seiner Unschuld überzeugt sind. Nun, wir werden ja weitersehen. Morgen früh bin ich um acht im Büro. Versuchen Sie, Rechtsanwalt Stetson morgen möglichst bald zu erreichen, und verabreden Sie etwas mit ihm. Am liebsten wäre es mir, wenn er nach Scotland Yard käme.«

Der Wagen hielt vor Bellings Wohnung in der Guildford Street.

»Also, auf Wiedersehen.«

Belling reichte dem Inspektor die Hand und stieg aus.

16

Am nächsten Morgen trat Inspektor Crawford in sein Amtszimmer und sah schnell die Eingänge durch, aber er fand nichts Wichtiges darunter. Während er auf die einzelnen Aktenstücke ein paar Notizen machte, klopfte es.

Auf sein »Herein!« erschien Sergeant Belling.

»Ich habe eben mit Stetson in seiner Wohnung gesprochen«, berichtete er. »Er war gerade aufgestanden und wollte um neun Uhr in sein Büro fahren. Natürlich hatte er die Sache bereits in der Morgenzeitung gelesen und war sehr erstaunt, daß Sir Richard ein so tragisches Ende gefunden hat. Ich sagte ihm, daß wir ihn unbedingt sprechen müßten, und er erwiderte bereitwillig, daß er sofort nach Scotland Yard kommen würde. Ich habe den Eindruck, daß er uns in jeder Weise helfen will, den geheimnisvollen Fall zu klären.«

Crawford nickte.

»Stetson hat uns ja schon in manchen Prozessen wertvolle Dienste geleistet, und er hat immer gut mit der Polizei gestanden. Vor allem ist er großzügig, und man kann eine Sache mit ihm auch einmal vertraulich besprechen, ohne fürchten zu müssen, daß gleich alles an die große Glocke kommt.«

»Kann ich jetzt zur Oper gehen?« fragte Belling.

»Ja. Es genügt, wenn ich allein mit Stetson rede. Fahren Sie aber zuerst zur Bruton Street. Sergeant Pemberton und seine Leute werden bei Tagesanbruch das Haus wahrscheinlich noch einmal durchsucht haben, vermutlich auch den Hof und die nähere Umgebung. Vielleicht haben sie neue Anhaltspunkte gefunden. Sehen Sie sich einmal im Arbeitszimmer um und prüfen Sie vor allem den Inhalt des Schreibtisches. Sicher werden Sie den Briefwechsel zwischen Carley und seinem Onkel finden. Vergessen Sie auch nicht, daß Schriftstücke in der Bibliothek und im Schlafzimmer sein könnten. Dann gehen Sie nach Covent Garden.«

Als Belling das Büro verlassen hatte, legte Crawford eine Liste der Leute an, die bisher im Fall Richmond als Zeugen vernommen worden waren.

Der Butler Miller war kein einwandfreier Charakter, also mußte sein Vorleben nachgeprüft werden. Crawford notierte das auf einen Laufzettel.

Der schwerste Verdacht fiel aber im Augenblick auf Carley – daran hatte sich seit dem vergangenen Abend nichts geändert.

Konnte auch Evelyn Rolands als Täterin in Frage kommen? Auf jeden Fall mußte festgestellt werden, ob das Telephongespräch nach dem Ardmay-Hotel geführt worden war. Vielleicht wußte sie, daß Sir Richard an dem Abend allein in seinem Arbeitszimmer sein würde, und hatte erfahren, daß das Personal, auch der Butler, ins Kino gehen wollte. Sie besaß einen

Schlüssel zum Haus, konnte also unbeobachtet das Haus betreten. Ihren Angaben nach war sie um halb neun gekommen – das brauchte aber nicht zu stimmen. Wenn sie sich gegen neun nach oben schlich, Sir Richard in seinem Zimmer überraschte und ihn nach einem kurzen Wortwechsel niederschoß, wurde sie durch das Klingeln um neun Uhr sieben plötzlich erschreckt. Dann eilte sie wahrscheinlich über die Galerie die Haupttreppe hinunter und blieb in der Bibliothek. Carley entdeckte den Mord und wurde vom Butler im Zimmer gefunden – aber nein, das konnte nicht sein. Während des Verhörs hatte er sie genau beobachtet. Ihr offener Blick sprach von einem aufrichtigen Charakter. Immerhin konnte es auch nicht schaden, wenn man ihr Vorleben untersuchte.

Während er noch darüber nachdachte, meldete ein Beamter, daß Anwalt Stetson gekommen wäre und ihn zu sprechen wünschte.

»Führen Sie ihn gleich zu mir.«

Kurz darauf erschien Stetson, nahm das Monokel aus dem Auge und ließ es in die Brusttasche gleiten. Wie immer war er tadellos gekleidet. Er ging auf Crawford zu und schüttelte ihm herzlich die Hand. Auf die Einladung des Inspektors hin nahm er in einem Sessel Platz, der neben dem Schreibtisch des Inspektors stand. Dann setzte er eine Hornbrille auf.

»Ich habe bereits alles gelesen, was die Zeitungen über den Fall berichten«, begann er. »Das kam auch mir ganz unerwartet.«

»Wenn ich recht unterrichtet bin, sind Sie der Anwalt Sir Richards?«

»Ja, seit vielen Jahren.«

»Sie verwalten auch sein Vermögen?«

»Ja. Das war allerdings in der letzten Zeit manchmal nicht mehr leicht.«

»Wieso?«

»Vor etwa viereinhalb Monaten hatte er einen an sich leichten Unfall, der aber weitere Folgen nach sich zog. Sein Charakter änderte sich, und die Ärzte schickten ihn deshalb auf eine längere Seereise. Körperlich war er bald wieder hergestellt, aber er machte jetzt große Geldausgaben und wurde leichtsinnig. Ich mußte in seinem Auftrag gutangelegte Aktien veräußern und ihm Geld nachsenden. Es wurde so schlimm, daß ich deshalb mit Professor Haviland, dem Spezialarzt, der ihn früher behandelte, in Verbindung trat und mit ihm besprach, was man dagegen tun könnte.«

»Und was riet der Professor?«

»Wir kamen überein, daß ich Sir Richard unter allen Umständen nach London zurückrufen sollte, damit er noch einmal untersucht werden könnte.«

»Hat diese Untersuchung stattgefunden?«

»Nein. Sir Richard hat mir immer ausweichende Antworten gegeben. Direkt abgelehnt hat er es nicht, aber meinen Bemühungen passiven Widerstand entgegengesetzt.«

»Wie meinen Sie das?«

»Früher konnte ich ihn aufsuchen und sprechen, wann ich wollte, aber in letzter Zeit ging er mir absichtlich aus dem Weg. Meistens war er nicht zu Hause, und ich mußte mich auf kurze Telephongespräche mit ihm beschränken. Er hat verschiedentlich versprochen, mich in meinem Büro aufzusuchen, aber er ist nicht gekommen.«

»Also schien er überhaupt die Neigung zu haben, unangenehmen Besprechungen aus dem Weg zu gehen? Sein Neffe hat auch darüber geklagt.«

»Ja. Mr. Carley hat mich in der Angelegenheit aufgesucht, und ich hatte ihm versprochen, die Sache wegen der Bergwerkskonzession mit seinem Onkel in Ordnung zu bringen und zu veranlassen, daß die fällige Kautionssumme von zehntausend Pfund in den nächsten Tagen gezahlt werden sollte.«

»Bitte, erklären Sie mir das genauer.«

Stetson berichtete, was er über das Verhältnis von Carley zu seinem Onkel und über die Konzession in Birma wußte.

Crawford nickte.

»Einen Teil davon hatte ich bereits auf andere Weise erfahren.«

»Es ist charakteristisch für den Geisteszustand von Sir Richard, daß er sich um dieses wichtige Projekt, das er doch vorher selbst mit größtem Interesse verfolgte und betrieb, plötzlich nicht mehr kümmerte.«

»Gestern ist Miß Ria Bonati nach elf Uhr in seinem Haus erschienen und hat behauptet, daß sie mit ihm verlobt wäre, und daß er sie bald hätte heiraten wollen. Ist Ihnen das bekannt?«

»Nein. Einer der wenigen Punkte, die ich nicht mit ihm besprechen konnte, betraf sein Verhältnis zu Miß Bonati.«

»Was wissen Sie denn überhaupt von seiner Bekanntschaft mit ihr?«

»Er reiste über Paris nach Marseille, von wo aus er eine Fahrt um die Welt antreten wollte.«

»Wie lange sollte denn diese Reise dauern?«

»Ursprünglich vier bis sechs Monate. Aber ich habe ihn dann gebeten, möglichst bald zurückzukehren, und auch er hatte die Absicht, früher nach London zu kommen.«

»Und wo hat er Ria Bonati kennengelernt?«

»Soviel ich weiß, in Paris. Jedenfalls hat sie ihn. dann auf seiner großen Reise begleitet. Er schrieb mir von der Riviera, und erwähnte in dem Brief, daß er in Miß Bonati eine interessante, anregende Reisegefährtin gefunden hätte. Ich sprach damals mit Professor Haviland darüber, der diese Wendung unter den gegebenen Umständen für günstig hielt.«

»Was hat Ihnen denn Sir Richard über Miß Bonati anvertraut?«

»Er sagte, daß sie ihm auf die Dauer auf die Nerven fiele, weil sie sich an ihn klammerte und ihn heiraten wollte. Das hätte er ihr aber weder versprochen, noch hätte er jemals die Absicht gehabt, es zu tun.«

»Dann ist ihre Behauptung allerdings ein starkes Stück.«

»Ich kenne die Bonati zufällig auch. Früher hatte sie nicht derartige Anwandlungen, aber schließlich wird sie nicht jünger. Vor einigen Jahren habe ich sie sogar sehr gut gekannt. Sie hat eine fabelhafte musikalische Begabung. Früher hatte sie auch eine volle, schöne Stimme und konnte das Publikum mitreißen, aber in den letzten Jahren hat sie an Klang verloren. Deshalb hat sie sich auch als Tänzerin und auf anderen Gebieten versucht, und ich kann schon verstehen, daß sie jetzt durch eine Heirat ihre Zukunft sichern will. Sie ist auch heute noch eine blendende Erscheinung, die überall auffällt, aber sie ist eben vernünftig genug, nicht zu lange zu warten. Unter uns gesagt, halte ich ihre Absicht von ihrem Standpunkt aus für vollkommen berechtigt. Ebensogut kann ich aber auch verstehen, daß sich Sir Richard nicht dauernd an sie binden wollte.«

»Sie haben doch das Personal für Sir Richard engagiert, als er vor einigen Wochen nach London zurückkehrte?«

»Ja.«

»Was wissen Sie über den Butler? Hat er Ihnen ausreichende Referenzen vorgelegt?«

»Ja. Er brachte gute Zeugnisse, unter anderem von mir bekannten Leuten. Ich habe bei einer Stelle angerufen und nur gute Auskunft über ihn bekommen.«

»Halten Sie den Mann für ehrlich?«

»Nach dem ersten Eindruck, den ich von ihm hatte – ja.«

»Miß Rolands haben Sie auch angestellt?«
Stetson nickte.

»Sie war früher mein Mündel. Ich gab ihr den Posten mit einer ganz besonderen Absicht. Bei dem un-
berechenbaren Charakter von Sir Richard wollte ich
eine Kontrolle über seine Korrespondenz ausüben, wozu mir Miß Rolands helfen sollte. Ihr gegenüber konnte ich offen sprechen und ihr einen so vertraulichen
Auftrag geben. Sie verstehen, daß ich diese Maßregel
nur im Interesse meines Klienten ergriff.«

»Ja. Nun ist es aber zwischen Sir Richard und seiner Sekretärin zu einem schweren Zusammenstoß
gekommen. Was wissen Sie darüber?«

»Es ist ein charakteristischer Zug seines krankhaf-
ten Zustandes gewesen, daß er keine schöne Frau un-
behelligt lassen konnte. Miß Rolands beschwerte sich
gestern morgen bei mir und wollte ihre Stellung aufgeben. Nur mit Mühe gelang es mir, die Sache wieder
einzurenken.«

»Haben Sie vielleicht einen Verdacht, wer Sir Richard erschossen hat? Hatte er Feinde?«

»Ich habe ihn sehr lange gekannt. Er war ein ener-
gischer, zäher Charakter und stets gewohnt, seinen
Kopf durchzusetzen. Er behandelte andere Leute gerecht, wenn auch nicht gerade freundlich. Ich habe
niemals etwas Schlechtes über ihn gehört und kann
mir kaum denken, daß er Feinde hatte. Höchstens
könnte er sich in den letzten Monaten durch seine
Liebesaffären heftige Feindschaften zugezogen haben.
Andererseits aber war er doch immer in Begleitung
von Ria Bonati, und die duldet keine anderen Göttin-
nen neben sich. Ich möchte aber noch einmal betonen,

daß ich ihn seit seiner Rückkehr fast nur telephonisch gesprochen habe und über seine jetzigen Verhältnisse nicht vollkommen unterrichtet bin.«

Crawford öffnete eine Schublade seines Schreibtisches und zog die Brieftasche von Sir Richard heraus.

»Diese Ledertasche ist gestern im Hause gefunden worden. Es befinden sich viertausend Pfund in großen Scheinen darin. Wissen Sie etwas darüber?«

»Ja. Ich habe ihm gestern eine Zahlung von viertausend Pfund gemacht.«

»Haben Sie ihm das Geld persönlich gegeben?«

»Ja.«

»Bei welcher Gelegenheit?«

»Sir Richard hat, wie ich Ihnen schon sagte, in letzter Zeit viel Geld gebraucht; fast ein Drittel seines großen Vermögens ist während dieser Reise daraufgegangen. Vorgestern rief er mich an und sagte, daß er wieder Geld brauchte. Er wollte sechstausend Pfund haben, ich hielt es aber für richtig, ihm zunächst nur zweitausend zu geben. Wir einigten uns dann auf viertausend. Ich ließ das Geld von der Bank abheben, und er holte es sich gestern nachmittag in meinem Büro ab.«

»Wann?«

»Um vier Uhr. Ich war gerade mit einer wichtigen Arbeit beschäftigt, widmete mich ihm aber sofort und hatte eine eingehende, ernste Besprechung mit ihm. Dann händigte ich ihm das Geld ein. Eine Quittung darüber habe ich zu den Akten genommen, übrigens kann ich Ihnen die Nummern der Banknoten mitteilen.«

Stetson nahm einen Zettel aus seiner Brieftasche und reichte ihn Crawford.

»Zufällig habe ich die Notiz bei mir.«

Der Inspektor griff nach dem Blatt und legte es in die Brieftasche, die er wieder in die Schublade einschloß.

»Wo wurde sie denn gefunden?« fragte der Rechtsanwalt interessiert.

»Ich sah, daß Miller sie aus der Tasche zog, und sie fiel mir auf. Er behauptete, er hätte sie am Fuß der Dienertreppe gefunden. Spätere Aussagen der Köchin und des Zimmermädchens haben das bis zu einem gewissen Grad bestätigt, aber ganz ist die Sache noch nicht geklärt.«

»Ich würde Ihnen raten, einmal mit Professor Haviland über Sir Richard zu sprechen. Der kann Ihnen wahrscheinlich noch genauere Auskunft über die Krankheitserscheinungen geben.«

»Können Sie mir seine Adresse sagen?«

Stetson blätterte in seinem Notizbuch.

»Professor Thomas Haviland, Psychiater und Spezialarzt für Geisteskrankheiten, Harley Street 22. – Was in der Zeitung stand, habe ich gelesen«, fuhr er dann fort. »Ich interessiere mich natürlich lebhaft für den Fall, da ich den Ermordeten so gut kannte. Haben Sie schon einen Anhalt, wer die Tat begangen haben könnte?«

»Es sind schon mehrere Vernehmungen erfolgt, und das Tatsachenmaterial rundet sich, aber wir sind noch nicht so weit, daß sich ein bestimmter Verdacht äußern ließe.«

Der Inspektor erhob sich.

»Es war sehr liebenswürdig, daß Sie mich in meinem Büro aufgesucht haben. Ich werde Sie wahrscheinlich später noch einmal in Anspruch nehmen müssen, wenn die Untersuchung weiter fortgeschritten ist.«

Stetson verabschiedete sich, und Crawford begleitete ihn bis zur Tür.

17

Kaum war Crawford zu seinem Platz am Schreibtisch zurückgekehrt, als es an der Tür klopfte. Sergeant Farland vom Erkennungsdienst brachte die Resultate der photographischen Aufnahmen.

»Nun, wie steht es, haben Sie etwas herausbekommen?«

»Ja. Wir haben am Mantel und am Griff der Pistole Fingerabdrücke entdeckt und photographiert. Hier sind die Abzüge, sie sind sehr klar geworden. Desgleichen haben wir an der Schreibtischplatte und am Griff der linken oberen Schublade Fingerabdrücke gefunden. Und um sicher zu gehen, ob sie nicht von Sir Richard selbst herrührten, haben wir auch dessen Abdrücke von beiden Händen genommen. Und nun hat sich die merkwürdige Tatsache ergeben, daß die auf der Schußwaffe auch von ihm herrühren.«

»Das ist aber mehr als sonderbar«, entgegnete Crawford erstaunt, nahm die Abzüge und verglich sie. Sergeant Farland hatte recht. Einige Zeit dachte der Inspektor nach, dann richtete er sich auf.

»Nehmen Sie die Pistole mit zum Schauhaus und pressen Sie dem Toten die Waffe so in die Hand, als ob er auf einen Gegner zielte und feuerte. Ich vermisse hier vor allem den Abdruck des Zeigefingers am Abzug. Haben Sie nicht daran gedacht?«

»Doch, aber am Abzug fand sich nicht die geringste Fingerspur.«

»Das geht doch nicht mit rechten Dingen zu. Also, führen Sie meinen Auftrag aus und bringen Sie mir die Resultate so bald wie möglich.«

Sergeant Farland versprach, daß er sich beeilen wollte, und ging.

Der Inspektor nahm den Hörer vom Telephon und ließ sich mit der Waffenprüfstelle verbinden.

»Hier Crawford. Wie steht es mit dem Bericht im Fall Richmond?«

»Das Gutachten wird eben ins Reine geschrieben. In zehn Minuten schicken wir es hinunter.«

»Was ist denn das Ergebnis?«

»Das tödliche Geschoß ist aus der uns übergebenen Waffe Nr. 47814 abgefeuert worden. Darüber besteht nicht der geringste Zweifel.«

»Danke«, erwiderte der Inspektor kurz und lehnte sich erstaunt zurück. Nichts als Widersprüche! Zuerst hatte er sich die Sache so zu erklären versucht, daß Sir Richard sich wehrte und auf einen Gegner schoß, der ihm daraufhin den tödlichen Schuß beibrachte. Aber diese Annahme wurde durch die neueren Feststellungen hinfällig. Noch einmal ließ er sich die Waffenprüfstelle geben.

»Ich kann mir Ihren Befund nicht erklären«, sagte er, »und möchte selbst Versuche anstellen.«

»Dann würde ich Ihnen raten, in unsere Abteilung zu kommen. Hier können Sie das am besten tun. Auch haben wir bedeutend größere Erfahrung und Sachkenntnis in diesen Dingen.«

In dem Augenblick klopfte es an der Tür, und Crawford beendete das Gespräch.

»Herein!« rief er dann.

Dr. Reynolds trat ein und ließ sich in dem Sessel neben dem Schreibtisch nieder.

»Nun, haben Sie noch etwas Neues entdeckt?« fragte er.

»An der Todesursache und dem, was ich gestern sagte, ändert sich nichts, nur habe ich bei genauerer Untersuchung einige Pulverspuren in dem kurzen, nach amerikanischer Art geschnittenen Schnurrbart des Toten entdeckt. Sie sind allerdings sehr geringfügig, aber die Spezialisten von der Waffenprüfstelle können daraus wahrscheinlich wichtige Schlüsse ziehen. Sonst wäre vielleicht noch wesentlich, daß der tödliche Schuß direkt senkrecht auf den Mund gefeuert wurde, denn der Schußkanal durchbohrte die Mitte der hinteren Halspartie und zertrümmerte den Atlaswirbel, wodurch der sofortige Tod eintrat.«

»Aus welcher Entfernung ist nach den aufgefundenen Pulverspuren im Schnurrbart der Schuß abgegeben worden? Ich will noch genauer fragen: Wie weit war die Mündung der Waffe von dem Mund des Ermordeten entfernt?«

»Darüber kann ich nur Vermutungen anstellen. Das ist ja auch weniger Sache des Arztes als Sache der

Schießsachverständigen. Ich habe allerdings auch einige Erfahrung über die Größe und den Winkel des Streukegels bei Pistolenschüssen. Aber in diesem Fall handelt es sich um eine Waffe mit Schalldämpfer, und dadurch wird natürlich der Streukegel wesentlich beeinflußt und abgeändert.«

»Dann ist es das Einfachste, wenn wir zusammen zur Waffenprüfstelle gehen und dort einmal genauere Versuche anstellen.«

»Im Augenblick habe ich aber dazu keine Zeit, denn solche Experimente nehmen mindestens eine halbe Stunde in Anspruch. Ich muß eine dringende andere Arbeit bis heute mittag fertigmachen.«

»Haben Sie heute nachmittag um zwei Uhr Zeit?«

»Ja.«

»Gut. Kommen Sie dann bitte her und holen Sie mich ab. Wir wollen die Versuche gemeinsam in den Räumen der Waffenprüfstelle durchführen.«

Die beiden verabschiedeten sich voneinander.

Der Inspektor ging zu seinem Schreibtisch, öffnete eine Schublade und nahm einen Browning heraus. Er entlud ihn und stellte verschiedene Versuche an, wobei er die Waffe sowohl auf sich als auch auf andere Gegenstände richtete. Lange beschäftigte er sich damit, aber schließlich schüttelte er den Kopf und schloß sie wieder ein.

Dann ließ er sich telephonisch mit Bruton Street 34 verbinden und Sergeant Belling an den Apparat rufen.

»Hallo, wie steht die Untersuchung dort? Haben Sie im Arbeitszimmer, in der Bibliothek oder im Schlafzimmer etwas gefunden?«

»Nein. Es lagen nur belanglose Schriftstücke in dem Schreibtisch – Rechnungen und dergleichen. Wichtige Dokumente habe ich nicht entdeckt, auch nicht in der Bibliothek. Entweder ist der Schreibtisch schon früher von anderen Leuten durchsucht worden, oder Sir Richard hat wichtige Papiere in einem Geheimsafe, den wir noch nicht gefunden haben, oder in einem Bankdepot aufbewahrt. Ich habe vor allem nach dem Schriftwechsel zwischen Carley und seinem Onkel gesucht, außerdem nach einem Testament, habe aber nur eine Aufstellung von Sir Richard, die sich auf die Minenkonzession bezieht. Es ist ein Kostenvoranschlag für die Verhüttung und den Transport der Eisenerze zu den umliegenden Häfen. Ich habe sie eingesteckt und bringe sie mit.«

»Ist sonst noch etwas gefunden worden – vor dem Haus oder im Hof? Oder haben Sie in den Räumen noch etwas bemerkt? Bei Tageslicht kann man ja immer besser sehen.«

»Ich war noch einmal in dem Zimmer des Butlers. Er sagte doch, daß seine Weckeruhr auf dem Stuhl vor dem Bett stand. Als es klingelte, warf er verwundert einen Blick darauf und sah, daß es neun Uhr sieben war. Später hat Armstrong festgestellt, daß Miller den Stuhl in der Eile umstieß, als er sich angekleidet hatte, um zu öffnen. Ich suchte nach dem Wecker, konnte ihn aber nicht finden und fragte den Butler danach. Er sagte mir, daß er ihn auch nicht gesehen hätte. Als ich darauf das Zimmer noch einmal genau durchsuchte, fand ich ihn unter einer Kommode. Beim Umfallen des Stuhls muß er ziemlich heftig zu Boden geschleudert worden sein, denn er lag ziemlich weit unter dem Möbel Das Glas war zerbrochen, das Werk stehengeblieben. Die Zeiger standen auf neun Minuten nach neun. Dadurch wird Millers Aussage wieder bestätigt und er ist weiter entlastet. –

Übrigens hat Miß Bonati hier angerufen und nach Ihnen gefragt. Wir haben sie an Scotland Yard verwiesen.«

»Ihre Beobachtungen bringen uns wenigstens in gewisser Beziehung weiter. Es ist jetzt aber Zeit, daß Sie zur Oper fahren und versuchen, dort etwas herauszubekommen. Ich habe im Augenblick nichts Besonderes vor. Holen Sie mich ab, dann begleite ich Sie.«

Bis zu Bellings Ankunft las Crawford die Protokolle der Vernehmung noch einmal durch. Die Punkte, die noch aufzuklären waren, unterstrich er mit einem Rotstift.

Nach verhältnismäßig kurzer Zeit meldete sich der Sergeant und beide fuhren dann nach Covent Garden.

Als sie dort ankamen, sahen sie schon die Schlangen der Leute, die warteten, um Eintrittskarten im Vorverkauf zu erhalten. Sie betraten das Gebäude durch einen Seiteneingang und ließen sich bei dem Hausinspektor melden. Als dieser erfuhr, daß sie von der

Kriminalpolizei waren und den Fall Richmond aufklären wollten, zeigte er sich sehr zuvorkommend.

»Kennen Sie Miß Bonati?« fragte Crawford.

»Ja.«

»Sie war gestern in der Oper – können Sie wohl feststellen, welchen Platz sie hatte? Sir Richard begleitete sie zu ihrer Loge.«

»Ja, das habe ich heute morgen erfahren. – Loge vier, links. Man sprach hier allgemein, davon. Wahrscheinlich wollen Sie den Logenschließer vernehmen? Es trifft sich günstig, daß die Leute heute ausgezahlt werden, sonst müßten Sie abends während der Vorstellung wiederkommen. Bitte, begleiten Sie mich zur Kasse.«

Der Hausinspektor ging voraus und rief den Betreffenden heraus.

Durch Fragen stellte der Inspektor fest, daß der Mann Ria Bonati gesehen hatte, denn die Personalbeschreibung, die er von ihr und Sir Richard gab, stimmte genau.

»Ist Ihnen etwas Besonderes aufgefallen?«

»Ja. Die beiden schienen sich zu streiten.«

»Woraus schlossen Sie das?«

»Die Dame warf dem Herrn einen wütenden Blick zu, dann sagte sie in gehässigem Ton: ›Ich kann mir schon denken, daß diese Unterredung nichts mit deinem Neffen, sondern mit der schönen Sekretärin zu tun hat. Aber nimm dich in acht, ich lasse nicht mit mir spielen!‹«

»Haben Sie später noch etwas bemerkt?«

»Ja. Am Ende des ersten Aktes kam sie heraus, sah sich nach allen Seiten um, ging dann hinunter in die Eingangshalle und kehrte nach Ende der Pause nicht zurück. Ich sah sie erst gegen Mitte des zweiten Aktes wieder und schloß ihr Loge vier auf. Sie kam schnell die Treppe herauf – ich schaute gerade nach der Richtung. Sie war ziemlich aufgeregt, als sie eintrat und Platz nahm.«

»Haben Sie die Dame nach Schluß der Vorstellung noch einmal gesehen?«

»Nein.«

»Wie lange ist sie im ganzen fortgeblieben?«

»Etwas über eine halbe Stunde.«

Crawford war mit dem Ergebnis zufrieden und fuhr mit Belling zum Polizeipräsidium zurück.

»Das sind wichtige Neuigkeiten«, meinte er. »Ich wollte sowieso Ria Bonati fragen, ob sie am Montagnachmittag einem grauen Fehmantel und eine Fehkappe getragen hat, und ob sie die Dame war, die sich am Abend kurz vor neun an der Haustür Sir Richards zu schaffen machte und später im Nebengang verschwand.«

»Ich schlage vor, wir fahren zum Hotel und erkundigen uns bei dem Zimmermädchen und dem Portier, ob Miß Bonati gestern Nachmittag in dieser Kleidung ausgegangen ist. Dann sind wir bei der nächsten Unterhaltung ihr gegenüber sofort im Vorteil.«

Crawford war damit einverstanden, und bald stiegen sie vor dem Savoy-Hotel aus. Sie gingen zum Geschäftsführer und erklärten, was sie vorhatten. Sofort ließ dieser den Tagesportier hereinrufen.

Sie brauchten dem Mann nicht lange klarzumachen, um wen es sich handelte.

»Ja, die betreffende Dame ist gestern nachmittag in einem grauen Fehmantel und einer grauen Pelzkappe ausgegangen.«

»Ist sie jetzt im Hotel?« fragte Crawford dann den Geschäftsführer.

Nachdem ihre Anwesenheit festgestellt worden war, ließen sich der Inspektor und Belling bei ihr melden.

»Miß Bonati erwartet Sie«, erklärte der Page, der bald zurückkehrte, und führte die beiden Beamten zu den Räumen.

Sie begrüßte sie ziemlich kühl und unnahbar. Obwohl die beiden sie schon am vergangenen Abend in sehr vorteilhafter Kleidung gesehen hatten, staunten sie doch wieder, als sie ihnen jetzt in einem schwarzseidenen Kimono entgegentrat, der mit Stickerei in Altsilber geschmückt war. Ihr Gesicht hatte eine bleiche Farbe. »Sicher hat sie künstlich nachgeholfen«, dachte Crawford. Lässig hatte sie in einem Sessel Platz genommen, und das cremefarbene Leder bildete einen reizvollen Gegensatz zu der schweren, schwarzen Seide. Sie trug hauchdünne, schwarze Strümpfe, und ihre Füße steckten in pelzbesetzten schwarzen Pantöffelchen. Der Tod Sir Richards schien ihr nahegegangen zu sein, denn sie machte einen müden, traurigen Eindruck.

»Verzeihen Sie, Miß Bonati, daß wir Sie heute vormittag stören, aber wir erfuhren, daß Sie in der Bruton Street angerufen und nach mir gefragt haben. Und da ich auch noch Verschiedenes von Ihnen wissen wollte, sind wir hier vorbeigekommen. Warum wünschten Sie mich denn zu sprechen?«

»Ich habe heute morgen die Zeitungen gelesen und gefunden, daß die Privatsekretärin Sir Richards sich heimlich ins Haus geschlichen hat.«

»Das stand aber nicht in der Zeitung.«

»Nein, die brachte nur eine allgemeine Bemerkung, daß sie annahm, Sir Richard hätte sie zur Arbeit bestellt. Aber ich glaube das nicht, das ist nur ein Vorwand von ihr, denn wenn Sir Richard seinen Neffen sprechen wollte, brauchte er doch seine Sekretärin nicht dazu«, sagte sie heftig. Dabei blitzten ihre Augen böse auf, und die Pose der Trauer war plötzlich verschwunden.

Crawford war dieser Ausbruch sehr interessant, und er war gespannt, wohin das führen würde. Jedenfalls widersprach er ihr zunächst nicht, um einmal alles zu hören, was sie zu sagen hatte.

»Ja, Miß Rolands war im Hause, als die Polizei dort eintraf.«

»Mir ist in letzter Zeit aufgefallen, daß er dauernd ausging, ohne mir mitzuteilen, wohin. Ich habe ihn dann aber beobachtet und weiß, daß er zu seinem Haus in der Bruton Street fuhr, wo er sich mit seiner Sekretärin traf.«

»Das ist doch erklärlich. Sicher hatte er geschäftliche Korrespondenz zu erledigen.«

»Nein. Er hatte sich doch zur Ruhe gesetzt, und auf der Reise hat er höchst selten geschäftliche Briefe geschrieben. Ich kenne ihn doch, ich war einige Monate mit ihm zusammen und weiß genau, daß seine Korrespondenz nicht soviel Zeit in Anspruch nahm. Wozu brauchte er hier überhaupt eine Sekretärin? Stetson hat sie zwar engagiert, aber natürlich hat Sir Richard ihm den Auftrag dazu gegeben. Diese Frau hat ihn umgarnt und mir seine Liebe gestohlen!«

»Aber ich dachte, Sie wären mit ihm verlobt gewesen und wollten heiraten?«

»Aber Inspektor, Sie sind doch ein Mann von Welt – Sie wissen doch, daß das kein Hinderungsgrund für die Männer ist! Sie hat geglaubt, er wird sie heiraten, nachdem er ein Verhältnis mit ihr angefangen hatte.«

»Ich würde aber vorsichtiger sein in meinen Behauptungen.«

»Sicher hat er das getan. Wo wäre er sonst immer gewesen? Und dann muß sie gestern plötzlich erfahren haben, daß er bereits mit einer anderen verlobt war, die er heiraten wollte. Aus Rache hat sie sich ins Haus geschlichen und ihn dann in seinem Arbeitszimmer erschossen, über Nacht habe ich über alles nachgedacht, und dabei ist mir das klargeworden. Die Polizei muß doch auch sofort das Lügengewebe dieser Frau durchschauen!«

Crawford unterdrückte ein Lächeln, blieb aber höflich.

»Wir werden die Anregung verwerten und Ihre Angaben eingehend prüfen. Seien Sie versichert, daß wir nichts unversucht lassen, diesen rätselhaften Tod aufzuklären.«

»Es ist ein Mord!« rief sie und spielte nervös mit der goldenen Handtasche, die auf dem Tisch vor ihr lag und die der Inspektor schon am vergangenen Tage in ihrer Hand gesehen hatte. Der Bügel bestand aus getriebener Handschmiedearbeit. Crawford blickte unverwandt darauf, und plötzlich kam ihm ein Gedanke.

»Würden Sie mir einmal dieses prachtvolle Stück zeigen? Ich möchte es gern näher betrachten.«

»Ja«, erwiderte sie. »Es ist ein Geschenk von Sir Richard.«

»Dann ist es jetzt ein teures Andenken für Sie«, entgegnete er und öffnete die Tasche wie in Gedanken. »Gestatten Sie«, sagte er und nahm einen Schlüssel heraus. »Zu welcher Tür gehört der?«

Die plötzliche Wendung des Gesprächs kam ihr unerwartet.

»Der Schlüssel gehört zu einer der Türen hier.«

Er schien sich damit zufriedenzugeben, schloß die Handtasche wieder und legte sie auf den Tisch. Den Schlüssel behielt er in der Hand und spielte damit.

»Nun habe ich auch noch einige Fragen an Sie, und ich bitte Sie, mir die zu beantworten. Gestern abend wurden Sie von Sir Richard in die Oper gebracht, und zwar begleitete er Sie bis zur Loge vier, links. Worüber unterhielten Sie sich, als Sie sich trennten?«

»Darüber, daß er zum Ende des ersten Aktes kommen wollte.«

»Haben Sie nicht auch noch über andere Dinge gesprochen?«

»Nicht daß ich wüßte.«

»Hatten Sie nicht eine Meinungsverschiedenheit?«

»Nein, nicht im geringsten.«

»Besitzen Sie einen grauen Fehmantel und eine graue Fehkappe?«

Sie sah ihn erstaunt an.

»Ich kann mir nicht denken, was diese Frage mit dem Mord an Sir Richard zu tun haben könnte.«

»Ich möchte Sie bitten, sie zu beantworten. Bei der Totenschau werden Sie sonst doch dazu gezwungen, das zu tun, und in Gegenwart einer großen Menschenmenge ist das viel peinlicher.«

Sie zögerte einen Augenblick.

»Ja, ich habe einen solchen Mantel und eine solche Kappe«, erwiderte sie schließlich.

»Sind Sie gestern nachmittag darin ausgegangen?«

Sie wurde stutzig.

»Worauf wollen Sie denn eigentlich hinaus?«

»Sind Sie gestern nachmittag zum Hause Bruton Street Nr. 34 gegangen?«

»Ich verstehe nicht, wie Sie dazu kommen, derartige Fragen an mich zu richten.«

»Sie waren also dort?«

»Ja«, entgegnete sie trotzig.

»Wie lange waren Sie gestern in der Oper?«

»Bis zum Schluß. Als Sir Richard mich dann nicht abholte, wurde ich besorgt und fuhr zu seinem Haus. Das habe ich Ihnen doch schon gestern zur Genüge erklärt.«

»Sind Sie gestern abend immer in Ihrer Loge geblieben?«

»Nein, in der großen Pause bin ich ins Foyer gegangen.«

»Haben Sie nicht auch vorher einmal die Oper verlassen?«

»Nein.«

»Wohin sind Sie denn nach dem ersten Akt gegangen?«

»Ins Foyer.«

»Sie sind aber erst lange nach Beginn des zweiten Aktes zurückgekehrt.«

»Das muß eine Verwechslung sein. Mir ist nichts davon bekannt.«

»Sie sind aber doch unten in der Garderobe gewesen und haben sich Ihr Chinchilla-Cape geben lassen«, suchte Crawford zu bluffen.

Sie schaute ihn ärgerlich an.

»Warum stellen Sie all diese sonderbaren Fragen an mich? Sie wollen doch nicht etwa behaupten, daß ich den Mord begangen habe?«

»Nein, ich möchte nur feststellen, wo Sie sich zur Zeit des Mordes aufhielten. Jedenfalls waren Sie weder in Ihrer Loge noch sonstwo im Theater.«

Sie wurde unsicher.

»Ich antworte Ihnen nicht weiter, und ich möchte Sie bitten, mich jetzt allein zu lassen.«

Der Inspektor und Belling verabschiedeten sich durch eine kühle Verbeugung und verließen das Hotel.

»Diese Frau ist wirklich ein Rätsel«, sagte Crawford auf dem Weg nach Scotland Yard. »Wir können noch die größten Überraschungen von ihr erleben. Es ist doch ganz klar, daß sie uns nicht die Wahrheit gesagt hat. Wahrscheinlich hat sie uns gestern auch belogen.«

Belling nickte. Er war in Gedanken versunken und überlegte, wie Carley entlastet werden könnte.

Als sie in Scotland Yard ankamen, meldete die Telephonzentrale, daß Rechtsanwalt Stetson inzwischen zweimal angerufen hätte. Inspektor Crawford möchte ihn sofort anläuten, wenn er zurückkehrte.

Als der Inspektor in sein Büro trat, ging er sofort auf seinen Schreibtisch zu, nahm den Hörer vom Apparat und ließ sich mit dem Büro des Anwalts verbinden.

»Hallo, hier Inspektor Crawford.«

»Hier Stetson.«

»Sie wünschten doch, daß ich mich bei Ihnen melden sollte?«

»Ja. Ich habe eine sehr wichtige Nachricht.«

»Was denn?«

»Als ich in mein Büro kam, fand ich einen Brief von Sir Richard vor, den er gestern abend abgeschickt haben muß.«

»Können Sie mir den Inhalt sagen?«

»Ja. Ich werde ihn vorlesen.«

Stetson las das verhältnismäßig kurze Schreiben vor.

»Und was sagen Sie dazu?« fragte Crawford.

»Ich halte das für durchaus möglich bei dem Geisteszustand, in dem er sich befand. Es ist jedenfalls die einfachste Lösung. Ich glaube, unter diesen Umständen können Sie die Totenschau noch für heute ansetzen.«

»Das wird ziemlich knapp sein, aber ich werde es versuchen. Jetzt ist es halb elf, ich werde gleich feststellen können, ob die Verhandlung heute um vier beginnen kann. Ich rufe Sie später noch einmal an. Auf welchem Postamt wurde übrigens der Brief abgestempelt?«

»London W 1.«

»Danke.«

18

»Ist der Tote, den Sie gestern abend im Arbeitszimmer fanden, Sir Richard Richmond?« fragte der Vorsitzende.

Die Totenschau war in vollem Gang. Am Verhandlungstisch saßen die Beamten, unter ihnen Crawford. Sergeant Belling und Sergeant Pemberton hatten hinter ihm Platz genommen. Wie gewöhnlich bei Kriminalfällen, die das Interesse der Öffentlichkeit erregen, war auch diesmal der Saal bis auf den letzten Platz gefüllt.

»Ja«, entgegnete Miller, der den Zeugenstand einnahm.

Die Verhandlung hatte um vier Uhr begonnen. Polizist Granter, Sergeant Pemberton und Inspektor Crawford hatten in kurzen Sätzen berichtet, wie die Untersuchung des Falles durch die Polizei begonnen worden war.

»Um neun Uhr sieben klingelte es also an der Haustür. Sie befanden sich zu der Zeit auf Ihrem Zimmer und hatten sich ausgekleidet. Dann sprangen Sie auf, zogen sich hastig an und eilten hinunter, um aufzuschließen. Wieviel Minuten mag das gedauert haben?«

»Etwa zwei«, erwiderte Miller bestimmt.

Crawford schrieb etwas auf einen Zettel und ließ ihn dem Vorsitzendem hinüberreichen. Dieser las die Mitteilung und nickte ihm zu.

»Das genügt vorläufig«, wandte er sich dann an den Butler. »Ich werde Sie nachher wieder aufrufen lassen.«

Als nächster Zeuge wurde Dr. Reynolds vernommen, der einen ausführlichen Bericht über den ärztlichen Befund gab.

Der Vorsitzende las darauf in den Papieren und Vernehmungsprotokollen nach, und nach einiger Zeit schien er gefunden zu haben, was er suchte.

»Dr. Reynolds, wann ist Ihrer Meinung nach der Tod eingetreten?«

»Gegen neun Uhr – aber eher später als vorher.«

»Ich lese hier, daß Sie Inspektor Crawford gegenüber äußerten, Ihrer Ansicht nach wäre der Tod frühesten fünf Minuten vor neun, spätestens fünfzehn Minuten nach neun eingetreten. Stimmt das?«

»Ja.«

»Wenn ich die Mitte zwischen den Zeiten nehme, würden wir auf etwa neun Uhr fünf kommen.«

»Ja – das halte ich für möglich und wahrscheinlich.«

»Sie haben in Ihrem schriftlichen Bericht angegeben, daß der Schußkanal direkt durch den Mund von vorne nach hinten verläuft, ohne seitlich abzuweichen, so daß der Atlaswirbel zerschmettert wurde?«

»Ja.«

»Haben Sie irgendwelche Druckstellen, Abschürfungen oder geringfügige Verletzungen feststellen
können?«

»Nein.«

Der nächste Zeuge war Jim Carley. Nach Bekannt-
gabe der Personalien und nach der Vereidigung ließ
der Vorsitzende ihn genau berichten, wie er Sir Richard aufgefunden hatte.

»Sie haben niemand gesehen? Haben Sie vielleicht
eine Bewegung des Vorhangs oder sonst etwas wahrgenommen oder Schritte im Hause gehört?«

»Nein.«

»Haben Sie auch nicht gehört, daß Miß Rolands
die Treppe heraufkam?«

»Nein.«

»Sie haben nach neun Uhr unten an der Haustür
geklingelt? Der Butler Miller sagte aus, er hätte gehört, daß um neun Uhr sieben jemand an der Haustür
Einlaß begehrte. Kann das die Zeit sein, zu der Sie an
der Haustür waren und auf den Knopf drückten?«

»Ja, davon bin ich überzeugt.«

»Sie wandten sich dann links zum Seitengang und
kamen durch die Nebentür ins Haus. Wie lange hat es
wohl gedauert, bis Sie das Arbeitszimmer erreichten?«

»Eine Minute – vielleicht etwas länger.«

»Wieviel Zeit verging, bis Mr. Miller Ihnen am
Eingang des Arbeitszimmers entgegentrat?«

»Das kann ich nicht genau sagen – ich war zu aufgeregt.«

»Aber Sie können es doch ungefähr angeben. Es dauerte jedenfalls keine Viertelstunde, und es waren sicher auch nicht nur dreißig Sekunden. Wie lange schätzen Sie die Zeit?«

Carley überlegte.

»Zwei bis fünf Minuten.«

Der Vorsitzende stellte noch eine Reihe von Fragen, die Carley ebenso beantwortete wie bei seiner ersten Vernehmung, so daß sich keine neuen Momente ergaben.

Der Vorsitzende hatte offenbar einen gewissen Verdacht gegen ihn. Das ging schon daraus hervor, daß er ihn sehr eingehend verhörte.

Nach Carley wurde Miß Rolands als Zeugin aufgerufen. Dem Vorsitzenden schien es zunächst darauf anzukommen, die genaue Zeit des Todes festzustellen. Er legte großen Wert auf ihre Angabe, daß auch sie das Klingeln um neun Uhr sieben gehört hatte.

»Haben Sie vorher etwas Besonderes bemerkt?«

»Ja, aber ich bin meiner Sache nicht sicher. Ich hatte den Eindruck, daß im Zimmer über mir gesprochen wurde. Vielleicht wurde aber auch nur ein Stuhl gerückt.«

»Wann war das?«

»Gegen neun. Es wäre aber auch möglich, daß ich Leute gehört habe, die auf der Straße vorübergingen und sich unterhielten.«

Der Vorsitzende machte eine Notiz, dann entließ er Evelyn Rolands, und Sergeant Belling nahm ihren Platz im Zeugenstand ein.

»Sie wurden von Inspektor Crawford beauftragt, gewisse Versuche durchzuführen, um die wichtigen Zeitangaben zu prüfen?«

»Jawohl.«

»Wann haben Sie diese Versuche durchgeführt?«

»Heute morgen.«

»Berichten Sie darüber.«

»Es handelte sich zunächst darum, die Zeit festzustellen, die Mr. Miller brauchte, um sich anzuziehen. Wir haben diesen Versuch zweimal mit ihm unter Benützung der Stoppuhr durchgeführt. Das eine Mal brauchte er zwei Minuten und vier Sekunden, das andere Mal zwei Minuten und zehn Sekunden. Darauf prüften wir die Zeit, die er für den Weg von seinem Zimmer bis zur Tür des Arbeitszimmers brauchte. Das ergab etwas weniger als eine Minute, einmal neunundvierzig und einmal vierundfünfzig Sekunden. Schließlich stellten wir noch die Zeit fest, die nötig ist, um von der Haustür durch den Nebeneingang die Dienertreppe hinauf zur Galerie und zum Arbeitszimmer zu gelangen.

Das dauerte sechsundsechzig beziehungsweise siebzig Sekunden. Danach würde also die Zeitfolge sein:

9.07 Mr. Carley klingelt an der Haustür, bestätigt durch die Aussagen von Mr. Carley, Mr. Miller und Miß Rolands.

9.08 Mr. Carley kommt im Arbeitszimmer an.

9.09 Mr. Miller ist mit Anziehen fertig und verläßt sein Zimmer.

9.10 Die beiden begegnen sich in der Tür von der Galerie zum Arbeitszimmer.«

»Haben Sie sonst noch etwas zu diesem Punkt festgestellt?«

»Ja. Als Mr. Miller hastig das Zimmer verließ, stieß er in der Eile einen Stuhl um, so daß die Weckeruhr, auf der er vorher die Zeit abgelesen hatte, zu Boden geschleudert wurde, zerbrach und stehenblieb. Sie zeigt genau neun Uhr neun.«

»Das ist eine wertvolle Bestätigung. Ich möchte jetzt Rechtsanwalt Stetson vernehmen.«

»Er ist noch nicht erschienen«, erklärte Inspektor Crawford. »Es liegt eine schriftliche Mitteilung von ihm vor, daß er nicht gleich bei Beginn der Verhandlung zugegen sein kann, aber bestimmt später erscheinen wird.«

Der Vorsitzende sah auf die Liste.

»Dann bitte ich Professor Haviland.«

Der Spezialarzt erhob sich. Er machte den Eindruck eines Gelehrten, mochte etwa fünfundfünfzig Jahre alt sein und hatte schon weißes Haar, aber einen lebhaften, intelligenten Gesichtsausdruck. Seine Bewegungen waren jugendlich elastisch.

»Sie haben Sir Richard Richmond vor vier Monaten behandelt? Haben Sie den Toten gesehen?«

»Ja.«

»Erkennen Sie ihn als Sir Richard Richmond wieder?«

»Ja.«

»Auf welche Weise haben Sie ihn kennengelernt?«

»Vor vier Monaten behandelte ich ihn an einer Kopfverletzung, die leider böse Folgen hatte.«

»Bitte, teilen Sie uns Näheres darüber mit.«

»Am neunzehnten Juni besuchte mich Rechtsanwalt Stetson und teilte mir im Vertrauen mit, daß sich einer seiner Bekannten und ältesten Klienten bei Arbeiten im Laboratorium an der Stirn verletzt hätte. Er bat mich, die Behandlung zu übernehmen. Ich wunderte mich, da er mich doch ebensogut hätte anrufen können, um mir das zu sagen. Dann erklärte er mir, daß sich merkwürdige Störungserscheinungen bei Sir Richard bemerkbar machten. Da er dringend darum ersuchte, daß ich mich eingehend um den Fall kümmern sollte, begleitete ich ihn sofort in seinem Wagen zur Bruton Street.

Ich fand Sir Richard in seinem Schlafzimmer. Eine Krankenschwester war bereits von Mr. Stetson zur Pflege bestellt worden. Die Wunde an der Stirn war an sich nicht bedeutend, es hatten sich aber heftiges Erbrechen und Schwindel eingestellt, und auch die sonstigen Symptome deuteten auf eine Gehirnerkrankung. Ich gab die nötigen Anweisungen und verordnete zunächst ein Dauerbad, damit sich der Kranke, der sehr nervös war, beruhigte. Es gelang mir, Sir Richard äußerlich in wenigen Tagen wiederherzustellen, aber kurz darauf suchte mich Mr. Stetson wieder auf und erzählte mir, daß sein Klient plötzlich ein ganz anderes Verhalten zeigte. Während Sir Richard früher zuverlässig, ruhig und gesetzt war, machte er jetzt große Ausgaben, war vergnügungssüchtig und leichtsinnig.

Solche Fälle waren mir aus meiner Praxis gut bekannt. Diese Zustände sind im allgemeinen leicht zu heilen, und ich riet daher dem Patienten, eine größere Seereise zu machen. Mr. Stetson sorgte dafür, daß Sir Richard, dem nach außenhin nichts anzumerken war, eine Reise um die Welt unternahm. Ich hatte zunächst fünf bis sechs Monate vorgeschlagen. Dann kümmerte ich mich nicht weiter um den Fall, doch Mr. Stetson rief mich mehrmals an und teilte mir mit, daß er beunruhigende Nachrichten von seinem Klienten hätte. Soviel ich verstehe, besaß Sir Richard ein bedeutendes Vermögen. Seine Ausgaben stiegen während der Reise dauernd, und aus seinen sonstigen Äußerungen ging hervor, daß sich sein Zustand eher verschlechterte als besserte. Ich riet daher vor allem, ihn nach London zurückzurufen, um ihn hier genauer zu untersuchen. Vor etwa drei Wochen kam er nach England zurück, und ich legte Wert darauf, ihn möglichst bald zu sehen. Aber diesem Vorhaben widersetzte er sich, und es ist tatsächlich nicht mehr zu einer Untersuchung gekommen.«

»Haben noch weitere Besprechungen und Beratungen zwischen Ihnen und Mr. Stetson stattgefunden?«

»Ja. Mr. Stetson wurde immer besorgter und ängstlicher, und nach seinen Berichten und den Briefen schien die Geisteskrankheit eine schlimme Wendung zu nehmen. Ich drang energisch sowohl in seinem als auch im Interesse der Allgemeinheit darauf, daß er sich untersuchen ließe. Die letzte Besprechung fand am vergangenen Sonnabend statt. Die Krankheitssymptome waren derartig beunruhigend, daß wir schließlich übereinkamen, Sir Richard im Notfall auch gegen seinen Willen in eine Heilanstalt zu bringen, in der er von mir genau untersucht und beobachtet werden konnte.«

»Dachten Sie an eine bestimmte Anstalt?«

»Ja. Ich selbst unterhalte eine Privatklinik in der Nähe von Brighton.«

»Ist das eine Irrenanstalt?«

»Das gerade nicht, aber es werden dort auch schwere Fälle behandelt.«

Die Enthüllungen Professor Havilands machten tiefen Eindruck auf die Zuhörer, und es herrschte während seiner Vernehmung lautlose Stille.

»Hat die Wunde an der Stirn, die Sie damals behandelten, eine Narbe hinterlassen?«

»Ja. Zuerst war sie ziemlich rot, aber ich habe Sir Richard kurz vor seiner Abreise noch gesehen, und damals war sie schon stark verblaßt.«

Professor Haviland wurde darauf als Zeuge entlassen.

Polizeiarzt Dr. Reynolds meldete sich, und der Vorsitzende ließ ihn in den Zeugenstand treten.

»Haben Sie etwas zu den Ausführungen von Professor Haviland zu bemerken?«

»Ja. Ich habe den Toten genau untersucht, aber keine Narbe an der Stirn gefunden.«

Eine große Bewegung ging durch den Saal, und die Leute beugten sich vor, um Professor Haviland und

Dr. Reynolds zu sehen, der sich inzwischen wieder an dem großen Verhandlungstisch niedergelassen hatte.

Der Vorsitzende wartete, bis sich die Unruhe gelegt hatte.

»Sie haben keine Narbe vorgefunden?«

»Doch, verschiedene Schnitte in der Kopfhaut, aber an anderen Stellen und verdeckt durch die Perücke. Die Narben sind noch verhältnismäßig jungen Datums und sorgfältig vernäht.«

In dem Augenblick wurde dem Vorsitzenden gemeldet, daß Rechtsanwalt Stetson erschienen wäre. Man sah, daß er sich von der Tür aus einen Weg durch die dichte Zuhörermenge nach vorne bahnte.

Professor Haviland erhob sich und bat den Vorsitzenden, den Toten, der im Nebenraum aufgebahrt lag, noch einmal betrachten zu dürfen.

19

Es herrschte größte Spannung im Saal, als Rechtsanwalt Stetson den Zeugenstand betrat.

Alle hatten gesehen, daß er vorher mit Crawford kurze Zeit gesprochen und ihm ein Schriftstück übergeben hatte. Der Inspektor war darauf zum Vorsitzenden gegangen, hatte ihm eine Mitteilung gemacht und sich dann wieder auf seinem Platz am Ende des Tisches niedergelassen.

»Sie haben nach Erkrankung Ihres Klienten Sir Richard Richmond Professor Haviland als Spezialisten zugezogen?«

»Ja.«

»Haben Sie die Aussagen von Professor Haviland und Dr. Reynolds eben gehört?«

»Ich kam währenddessen in den Sitzungssaal und habe nur die Schlußworte von Dr. Reynolds gehört.«

Der Vorsitzende ließ das Protokoll der beiden Zeugenvernehmungen verlesen.

»Sir Richard hatte eine Stirnnarbe, und der Tote hat keine. Können Sie zu diesen Widersprüchen eine Erklärung geben?«

»Ja. Zu den Eigentümlichkeiten seines Krankheitsbildes gehörte auch, daß er ungewöhnlich eitel wurde.

Die Narbe an der Stirn war zwar schon ziemlich verblaßt, als er Anfang Juli auf Reisen ging, aber er bildete sich ein, daß sie ihn entstellte. Schon in London sprach er darüber, und kaum war er von hier abgereist, so erfuhr ich von ihm aus Paris, daß er sich bei einem Spezialarzt für kosmetische Chirurgie einer Schönheitsoperation unterzogen hatte. Ich konnte es damals nicht verstehen, und am allerwenigsten die hohe Summe, die der Pariser Spezialarzt dafür verlangte.«

»Haben Sie daraufhin etwas unternommen?«

»Ja. Ich schrieb Sir Richard einen dringenden Brief und bat ihn, seine Ausgaben einzuschränken. Aber meine Vorstellungen schienen gerade das Gegenteil zu bewirken.«

»Wodurch hat sich Sir Richard die Wunde am Kopf zugezogen?«

»Bei seinen Arbeiten im Laboratorium glitt er aus und schlug mit der Stirn gegen eine Kante.«

»Wie erfuhren Sie davon?«

»Ich machte zufällig gerade einen Besuch bei ihm, da er mich um eine gelegentliche Rücksprache gebeten hatte.«

Der Vorsitzende teilte nun mit, daß er die Vernehmung Mr. Stetsons unterbrechen wollte, um ein wichtiges Schriftstück verlesen zu lassen, das die Verhandlung entscheidend beeinflussen würde. Er gab seinem Sekretär das Wort, und dieser begann mit klarer Stimme:

»Lieber Stetson,

nach unserer letzten Aussprache über meine Vermögenslage habe ich einen Arzt aufgesucht und von ihm eine so niederschmetternde Auskunft über meinen Gesundheitszustand erhalten, daß ich allen Mut verloren habe. Deshalb ziehe ich die einzig mögliche Folgerung und mache Schluß mit dem Leben. Sie werden es verstehen.

Richmond.«

Zunächst herrschte atemlose Stille im Raum, aber einige Sekunden später löste sich die Spannung, und die Leute unterhielten sich erregt miteinander, so daß der Vorsitzende ernstlich zur Ruhe mahnen mußte.

Darauf wurde die Vernehmung Stetsons fortgesetzt.

»Wann haben Sie diesen Brief erhalten?«

»Er war an mein Büro adressiert und traf heute morgen mit der ersten Post ein. Ich ging schon um acht Uhr nach Scotland Yard zu einer Besprechung mit Inspektor Crawford, dann hatte ich einen wichtigen Termin um Viertel nach neun, so daß ich erst kurz vor halb elf in mein Büro kam. Dort fand ich dann das Schreiben Sir Richards vor. Ich war aufs höchste erstaunt und bestürzt, rief sofort Inspektor Crawford an und las ihm den Inhalt vor. Er versprach mir, sofort zu veranlassen, daß die Verhandlung der Totenschau noch heute abgehalten würde.«

»In diesem Schreiben ist von einer letzten Aussprache zwischen Ihnen und dem Toten die Rede – wann haben Sie ihn zuletzt gesehen?«

»Gestern – in meinem Büro. Zwischen vier und halb fünf war er bei mir.«

»Was haben Sie miteinander besprochen?«

»Sir Richard hatte dringend die Zahlung einer größeren Summe verlangt. Telephonisch hatte er sich dann damit einverstanden erklärt, daß ich ihm zunächst viertausend Pfund geben sollte.«

»Und dieses Geld haben Sie ihm gestern ausgehändigt?«

»Ja.«

»Hier steht, daß Sie sich mit ihm über seine Vermögenslage ausgesprochen haben. Bitte, teilen Sie uns Näheres darüber mit.«

»Ich war empört über die Art und Weise, wie leichtfertig er sich über alles hinwegsetzte. Ich hatte mit Professor Haviland über den Fall gesprochen, und er hatte mir gesagt, daß ein momentaner Schrecken oder ein Schock vielleicht eine Rückkehr zu normaler Denkweise auslösen könnte. Ich habe es daher gestern darauf angelegt, ihm einmal seine Vermögenslage in den schwärzesten Farben auszumalen. Ich glaubte, ihm damit nur zu helfen, und es tut mir natürlich furchtbar leid, daß ich nun indirekt an seinem Tod schuld bin.«

»Wie steht es denn mit seinen Finanzen?«

»Nicht allzu schlecht. Ich verwalte nicht das gesamte Vermögen, sondern hauptsächlich seine Wertpapiere, und ich glaube kaum, daß er von seiner Beteiligung an Fabriken oder sonstigen Liegenschaften viel veräußert hat. Immerhin muß das jetzt erst alles festgestellt werden. Aber ich habe ihm ganz offen klargemacht, daß bei dem ungewöhnlichen Verbrauch von Kapitalien sein Vermögen nicht mehr lange vorhalten könnte. Vor allem habe ich darauf gedrungen, daß er endlich die Kaution von zehntausend Pfund zahlen soll, die für die Erlangung der Konzession notwendig ist. Wenn er sich selbst nicht mehr dafür interessierte, sagte ich ihm, wäre er das seinem Neffen schuldig.«

»Was ist das für eine Kaution?«

Stetson gab einen knappen, klaren Überblick über den Sachverhalt und die Entwicklung dieser Angelegenheit.

»Da ich ihn zur Vernunft bringen wollte, gebrauchte ich die stärksten Worte und erklärte ihm, daß er sich unbedingt ärztlich untersuchen lassen müßte, was er mir auch versprach.

Soweit ich es übersehen kann, muß er gleich von mir aus einen Arzt aufgesucht haben. Was der Mann ihm mitteilte, weiß ich natürlich nicht. Es scheint aber, daß er eine niederschmetternde Auskunft erhalten hat, wie er in seinem Brief schreibt.«

»Seine finanzielle Lage war also noch nicht verzweifelt?«

»Durchaus nicht.«

Diese Antwort rief Erstaunen unter den Anwesenden hervor.

Der Blick des Vorsitzenden fiel auf Professor Haviland, der seit einiger Zeit wieder an dem Tisch Platz genommen hatte.

»Ich möchte jetzt Professor Haviland noch einmal vernehmen, der Sir Richard während seiner Krankheit behandelte.«

Der Spezialarzt ging zum Zeugenstand.

Die Verhandlung hatte bis jetzt einen so wechselvollen Verlauf genommen, daß alle aufs äußerste gespannt waren. In dem großen Saal herrschte tiefes Schweigen.

»Kennen Sie den Inhalt des Briefes, der während Ihrer Abwesenheit verlesen wurde?«

»Ja – das Original wurde mir eben gereicht, und ich las es.«

»Waren Sie der Arzt, an den sich Sir Richard gestern gewandt hat?«

»Nein.«

»Wir haben eben gehört, daß die finanzielle Lage des Toten nicht gefährlich war. Wie erklären Sie sich diesen Ausgang? Mußte man tatsächlich mit einer plötzlichen Verschlechterung seines Zustandes rechnen, die zu einer Katastrophe führen konnte?«

»Nein. Im allgemeinen lassen sich derartige Störungen leicht heilen, und ich war schon erstaunt, daß die Seereise nicht den gewünschten Erfolg hatte. Jedenfalls war es ungewöhnlich, daß die Krankheit sich derartig verschlimmerte.«

»Kommen denn bei solchen Erkrankungen, oder besser gesagt infolge solcher Erkrankungen Selbstmorde vor?«

»Ja, aber verhältnismäßig selten. Es ist unendlich bedauernswert, daß ich Sir Richard nach seiner Rückkehr nicht mehr sehen und untersuchen konnte. Natürlich sind diese Leute, die einmal aus dem Gleichgewicht gebracht sind, großen Schwankungen in ihren Stimmungen unterworfen. Ich kann mir sogar vorstellen, daß es bei Sir Richard zu einer furchtbaren Depression gekommen ist, in deren Verlauf er zu der unheilvollen Tat schritt.«

»Ja, aber es lag doch eigentlich gar kein Grund dazu vor?« fragte der Vorsitzende verwundert.

»Leute mit einem geistigen Defekt sind eben nicht normal und beurteilen vielfach Einzelheiten vollkommen falsch. Mir ist ein Fall bekannt, in dem eine junge Dame, die an einer ähnlichen Störung litt, sich infolge eines leisen Vorwurfs das Leben nahm. Und wer weiß, welche Diagnose der Arzt, den er aufsuchte, gestellt hat. Natürlich mußte der Mann sich in der Hauptsache auf das verlassen, was ihm Sir Richard erzählte. Und was dieser unter dem Einfluß der Vorwürfe Mr. Stetsons gesagt hat, wissen wir nicht. Vom medizinischen Standpunkt aus ist so etwas ohne weiteres möglich und verständlich.«

Während Professor Haviland wieder am Tisch Platz nahm, blätterte der Vorsitzende die Papiere durch, die vor ihm lagen.

»Mr. Miller!« sagte er nach einiger Zeit.

Der Butler erhob sich eifrig und trat vor.

»Sie haben Sir Richard kurz vor seinem Tod noch gesehen?«

»Ja.«

»Welchen Eindruck hat er auf Sie gemacht?«

»Er schien sehr müde gewesen zu sein.«

»Ist Ihnen sonst nichts aufgefallen?«

»Er sah auch sehr besorgt aus, und ich dachte mir noch, wenn solche Leute schon Sorgen haben, was soll dann erst unsereiner sagen?«

»Schon gut. Was Sie sich gedacht haben, gehört nicht hierher. Sir Richard machte also auf Sie einen ziemlich verzweifelten Eindruck?«

»Nein, so schlimm war es nun auch wieder nicht.«

Als nächste Zeugin wurde Ria Bonati aufgerufen.

Sie erregte allgemeines Aufsehen, als sie vor den Verhandlungstisch trat, denn sie erschien in tiefer Trauerkleidung und trug als Schmuck nur eine kostbare Brosche aus schwarzen Diamanten.

Zunächst beantwortete sie ungefähr dieselben Fragen wie bei ihrer ersten Vernehmung durch Crawford.

»Wann waren Sie zuletzt mit Sir Richard zusammen?« fuhr der Vorsitzende dann fort.

»Gestern abend, von dreiviertel sieben bis kurz vor acht im Speisesaal des Savoy-Hotels. Dann begleitete er mich noch zu meiner Loge in der Oper.«

»Ist Ihnen an seinem Wesen etwas Besonderes aufgefallen?«

»Ja. Ich habe es auch schon Inspektor Crawford gesagt, daß er mir an dem Abend sehr merkwürdig vorkam.«

»Haben Sie sich deshalb Sorgen gemacht?«

»Zuerst nicht. Als er mich dann aber nach Schluß der Vorstellung nicht abholte, war es allerdings etwas anderes.«

»Worüber haben Sie während des Abendessens gesprochen?«

»Die Unterhaltung drehte sich um alltägliche Dinge. Wir kamen auch auf unsere bevorstehende Heirat, und er drückte den Wunsch aus, recht bald London zu verlassen, vorher aber wenigstens noch die standesamtliche Trauung zu vollziehen. Er wollte dann mit mir nach Südfrankreich gehen, ja, er versprach mir sogar eine Hochzeitsreise nach Florida.«

»Dann halten Sie also einen Selbstmord für ausgeschlossen?«

»Ja, meiner Ansicht nach kommt das nicht in Frage. Ich hätte doch etwas von einer solchen Absicht merken müssen, denn mir vertraute er alles an.«

Crawford lächelte ironisch und wandte sich nach Belling um.

»Sir Richard hätte das nie getan, dazu liebte er mich viel zu sehr«, erklärte sie und unterdrückte ein Schluchzen. »Und wenn er einer plötzlichen starken Depression zum Opfer gefallen wäre, hätte er seine letzten Zeilen an mich gerichtet, nicht an seinen Rechtsanwalt!«

Sie warf Stetson einen bösen Blick zu, der auch von dem Vorsitzenden bemerkt wurde. Ihre Äußerungen hatten wieder eine Sensation hervorgerufen.

Der Vorsitzende wollte sie entlassen, aber sie richtete sich hoch auf.

»Nein!« rief sie laut. »Sir Richard hat sich nicht das Leben genommen – er wurde feige und hinterlistig ermordet!«

Ihre Worte klangen grell und schrill durch den Saal, und der Vorsitzende war etwas betreten über diesen leidenschaftlichen, unerwarteten Ausbruch.

»Wie kommen Sie zu dieser Auffassung?« fragte er nachsichtig.

»Es war eine Frau, die ihm nachstellte, die ihm das Glück an meiner Seite nicht gönnte –«

Der Vorsitzende seufzte.

»Haben Sie Beweise dafür?« erwiderte er sachlich.

»Wenn Rechtsanwalt Stetson und Inspektor Crawford in der Verhandlung alles sagen würden, was sie wissen, würde die Wahrheit ans Tageslicht kommen!«

»Dann wird sich das ja im weiteren Verlauf der Verhandlung von selbst ergeben«, suchte der Vorsitzende sie zu beschwichtigen. »Ich danke Ihnen.«

Ria Bonati konnte nur mühsam ihren Ärger unterdrücken, daß sie nicht länger alle Blicke auf sich gerichtet fühlte. Aber es blieb ihr nur übrig, den Zeugenstand zu verlassen.

Inspektor Crawford hatte während ihrer Vernehmung eifrig und leise mit Belling und Pemberton gesprochen, und während des letzten etwas theatralischen Auftritts war er hinter den Stuhl des Vorsitzenden getreten. Er neigte sich zu ihm nieder und teilte ihm etwas mit. Darauf erhob sich der Vorsitzende.

»Ich lege jetzt eine Pause von fünfzehn Minuten ein, um neues Material zu prüfen. Die Verhandlung wird um sechs Uhr fünfzehn fortgesetzt.«

20

»Ich gebe Inspektor Crawford das Wort zu einer Erklärung«, begann der Vorsitzende, als er nach der Pause die Verhandlung wieder eröffnete.

Der Beamte von Scotland Yard hatte sich bereits
erhoben.

»Ich bin der festen Überzeugung, daß es sich bei
dem Tod von Sir Richard Richmond nicht um einen
Selbstmord, sondern um einen Mord handelt. Die
Kriminalabteilung von Scotland Yard hat genügend
Material gesammelt, um dies zu beweisen. Ich beantrage, daß zunächst die Beamten des Erkennungsdienstes
vernommen werden, dann die Beamten der Waffenprüfstelle in Verbindung mit Polizeiarzt Dr. Reynolds.
Weitere Anträge behalte ich mir vor.«

Diese neue Entwicklung hatte keiner vorausgese-
hen, und alle blickten gespannt auf Sergeant Farland
vom Erkennungsdienst, der als erster den Zeugenstand betrat.

Der Vorsitzende stand auf.

»Ich bitte Inspektor Crawford, da er bedeutend
mehr Überblick über das vorhandene Material hat,
die nächsten Zeugen zu vernehmen, nachdem die For-
malitäten erledigt sind und ich sie vereidigt habe.«

Inspektor Crawford nahm eine Pistole vom Verhandlungstisch.

»Diese Waffe wurde im Arbeitszimmer neben der rechten Hand des Toten gefunden«, erklärte er den Geschworenen, dann wandte er sich an den Zeugen. »Haben Sie sie nach Fingerabdrücken untersucht?«

»Ja.«

»Was haben Sie gefunden?«

»Wir haben die Abdrücke von Teilen der Hand und von Fingern darauf entdeckt und photographiert. Die Spuren waren sehr deutlich, und die Abzüge sind scharf geworden.«

»Haben Sie sonstige Gegenstände in dem Haus von Sir Richard aufgenommen?«

»Ja.«

»Welche?«

»Die Schreibtischplatte im Mordzimmer und den Griff der linken oberen Schublade an demselben Schreibtisch. Auch daran haben wir Fingerabdrücke gefunden.«

Inspektor Crawford legte dem Vorsitzenden die Abzüge vor, der sie dann unter den Beamten am Tisch und unter den Geschworenen herumgehen ließ.

»Haben Sie feststellen können, von wem diese Finger- und Handabdrücke stammen?«

»Um sicher zu gehen, haben wir auch die Fingerabdrücke von Sir Richard selbst genommen, und alle Fingerspuren, die wir photographiert haben, sowohl auf der Schußwaffe, wie am Schreibtisch, stammen von ihm selbst.«

Wieder ging ein Raunen und Tuscheln durch den Saal. Die Zuhörer sagten sich, daß das doch gerade das Gegenteil von dem bewies, was Inspektor Crawford behauptete.

»Scheinbar stützt dies die Annahme eines Selbstmordes«, fuhr er fort, »aber als mir diese ersten Resultate vorgelegt wurden, gab ich mich damit nicht zufrieden. Ich war fest davon überzeugt, daß das nicht stimmen konnte, und gab Sergeant Farland den Auftrag, die Pistole dem Toten in die rechte Hand zu pressen, genau in der Haltung, als ob er sie abfeuerte. Haben Sie diesen Auftrag ausgeführt?«

»Ja. Wegen der eingetretenen Totenstarre war das Experiment sehr schwer, aber es ist uns trotzdem gelungen.«

Wieder nahm der Inspektor einige Abzüge aus seiner Aktentasche und reichte sie dem Vorsitzenden.

»Haben Sie die zweiten Aufnahmen mit den ersten verglichen?« wandte er sich dann wieder an Farland.

»Ja.«

»Welche Schlußfolgerung haben Sie daraus gezogen?«

»Das Ergebnis war verblüffend. Die ersten Abdrücke stammen bestimmt von dem Toten, aber der Vergleich mit der zweiten Aufnahme zeigt deutlich, daß ursprünglich die Waffe mit der Hand Sir Richards nur oberflächlich in Berührung kam. Es fehlen manche Partien, vor allem der Abdruck der Handwurzel am Pistolengriff selbst und die Spitze des Zeigefingers am Abzug.«

»Was ergibt sich daraus?«

»Die ersten Fingerabdrücke rühren wohl von dem Toten her, aber Sir Richard hat die Waffe nicht selbst abgeschossen, sie ist ihm nur flüchtig in die Hand gedrückt worden, um diese Spuren hervorzurufen.«

»Ich danke Ihnen, Sergeant Farland. Das genügt im Augenblick.«

Darauf trat Captain Bulwer von der Waffenprüfstelle vor, dessen straffe Haltung den früheren Offizier sofort erkennen ließ.

»Sie haben heute mit Dr. Reynolds und mir zusammen eine Reihe von Versuchen durchgeführt, um die Möglichkeit eines Selbstmordes festzustellen. Zu welchem Resultat sind Sie gekommen?«

»Ein Selbstmord ist in diesem Fall unmöglich.«

»Warum?«

»Nach dem ärztlichen Befund hat sich Pulverschleim in den unteren Nasenöffnungen und in dem kurzgeschnittenen Schnurrbart des Toten gefunden. Daraus geht hervor, daß der tödliche Schuß außerhalb des Mundes abgefeuert wurde. Ich betone dies, weil bei Selbstmorden gewöhnlich der Lebensmüde die Mündung der Waffe zwischen die Zähne nimmt, und dann den Schuß abgibt. Auch in diesen Fällen ist die Schußbahn gewöhnlich schräg und weicht nach links ab. Es hängt dies mit der Lage der Muskeln des rechten Armes zusammen. Sollte sich ein Linkshänder das Leben nehmen, so ergibt sich eine Abweichung der Schußbahn nach rechts.

Der Arzt hat in unserem Fall festgestellt, daß der Schußkanal geradeaus gerichtet ist. Aus diesem Grund schon ist ein Selbstmord zwar nicht unmöglich, aber höchst unwahrscheinlich. Er setzt eine ziemlich scharfe Biegung des Armes und eine starke Beanspruchung der Armmuskeln voraus. Ein Selbstmörder denkt aber in den letzten Augenblicken nicht an solche Dinge – ihm ist es gleichgültig, wie der Schußkanal verläuft, und schon deshalb muß ein Selbstmord abgelehnt werden.«

»Ist das der einzige Grund, der Sie zu einer Verneinung bringt?«

»Nein. Man kann die Spuren des Geschosses deutlich an den oberen und unteren Schneidezähnen erkennen, von denen kleine Ecken abgeschlagen sind. Die Richtung des Pistolenlaufes war also direkt auf die Mitte des Mundes gerichtet. Wenn nun Pulverspuren in den unteren Nasenöffnungen festgestellt worden sind, dann bedeutet das, daß der Pulverschleim einen Streukegel von ungefähr fünf Zentimetern hatte. Nach genauer Messung bei dem Toten beträgt der Abstand von den obersten Pulverkörnern bis zur Mitte des Einschusses siebenundzwanzig Millimeter. Dies stellt nur den Radius dar, der Durchmesser des Streukegels beträgt also das Doppelte.

Aus dieser Beobachtung kann man sehr genaue Schlußfolgerungen ziehen, wie weit die Mündung der Pistole beziehungsweise des Schalldämpfers von dem Gesicht des Toten entfernt war. Wir haben heute die Mordwaffe eingespannt, Schüsse mit derselben Munition abgegeben und dabei festgestellt, daß bei dieser Pistole mit aufgeschraubtem Schalldämpfer ein Streukegel von fünf Zentimetern einer Entfernung von siebzehn bis neunzehn Zentimetern von der Mündung bis zu den Schneidezähnen entspricht. Der Schalldämpfer verlängert natürlich die Entfernung von der Vorderkante des Abzugsbügels bis zur Mündung, die in diesem Fall sechzehn Zentimeter beträgt. Wenn man diese beiden Maße zusammenaddiert, erhält man eine Entfernung von dreiunddreißig bis fünfunddreißig Zentimetern. Um dieses Maß müßte der Zeigefinger eines Selbstmörders von den Schneidezähnen entfernt sein, um eine Schußwirkung zu erzielen, wie wir sie bei dem Toten vorfanden. Das ist aber unmöglich, denn dann müßte Sir Richard einen bedeutend längeren Arm gehabt haben, als er ihn in Wirklichkeit besitzt. Nur ein Akrobat und Schlangenmensch könnte sich bei äußerster Verrenkung und Anstrengung einen solchen Schuß beigebracht haben, und auch dazu müßte er lange trainiert haben.

Aus diesem Grund ist ein Selbstmord ausgeschlossen.«

Dieser etwas langen Erklärung waren die Anwesenden mit großem Interesse gefolgt. Manche hatten es nicht verstanden und schüttelten den Kopf, andere versuchten mit Bleistiften und Füllfederhaltern den Schuß an sich selbst.

»Ich bitte jetzt Dr. Reynolds«, sagte der Inspektor, nachdem er Captain Bulwer durch ein kurzes Kopfnicken gedankt hatte.

»Dr. Reynolds, Sie haben die Untersuchung des Toten vorgenommen. Bestätigen Sie die Angaben des letzten Zeugen, soweit es sich um das Vorhandensein von Pulverschleim im Gesicht des Toten handelt?«

»Ja.«

»Ist Ihnen sonst noch etwas Besonderes in der Beziehung aufgefallen?«

»Ja. Ursprünglich muß der Streukegel des Schießpulvers auch am Kinn zu sehen gewesen sein, aber diese Partie war abgewischt, ebenso die oberen Lippen. Ich erkläre mir das damit, daß der Täter, der die Spuren eines Mordes verwischen wollte, in der Eile vergaß, das Pulver im Bart und in den Nasenlöchern zu entfernen.«

»Sie haben die Versuche gemeinsam mit uns durchgeführt. Bestätigen Sie die Angaben des Captain Bulwer über die Lage der Hand- und Armmuskeln?«

»Ja. Sir Richard hatte eine Körperlänge von einem Meter sechsundsiebzig, und er müßte schon ein Riese von mindestens zwei Meter zwanzig gewesen sein, um sich durch einen solchen Schuß mit der vorliegenden Waffe zu töten.«

»Danke, das genügt.«

Dr. Reynolds begab sich wieder an seinen Platz.

»Nun habe ich selbst noch etwas dazu zu sagen«, erklärte Crawford. »Ich habe die Akten der Schießsachverständigen in der Waffenprüfstelle durchgesehen. Bis jetzt hat sich noch kaum jemand mit einer Pistole erschossen, auf die ein Schalldämpfer aufgeschraubt war, und schon aus diesem Grund ist ein Selbstmord so unwahrscheinlich wie nur möglich. Aber einen anderen wichtigen Gegenbeweis sehe ich in folgender Tatsache. Ich habe den Briefumschlag genau untersucht, in dem der Brief des vermeintlichen Selbstmörders an Rechtsanwalt Stetson abgesandt wurde. Der Poststempel zeigt klar und deutlich, daß der Brief zwischen neun Uhr fünfzehn und zehn Uhr fünfzehn in dem Bezirk des Postamts W 1 aufgegeben wurde. Da ich eine ähnliche Entwicklung voraussah, habe ich mich vor dieser Verhandlung bei dem Postamt W 1 erkundigt, zu dessen Bezirk Bruton Street 34 gehört. Um neun Uhr fünfzehn findet die Leerung der Briefkästen in der Gegend statt. Wenn der Brief vor dem Mord in den Kasten geworfen worden wäre, müßte er den Stempel 8.15 bis 9.15 tragen. Es ist nicht anzunehmen, daß Sir Richard, wenn er die Absicht hatte, sich das Leben zu nehmen, die Beförderung dieses Briefes einem anderen übertrug. Wir kämen also zu der merkwürdigen Tatsache, daß der Selbstmörder nach seinem Tod aufstand und den Brief nach neun Uhr fünfzehn in den nächsten Postkasten warf.«

Ein Heiterkeitsausbruch unter den Anwesenden wurde sofort von dem Vorsitzenden gedämpft.

»Als weiteren Grund möchte ich anführen: Der Brief an Rechtsanwalt Stetson ist handschriftlich mit Tinte geschrieben. Ich habe mir, ohne an diesen besonderen Fall zu denken, durch Sergeant Belling einige Schriftstücke aus dem Schreibtisch Sir Richards geben lassen, die dieser selbst geschrieben hat. Schon ein Laie kann meiner Meinung nach feststellen, daß die beiden Schriften nicht übereinstimmen. Da ich jedoch kein vereidigter Graphologe bin, muß dieser Punkt noch nachgeprüft werden.«

Crawfords Beweisgründe waren so schlagend, daß einige Zuhörer unwillkürlich applaudierten, aber sofort verstummten, als sich der Vorsitzende erhob.

»Ich danke Ihnen, Inspektor, für Ihre Beweisführung und für die große Mühe, mit der Sie dieses Material zusammengestellt haben.

Nachdem nun einwandfrei feststeht, daß Sir Richard Richmond nicht durch Selbstmord endete, liegt vorsätzlicher Mord vor, und die Vernehmung muß auf dieser neuen Grundlage eingehender geführt und zum Teil wiederholt werden.«

21

Evelyn Rolands wurde aufgerufen und trat in den Zeugenstand.

Der Vorsitzende schlug in den früheren Protokollen nach.

»Sie haben gestern abend bei Ihrer Vernehmung durch Inspektor Crawford angegeben, daß Sie vom Portier des Ardmay-Hotels erfuhren, es wäre nach Ihnen angerufen worden.«

»Ja.«

»Haben Sie die Sache inzwischen genauer untersucht?«

»Ja.«

»Und wie verhielt sie sich?«

»Das Zimmermädchen in unserem Korridor ist vor einigen Tagen neu eingestellt. Ich habe sie heute in Gegenwart des Geschäftsführers ausgefragt, und sie machte einen ziemlich nachlässigen Eindruck. Bestimmt weiß sie eigentlich nur, daß ich am Telephon verlangt wurde, und daß die Zentrale das Gespräch nach oben durchgab. Da ich nicht zugegen war, nahm sie es an, obwohl das gegen die Vorschrift verstößt. Als ich in sie drang, sagte sie, daß sie nicht genau hätte verstehen können, weil Störungsgeräusche in der Leitung auftraten. Sie hätte nur etwas gehört, daß Miß Rolands zur Bruton Street kommen oder nicht kommen sollte.

Nach allem, was vorgefallen ist, glaube ich, daß Sir Richard mir abtelephonierte, denn wenn er gewußt hätte, daß ich unten auf ihn wartete, wäre er bestimmt in die Bibliothek gekommen und hätte mit mir gesprochen.«

»Hat sich Sir Richard in gewisser Weise für Sie interessiert?«

»Ja«, erwiderte sie zögernd und errötete.

»Aus den Protokollen geht hervor, daß Sie mit Mr. Carley bekannt wurden, und daß dieser über das Verhalten seines Onkels Ihnen gegenüber sehr aufgebracht war.«

Evelyn wurde klar, was der Vorsitzende bezweckte, und sie erkannte, daß ihre Aussagen Carley belasten mußten. Nun bereute sie bitter, daß sie am vergangenen Tag Inspektor Crawford vertrauensselig so weitgehende Auskunft gegeben hatte. Aber es blieb ihr nichts anderes übrig, als sich an die Wahrheit zu halten.

»Ja«, entgegnete sie leise.

»Ich danke Ihnen.«

Als nächster wurde der Butler aufgerufen.

»Mr. Miller, Sie haben sich mehrmals mit Mr. Carley über dessen Onkel unterhalten. Hat er bei dieser Gelegenheit Nachteiliges über ihn gesagt?«

»Nein, das nicht, aber er war sehr empört, daß Sir Richard sich nicht sprechen ließ, und er sagte, er würde es ihm heimzahlen.«

Es ging eine Bewegung durch den Saal, denn alle waren sich der Tragweite dieser Aussagen bewußt. Verschiedene Frauen sahen sich nach der ersten Bank um, auf der Jim Carley saß. Er preßte die Lippen aufeinander und schien mit Gleichmut die für ihn ungünstigen Aussagen anzuhören.

Der Vorsitzende stellte noch einige nebensächliche Fragen an Miller, dann wurde Rechtsanwalt Stetson aufgerufen.

»Seit wann kennen Sie Sir Richard Richmond?«

»Seit fünfzehn Jahren ist er mein Klient. Und seit zwölf Jahren verwalte ich einen großen Teil seines Vermögens.«

»Sie kannten auch seinen Neffen James Carley?«

»Ja.«

»Hat Sir Richard mit Ihnen über ihn und seine Pläne in Birma gesprochen?«

»Ja, er hat mich in alles eingeweiht.«

»Wie war das Verhältnis zwischen den beiden?«

»Seit Mr. Carley in Birma tätig war, verstanden sie sich gut, und als Mr. Carley dann von der Auffindung der großen Erzlager berichtete, war Sir Richard direkt begeistert von seinem Neffen. In letzter Zeit und wahrscheinlich infolge der Krankheit schlug dieses gute Einvernehmen ins Gegenteil um, ja, Sir Richard vernachlässigte seine Pflichten gegenüber Mr. Carley, der doch soviel im Interesse seines Onkels getan hatte.«

»Sie haben sich auch mit Mr. Carley darüber unterhalten? Wie nahm er die Sache auf?«

»Erklärlicherweise war er entrüstet und empört über das Verhalten seines Onkels.«

»Hat er irgendwelche Äußerungen darüber getan?«

»Ja, er sagte einmal in der Erregung, daß er mit ihm abrechnen wollte.«

Diese Äußerung, die Carley noch schwerer belastete, machte auf alle großen Eindruck. Aber merkwürdigerweise waren die Sympathien der Zuhörer auf seiner Seite. Viele sahen zu ihm und zu Miß Rolands hinüber, die nebeneinander saßen und dem Gang der Verhandlung gespannt folgten. Auf Carleys Zügen zeigte sich eine gewisse Verbissenheit.

»Sie haben Sir Richard zum letztenmal bei der Unterredung in Ihrem Büro von vier bis halb fünf gesehen? Ist das das letztemal, daß Sie mit ihm in Verbindung standen?«

»Nein. Er hatte mir gestern bei der ernsten Unterredung zugesagt, daß er sich in den nächsten Tagen endlich von Professor Haviland untersuchen lassen wollte. Einen genauen Zeitpunkt wollte er sich noch überlegen. Ich versuchte deshalb, ihn gestern abend anzurufen, um in der Angelegenheit mit ihm weiterzukommen und ihn auf eine bestimmte Zeit festzulegen. Vor allem aber wollte ich ihn noch einmal an die Kaution erinnern, die doch in den nächsten Tagen gezahlt werden muß.«

»Und haben Sie mit ihm gesprochen?«

»Ja.«

»Wann?«

»Als ich einhängte, sah ich zufällig auf die Uhr – es war fünf Minuten nach neun. Das Gespräch, das ich mit ihm führte, war nur sehr kurz.«

Evelyn zuckte zusammen und tastete unwillkürlich nach Jims Hand. Fieberhaft arbeiteten ihre Gedanken. Was konnte sie tun, um Carley zu entlasten? Durch Stetsons Aussage wurde festgestellt, daß Sir Richard um neun Uhr fünf noch lebte! Um neun Uhr sieben war Carley zum Haus gekommen, und drei Minuten später war er von Miller getroffen worden, als er aus dem Arbeitszimmer heraustrat, in dem sein Onkel ermordet auf dem Boden lag.

»Was haben Sie denn bei Sir Richard erreicht?« fragte der Vorsitzende weiter.

»Er war kurz angebunden und ablehnend. Seine Stimmung mir gegenüber war geradezu feindlich. Von der Bezahlung der Kaution wollte er überhaupt nichts wissen. Ich hätte am liebsten gleich eingehängt, aber ich hatte mich Mr. Carley gegenüber verpflichtet, die Sache mit der Konzession in Ordnung zu bringen. Ich überlegte schon ernstlich, ob ich bei der offensichtlichen geistigen Störung Sir Richards nicht berechtigt wäre, von mir aus die Zahlung wenigstens eines Teils der Kaution zu veranlassen, vor allem da ich die besonderen Beziehungen zwischen Mr. Carley und seinem Onkel kenne.«

»Was meinen Sie mit – besonderen Beziehungen?«

»Sir Richard war Junggeselle und sagte mir schon vor mehreren Jahren, daß er in seinem Testament Mr. Carley als Haupterben einsetzen wollte.«

Wieder trat eine Bewegung ein, und der Vorsitzende sah auf. Hierdurch kam ein ganz neues Moment in die Verhandlung. Auch Inspektor Crawford drehte sich zu Belling und Pemberton um und besprach sich mit ihnen.

»Haben Sie den Wortlaut des Testamentes aufgesetzt?«

»Nein. Er hat das Testament selbst abgefaßt und eigenhändig geschrieben.«

»Hat er es Ihnen zur Aufbewahrung übergeben?«

»Nein. Ich riet ihm das zwar, und er hatte wohl auch die Absicht, es zu tun, aber er kam nicht dazu. Und ich habe schließlich auch nicht mehr gedrängt. Später geriet es in Vergessenheit.«

Der Vorsitzende warf einen Blick in die Akten. Er blätterte verschiedene Bogen um und schien etwas zu suchen. Dann unterbrach er kurz die Vernehmung Stetsons.

»Inspektor Crawford.«

Der Beamte erhob sich.

»Sind die Papiere von Sir Richmond durchgesehen worden?«

»Ja. Sergeant Belling hat die Durchsuchung der Wohnung nach Schriftstücken durchgeführt und dabei auch den Inhalt des Schreibtisches durchgesehen.«

»Ist das Testament gefunden worden?«

»Nein.«

Der Vorsitzende dankte und wandte sich wieder dem Zeugen zu.

»Hat Mr. Carley etwas davon erfahren, daß er als Haupterbe von seinem Onkel eingesetzt worden war?«

»Das kann ich nicht bestimmt sagen, aber ich nehme es an, denn Sir Richard sprach immer davon als von einer feststehenden Tatsache.«

Um diese Frage zu klären, ließ der Vorsitzende Stetson als Zeugen abtreten und rief Carley aufs neue vor.

Langsam stand Jim auf und richtete sich zu seiner vollen Höhe auf. Er fühlte, daß alle Blicke auf ihm ruhten. Sein Gesicht war bleich, aber er sah entschlossen aus und biß die Zähne zusammen, während er an den Verhandlungstisch trat.

»Hat Ihr Onkel Ihnen mitgeteilt, daß er Sie zum Erben seines Vermögens eingesetzt hat?«

Eine kleine Pause trat ein, aber dann sagte Carley deutlich und klar:

»Ja.«

»Wann haben Sie das erfahren?«

»Als ich meinem Onkel die Entdeckung der Erzlager mitteilte, antwortete er mir erfreut und schrieb in demselben Brief, daß er mich zum alleinigen Erben eingesetzt hätte. Daran knüpfte er die Bemerkung, daß ich bei Erlangung der Konzession also auch in eigenem Interesse arbeitete. Das war vor etwa anderthalb Jahren.«

Die Zuhörer mußten annehmen, daß Carleys Schuld nahezu bewiesen war. Alle erwarteten, daß der Vorsitzende jetzt eine Zusammenfassung der bisherigen Untersuchung geben würde, und es schien unvermeidlich zu sein, daß die Geschworenen Carley als vermutlichen Täter bezeichnen würden.

Aber es gab eine Unterbrechung. Evelyn Rolands erhob sich, und während alle gespannt schwiegen, wandte sie sich an den Richter.

»Bitte, vernehmen Sie mich noch einmal.«

»Warum?« fragte der Vorsitzende erstaunt.

Die Geschworenen beugten sich vor und sahen zu ihr hinüber.

»Weil mir eben noch etwas Wichtiges eingefallen ist.«

Er ging auf ihre Bitte ein. Auch er fühlte, daß sie etwas zur Verteidigung Carleys vorzubringen hatte. Bald darauf stand sie im Zeugenstand. Einen Augenblick lang hatte er die Absicht, sie noch einmal zu ermahnen, die Wahrheit und nichts als die reine Wahrheit zu sagen, aber als er ihr dann ins Gesicht sah, unterließ er es.

»Worum handelt es sich denn?«

»Als ich am Montagabend in der Bibliothek wartete, hörte ich oben ein Geräusch, als ob ein Stuhl geschoben würde.«

Sie machte eine Pause.

»Das haben Sie bei Ihrer Vernehmung bereits angegeben. Haben Sie sonst etwas wahrgenommen?«

»Ja. Kurz darauf hörte ich, daß es klingelte, aber dazwischen gab es einen dumpfen Laut, als ob etwas Schweres zu Boden fiele.«

»Könnte das ein menschlicher Körper gewesen sein?«

»Das kann ich nicht genau sagen. Aber als ich mir eben noch einmal die entscheidende Zeitspanne vergegenwärtigte, erinnerte ich mich deutlich an diesen dumpfen Laut.«

Viele im Saal atmeten erleichtert auf. Es war also doch noch eine schwache Hoffnung vorhanden, daß Jim Carley nicht der Mörder war. Aber manche hatten wohl Mitgefühl mit Carley und Evelyn Rolands und glaubten nicht an diesen Entlastungsversuch. Wahrscheinlich sagte sie dies nur, um dem Mann, den sie liebte, zu helfen.

22

Der Vorsitzende schwieg, und es trat eine bedrückende, unheimliche Stille ein, bis am Eingang eine Bewegung entstand. Als man lautes Sprechen hörte, löste sich die Spannung, und unwillkürlich wandten sich alle Blicke dorthin.

Ein Polizeisergeant ging schnell zum Verhandlungstisch, trat zu dem Vorsitzenden und machte eine kurze Meldung. Darauf erhob sich dieser und legte eine Pause von zehn Minuten ein.

Sofort wurde es im Saal lebhaft, aber nur wenige verließen den Raum. Überall bildeten sich Gruppen, die eifrig miteinander über die wechselvolle Entwicklung sprachen. Irgendetwas Wichtiges mußte vorgefallen sein, sonst wäre die Verhandlung sicher nicht in diesem Augenblick unterbrochen worden.

Inspektor Crawford war inzwischen aufgestanden und zum Ende des Saales gegangen, wo er mit einer schlanken Dame in einem blaugrauen Kostüm eifrig sprach. Nach einiger Zeit gingen die beiden zum Verhandlungstisch. Crawford wandte sich an den Vorsitzenden und schien eine längere Erklärung abzugeben. Dann richtete dieser ebenfalls einige Fragen an die junge Dame.

Die zehn Minuten waren beinahe vergangen, und alle erwarteten gespannt die Wiedereröffnung der Verhandlung. Die Zuhörer, die vorher den überfüllten Saal verlassen hatten, waren wieder hereingekommen, und es herrschte aufmerksames Schweigen, als der Vorsitzende sich erhob.

»Als nächste Zeugin wird Miß Valery Ferguson vernommen.«

Alle beugten sich vor, um die Dame genauer zu sehen, die vorher mit dem Vorsitzenden am Verhandlungstisch gesprochen hatte. Sie mochte etwa dreißig Jahre alt sein und machte einen liebenswürdigen, gewinnenden Eindruck. Ihr Blick war ruhig und klar.

»Miß Ferguson, kannten Sie Sir Richard Richmond?«

»Ja. Ich war lange Jahre seine Sekretärin.«

»Wie lange hatten Sie die Stellung bei ihm inne?«

»Die letzten zehn Jahre.«

»Warum haben Sie Ihren Posten aufgegeben?«

»Am siebzehnten Juni nahm ich ein Diktat von Sir Richard auf über ein wissenschaftlich-technisches Verfahren. Um fünf Uhr verließ ich das Haus und verabschiedete mich vorher von ihm. Als ich am nächsten Morgen ins Haus zurückkehrte, erfuhr ich, daß er am Abend vorher einen Unfall gehabt hatte und krank in seinem Zimmer läge. Später zahlte mir Rechtsanwalt Stetson einen Monat Gehalt statt einer Kündigung und teilte mir mit, daß Sir Richard eine sechs Monate lange Seereise zur Wiederherstellung seiner Gesundheit antreten würde, und daß meine Dienste nicht mehr benötigt würden. Er versicherte mir, daß er bei der Rückkehr Sir Richards mich benachrichtigen und wieder auf mich zurückkommen wollte, falls eine Sekretärin gebraucht würde.«

»Und warum sind Sie nicht wieder zu ihm zurückgegangen?«

»Ich erhielt schon Anfang Juli einen gutbezahlten Posten und teilte dies Anwalt Stetson mit. Immerhin rechnete ich damit, später wieder bei Sir Richard zu arbeiten.«

»Sie haben sich gemeldet, weil Sie eine wichtige Aussage zu machen haben?«

»Ja.«

»Wie erfuhren Sie von der Verhandlung?«

»Ich las in der Mittagspause die Morgenzeitung, in der über den Tod Sir Richards berichtet wurde. Es war zu spät geworden, als daß ich mich weiter darum kümmern konnte, aber als ich um halb sechs nach Hause kam, las ich im Abendblatt unter den letzten Nachrichten, daß die Totenschau heute nachmittag um vier Uhr im Verhandlungssaal des Schauhauses abgehalten würde, und so kam ich nach dem Abendessen hierher und fand, daß sie noch im Gange war. Als ich ankam, war der Raum überfüllt, und ich mußte im Korridor stehen. Da ich lange mit Sir Richard zusammengearbeitet habe und ihn sehr gut kannte, hatte ich den Wunsch, ihn noch einmal zu sehen. Ich bat den Wärter um Erlaubnis, und er führte mich zu dem Tisch, auf dem der Tote aufgebahrt ist.«

Sie machte eine Pause, als ob es ihr schwer fiele, weiterzusprechen.

»Und welchen Eindruck hatten Sie?«

Es vergingen einige Sekunden, bis Miß Ferguson antwortete.

»Der Tote ist nicht Sir Richard Richmond!«

Die Zeugin hatte sich zusammengenommen und laut und vernehmlich gesprochen.

Das war wohl die größte Überraschung dieser wechselvollen Verhandlung.

»Wie kommen Sie zu diesem Urteil?«

»Ich erschrak, als ich den Toten sah, denn er trug offenbar eine Perücke, die zurückgeschlagen war, und ich bemerkte eine Anzahl von vernähten Narben. Sir Richard hatte aber volles, schwarzes Haar, das etwas gelockt war.«

»Wäre es nicht möglich, daß er doch eine Perücke getragen hätte und Sie dies nur früher nicht bemerkten?«

»Nein, ich hatte täglich mit ihm zu tun, und ich habe ihm auch bei manchen Experimenten im Laboratorium geholfen, so daß ich ihn aus allernächster Nähe sah, und ich weiß bestimmt, daß er keine Perücke trug.«

»Haben Sie auch noch andere Gründe?«

»Ja. Die Züge des Toten kamen mir wohl bekannt vor, und sicher hat er große Ähnlichkeit mit Sir Richard, aber ich habe die feste Überzeugung, daß dieser Mann nicht mein früherer Chef ist. An der rechten Hand des Toten sah ich den mir gut bekannten Siegelring mit dem in roten Stein eingravierten Monogramm RR. Als ich aber genauer zusah, entdeckte ich, daß der Nagel des Ringfingers glatt war. Bei Sir Richard aber war der Nagel am Ringfinger der rechten Hand infolge eines Unfalls verkrüppelt. Der Mann kann also nicht Sir Richard sein.«

»Er ist aber bereits von verschiedenen Seiten als Sir Richard Richmond identifiziert worden.«

»Abgesehen von diesen beiden ausschlaggebenden Merkmalen weiß ich bestimmt, daß hier ein Irrtum vorliegt – trotz der auffallenden Ähnlichkeit. Wenn man über zehn Jahre lang täglich mit einem Menschen zusammengearbeitet hat, kennt man ihn genau.«

Der Vorsitzende überlegte einen Augenblick, dann ließ er Jim Carley noch einmal vortreten.

»Haben Sie Ihren Onkel wiedererkannt?«

»Ich bin nach viereinhalbjähriger Abwesenheit erst am vergangenen Sonntag wieder nach England gekommen«, entgegnete der Zeuge, der über diese unerwartete Wendung sehr betroffen war. »Trotz meiner vielen Bemühungen ist es mir nicht gelungen, Sir Richard zu sprechen. Ich sah ihn nur am Sonntagabend aus ziemlicher Entfernung im Atheneion-Klub.«

»Aber Sie haben ihn doch gestern abend im Arbeitszimmer des Hauses Bruton Street 34 gesehen?«

»Ich erschrak heftig, als ich ihn am Boden entdeckte, und war begreiflicherweise sehr aufgeregt. Nach allen Umständen mußte ich annehmen, daß es mein Onkel war, der tot vor mir auf dem Teppich lag, und da ich ihn viereinhalb Jahre lang nicht gesehen hatte, mußte ich damit rechnen, daß er sich in gewisser Weise verändert hatte. Ich hörte aus der Aussage Dr. Reynolds zu meinem Erstaunen, daß der Tote eine Perücke trägt, und ich hatte die Absicht, später noch darüber zu sprechen. Früher trug mein Onkel nie falsche Haare, im Gegenteil, er hatte sehr volles, schönes Haar.«

Inspektor Crawford hatte während der letzten Verhandlung etwas auf ein Blatt geschrieben und es dem Vorsitzenden hinüberreichen lassen. Dieser warf einen Blick darauf, dann nickte er dem Inspektor zu.

Crawford erhob sich.

»Im Namen der Polizei beantrage ich eine Vertagung der Verhandlung. Die Zeugenaussage von Miß Ferguson hat eine so unerwartete Wendung ergeben, daß die Polizei erst weiterforschen muß, um den Fall zu klären.«

Er setzte sich wieder.

»Ich vertage die Verhandlung der Totenschau zunächst auf acht Tage«, erklärte der Vorsitzende.

Kurze Zeit blieben die Anwesenden wie gebannt auf ihren Plätzen, aber dann leerte sich der Saal langsam, während die Leute noch lebhaft über das eben Gehörte miteinander sprachen.

Sergeant Belling trat an Miß Ferguson heran und notierte ihre Adresse.

23

»Man sollte es doch nicht für möglich halten«, sagte Crawford. »Der arme Vorsitzende tut mir nur leid. Erst hat er sich von mir dazu verleiten lassen, die Verhandlung anzusetzen in der sicheren Annahme, daß es ein Selbstmord wäre. Ich habe mich ja zuerst auch bluffen lassen, aber dann wurde mir klar, daß das nicht stimmen konnte. In der Zwischenzeit machte ich dann noch die Versuche, und als die Verhandlung begann, wußte ich schon genau, welche Enttäuschung wir erleben würden.«

»Aber daß der Tote gar nicht der Tote ist, haben doch auch Sie nicht geahnt?« fragte Belling.

Die beiden saßen in einem Lokal in Soho und speisten zu Abend. Crawford hatte den Sergeanten eingeladen. Es war reichlich spät geworden, denn die Verhandlung war erst nach neun Uhr vertagt worden.

»Das hilft nichts, wir müssen weiterarbeiten«, meinte der Inspektor und schenkte die Gläser wieder voll.

»Ich habe schon gehört, daß Sie Sergeant Farland den Auftrag gaben, die Fingerabdrücke des Toten mit allen bekannten Abdrücken in unserem Archiv zu vergleichen.«

»Ich habe die Überzeugung, daß wir auf diese Weise herausbringen, wer der Tote ist.«

»Wenn aber seine Fingerabdrücke in unserem Archiv sind, muß er doch ein Verbrecher sein!«

»Das liegt doch auch sehr nahe, übrigens kam die letzte Enthüllung gerade im richtigen Augenblick, sonst wäre die Sache heute für Carley wahrscheinlich schlecht ausgegangen.«

»Ich kann keinen Augenblick glauben, daß er der Mörder ist.«

»Nach dem, was wir während der Totenschau gehört haben, läßt sich wohl kaum mehr daran zweifeln. Selbst wenn der Tote nicht Sir Richard war, hielt Carley ihn jedenfalls dafür, und es ändert sich dadurch nichts an den ihn belastenden Tatsachen. Er steht noch ebenso schwer in Verdacht wie vorher.«

»Aber Miß Rolands hat doch kurz vor dem Klingeln einen dumpfen Fall gehört?«

»Glauben Sie wirklich daran?«

»Ja. Ich hoffe bestimmt, daß Carleys Unschuld in kurzer Zeit bewiesen wird.«

»Nun ja, unmöglich ist nichts, und ich hoffe es natürlich auch. Wir müssen ohne Tendenz arbeiten und dürfen uns nicht von Vorurteilen leiten lassen. Ich sehe bis jetzt noch keine Möglichkeit für die Entlastung Ihres Freundes.«

»Ich verstehe auch nicht, daß Miß Rolands zwar einen dumpfen Fall, aber keinen Schuß hörte. Selbst wenn die Waffe mit einem Schalldämpfer versehen war, konnte der Abschuß doch nicht vollkommen geräuschlos sein.«

»Ja, notieren Sie. Wir müssen Versuche mit der Waffe im Haus machen, dann wird sich ja zeigen, wieviel man unten in der Bibliothek hört. Aber jetzt taucht eine andere wichtige Frage auf: Wo ist denn der richtige Sir Richard geblieben? Der Tote ist in dessen Rolle aufgetreten, das ist an sich ein Verbrechen. Wie kam er in den Besitz der Papiere von Sir Richard? Der Verdacht läßt sich nicht von der Hand weisen, daß er ihn beiseitegeschafft hat.«

»Während der Reise war das sicher auch leichter als hier in London.«

»Welche Rolle hat Ria Bonati dabei gespielt? Sie hat sich doch in Paris gleich nach seiner Abreise an ihn angeschlossen? Jedenfalls wird es noch viel Mühe machen, festzustellen, wann der falsche Sir Richard seine Rolle zu spielen begann. Der Fall ist plötzlich äußerst kompliziert geworden, und er wird immer verwickelter, je weiter wir kommen«, sagte Crawford, nahm sein Etui heraus und bot Belling eine Zigarette an. Dann bediente er sich selbst.

»Der Vorsitzende hätte eigentlich die Verhandlung noch weiterführen können«, meinte Belling, während er nachdenklich dem Rauch nachschaute. »Man hätte doch gern erfahren, was Professor Haviland, Stetson und Ria Bonati zu dieser Enthüllung sagen.«

Der Inspektor sah auf die Uhr.

»Wenn wir die Zigarette aufgeraucht haben, fahren wir nach Scotland Yard.«

Es war kurz vor elf.

»Aber Inspektor, morgen ist doch auch noch ein Tag! Sie arbeiten sich und uns alle zu Tode.«

»Heute müssen wir noch zum Amt, ich will vor allem den Bericht von Farland haben.«

Belling lehnte sich in seinen Stuhl zurück, und beide rauchten einige Zeit schweigend.

»So, jetzt brechen wir auf«, erklärte Crawford, erhob sich und drückte den Rest seiner Zigarette im Aschbecher aus.

Belling folgte dem Beispiel.

»Durch die Verhandlung der Totenschau sind wir eigentlich nur aufgehalten worden«, sagte Belling unterwegs.

»Ich finde, wir haben allerhand Neues dabei erfahren. Außerdem kann ich mich kaum auf eine Verhandlung besinnen, die interessanter und abwechslungsreicher war. Es sind aber noch eine Menge kleinere Fragen aufzuklären. Wir werden morgen noch viel zu tun haben.«

»Wir haben unsere Freundin Ria Bonati ganz aus den Augen verloren. Ich habe den Eindruck, daß sie noch eine große Rolle bei der Sache spielen wird.«

Sie unterhielten sich dann über andere Dinge, bis der Wagen hielt. Selbst eifrige Polizeibeamte wollen nicht immer vom Dienst reden.

»Kommen Sie gleich mit in mein Büro«, sagte der Inspektor, als sie die Treppe hinaufstiegen. »Rufen Sie beim Erkennungsdienst an und fragen Sie, wie weit sie mit ihren Untersuchungen gekommen sind.

Es ist gut, daß wir Pemberton zur Bearbeitung dieses Falles für die Kriminalabteilung geliehen haben. Ihm scheint das auch mehr Freude zu machen, als in seiner Station Berichte zu schreiben, wieviel Betrunkene am Abend eingeliefert wurden.«

»Farland kommt gleich. Er sagt, er hätte wichtige Entdeckungen gemacht«, meldete Belling, nachdem er eingehängt hatte.

»Gut – wo ist eigentlich Pemberton geblieben?«

»Der hat Schluß mit dem Dienst gemacht«, erwiderte Belling und grinste.

Bald darauf erschien Farland mit einer Karte und einem Aktenstück.

»Das hat schnell zum Resultat geführt – sehen Sie her«, sagte er, als er aufgeregt eintrat. »Der Tote ist Alec Maxwell.« Er reichte Crawford eine Karte aus der Verbrecherkartothek.

Belling trat auch näher und sah dem Inspektor über die Schulter, während dieser sich an den Schreibtisch setzte und die Angaben genau studierte. Interessiert betrachtete Crawford die beiden Aufnahmen von Alec Maxwell, die ihn in Vorderansicht und im Profil zeigten. Dann las er laut die Personalbeschreibung:

»Geburtsort Liverpool, geboren 10. September 1892, Gestalt schlank, Gesicht oval, Augen blau, nach grau abgleitend. Haare blond, große Glatze. Größe 1,76 m. Sieht älter aus. Im Gesicht Falten, scharf ausgeprägtes Kinn, hohe Stirn, etwas eckig, buschige Augenbrauen, glattrasiert, Hautfarbe auffallend bleich. Drei Vorstrafen wegen Betrug: 1912 bis 1914 Pentonville, desgleichen 1920–1924 wegen Rückfalls und Dokumentenfälschung. 1927–1932 in Dartmoor wegen rückfälligen schweren Betrugs, Urkundenfälschung, Personifizierung anderer Leute und Vertrauensbruchs.«

»Ich habe schon einen kurzen Blick in die Akten geworfen«, sagte Farland, »und hier einen kleinen Auszug aufgeschrieben. Maxwell war früher Schauspieler – jugendlicher Liebhaber. Er hatte glänzende Erfolge, war aber leichtsinnig und geriet durchs Spiel in Schulden. Er kam auf die schiefe Bahn und beging Betrügereien, die zuerst von seinen Familienangehörigen beigelegt und aus der Welt geschafft wurden, aber mit einundzwanzig Jahren schon wurde er nach Pentonville gebracht. Durch Fürsprache wird er Anfang des Krieges begnadigt, meldet sich als Freiwilliger und hat sich an der Front bewährt. Verschiedene Auszeichnungen. Wenn er nicht die Strafe in Pentonville gehabt hätte, wäre er zum Offizier befördert worden. Jedenfalls zeigte er sich im Krieg sehr gewandt und verstand es, sich in jeder Situation zurechtzufinden. Andererseits intriganter Charakter. Nach dem Waffenstillstand einmal Disziplinarstrafe wegen unbefugten Tragens der Offiziersuniform. Das Auftreten in Maske anderer Personen scheint seine Spezialität gewesen zu sein. Es spielte schon bei seiner ersten Verurteilung eine Rolle, aber noch mehr bei den letzten Strafen. Seinen Kahlkopf hatte er durch eine Perücke vollkommen verborgen. Auch in früheren Prozessen wird ausdrücklich betont, daß er ein glänzender Schauspieler ist, der andere täuschend nachahmen kann.«

»Leider fehlen uns die Jahre 1932–1935«, meinte der Inspektor. »Farland, lassen Sie in der üblichen Weise eine Nachfrage wegen Alec Maxwell an alle Stellen, sowohl die englischen, als auch die auf dem Festland und in Amerika los. Es muß uns vor allem daran liegen, die fehlende Zeitspanne zu überbrücken. Dann untersuchen Sie den Toten noch einmal genau.«

»Die wenigen Haare, die er hatte, wird er wahrscheinlich schwarz gefärbt haben, und die Perücke, die er trug, stimmte ja mit der Haarfarbe und Frisur Sir Richards überein«, entgegnete Farland.

»Wenn er so tüchtig und gewandt im Maskemachen war, wird es ihm keine großen Schwierigkeiten bereitet haben, Sir Richard zu kopieren. Sicher sah er ihm auch schon von vornherein ähnlich. Vergleichen Sie die Personalbeschreibung genau mit dem Toten, es werden sich dann noch weitere Korrekturen herausstellen, die Maxwell vorgenommen hat, um Sir Richard Richmond ähnlich zu sehen.

Belling, denken Sie daran, alle Photographien und Bilder von Sir Richard zu beschaffen, die Sie im Haus finden, damit wir das Bild des Toten damit vergleichen können.«

»Es ist sonderbar, daß Maxwell sich drei Jahre lang durchgeschlagen hat, ohne mit der Polizei in Konflikt zu kommen«, meinte Belling. »Verbrecher, die sich endgültig bessern, gibt es doch nur in Büchern.«

»Vielleicht hat er anderswo Gastrollen gegeben. Das werden wir ja herausbekommen, wenn wir seine Fingerabdrücke und seine Bilder bekanntgeben«, erwiderte Farland.

In dem Augenblick schlug es Mitternacht.

»Nun wollen wir aber für heute Schluß machen«, sagte Crawford und unterdrückte ein Gähnen.

24

Kaum war Inspektor Crawford am nächsten Morgen in sein Büro getreten, als Sergeant Farland vom Erkennungsdienst sich meldete.

»Nun, ich dachte, Sie wären zum Schauhaus gefahren, um den Toten noch einmal genauer zu betrachten?«

»Ich war schon dort. Die Haare sind tatsächlich schwarz gefärbt, aber ich habe es nicht sofort feststellen können. Er hat ein sehr gutes Mittel gebraucht – am deutlichsten war es an den Augenbrauen zu sehen. Ich habe mit einer Pinzette verschiedene entfernt und unter das Mikroskop gelegt. Nach der Personalbeschreibung sollte er ja auch blonde Augenbrauen besitzen. Dicht über der Wurzel waren sie blond, sonst gefärbt. Die anderen Kennzeichen stimmen genau. Das Gesicht war mit einer Hauttinktur bräunlich gefärbt, die ich mit Watte und Spiritus entfernte, dann wurde es blaß und bleich. Schauspieler haben ja gewöhnlich bleiche Hautfarbe, wie es auch in seinen Akten stand.«

Sergeant Belling kam herein.

»Nun, was bringen Sie Neues?« fragte Crawford.

»Ich war in der Bruton Street und habe dort Bilder von Sir Richard gefunden. Sie steckten in einem Album in der Bibliothek. Die besten habe ich mitgebracht.«

Er legte einen starken, gelben Briefumschlag auf den Tisch.

»Gut. Heute scheinen wir schnell vorwärtszukommen.«

Der Inspektor nahm die einzelnen Photos heraus und legte sie nebeneinander auf die Schreibtischplatte. Alle drei betrachteten sie.

»Die Ähnlichkeit ist sehr groß. So etwas ist mir selten vorgekommen. Auch jetzt, nachdem ich weiß, daß der Tote nicht Sir Richard ist, könnte ich kaum einen Unterschied erkennen«, sagte Farland. »Jedenfalls ein verwegenes Gaunerstück.«

»Man fragt sich immer noch, wie das möglich war«, pflichtete Belling bei.

»Auf das Aussehen allein kommt es nicht an – er muß auch seine Rolle sehr gut gespielt haben, wenn so kluge Leute wie Stetson sich von ihm täuschen ließen«, erwiderte Crawford nachdenklich.

Dann zog er sein Notizbuch heraus und stenographierte etwas hinein.

»Farland, nehmen Sie diese Photos und verwahren Sie sie in dem Aktenstück Maxwell.«

Der Sergeant legte die Bilder in die Mappe und verließ das Büro.

»Wir haben noch eine wichtige Sache vergessen, die eigentlich gestern hätte erledigt werden müssen.«

Belling sah seinen Vorgesetzten fragend an.

»Die Totenschau ist zu früh gekommen. Das habe ich gestern schon gesagt.«

»Wir haben noch nicht einmal die Wohnung des vermeintlichen Sir Richard im Savoy-Hotel besichtigt. Kommen Sie, wir wollen sofort dorthin.«

Bald darauf saßen sie im Dienstwagen und fuhren am Themseufer entlang, bogen bei der Waterloo-Brücke nach links in die Wellington Street ein und hielten gleich darauf vor dem Haupteingang des Savoy-Hotels.

Fast alle Morgenzeitungen hatten die aufsehenerregende Totenschau auf der ersten Seite in großer Aufmachung gebracht, und als die beiden Beamten nach dem Geschäftsführer fragten, wußten die Angestellten sofort, worum es sich handelte. Sie wurden gleich empfangen.

»Es ist uns sehr peinlich, daß der falsche Sir Richard in unserem Hotel gewohnt hat, aber daran läßt sich nun leider nichts ändern. Selbstverständlich stehe ich Ihnen zur Verfügung. Ich werde alles tun, um Sie bei Ihren Nachforschungen zu unterstützen.«

»Ich möchte die Zimmer des Ermordeten sehen.«

»Ja. Sergeant Pemberton ist am Montagabend sofort in die Räume gegangen und hat einen Kriminalbeamten hier gelassen, der sie bis jetzt bewacht hat. Wir haben gebeten, daß er sich innerhalb der Zimmer aufhält, um kein Aufsehen bei unseren Gästen zu erregen.«

»Dagegen ist nichts einzuwenden.«

Der Geschäftsführer brachte sie ins erste Stockwerk und führte sie zu den betreffenden Räumen.

Auf das Klopfen öffnete der Kriminalbeamte.

»Kann ich Ihnen noch irgendwie behilflich sein?« fragte der Geschäftsführer.

Crawford bedankte sich und entließ ihn.

»Es ist alles genau durchsucht worden, und ich habe ein Verzeichnis der Dinge aufgestellt, die ich hier gefunden habe«, erklärte Detektiv Watt.

Der Inspektor überflog die umfangreiche Liste.

»Zeigen Sie mir, was Sie an Schriftstücken haben.«

»Das ist leider nur wenig. Hier ist die Liste. Ich habe alle Papiere in die rechte Schreibtischschublade gelegt.«

Watt schloß auf und reichte dem Inspektor den Inhalt.

Eifrig sah Crawford die einzelnen Blätter durch. Es waren einige Hotelrechnungen und ein paar lose Zettel, die mit Zahlen beschrieben waren – offenbar ziemlich oberflächliche Abrechnungen von Ausgaben. Dann ein Telegramm: »Sende anbei tausendzweihundert Pfund, mehr im Augenblick nicht möglich. Sofortige Rückkehr London zwecks Aussprache erforderlich. Stetson.«

Crawford runzelte die Stirn. Er hatte erwartet, daß Stetson größere Summen geschickt hatte. Jedenfalls hatte er das nach der bisherigen Sachlage annehmen müssen. Er schüttelte den Kopf und reichte Belling das Formular. Als der Sergeant es gelesen hatte und zurückgab, steckte der Inspektor es ein. Er fand dann noch zwei Scheckbücher – eins von der Banc du Midi in Paris, das andere von der Westminster-Bank in London. Außerdem einen Reisekreditbrief, ausgestellt von der Hongkong- und Schanghai-Bank.

Crawford rief Belling zu sich.

»Notieren Sie die genauen Adressen der Depositenkassen sowie die Kontonummern.«

Als er den Kreditbrief öffnete, sah er zu seiner Überraschung, daß noch über tausend Pfund von der Summe nicht abgehoben waren.

Crawford und Belling sahen dann noch die Kleider und die Wäsche durch, und überall bemerkten sie das Monogramm mit den beiden verschlungenen RR. Maxwell schien vollkommen die Persönlichkeit Sir Richards angenommen zu haben.

Als der Inspektor die wenigen Schmuckstücke betrachtete fiel ihm ein gebrauchtes Zigarettenetui auf, das stark vergoldet war. An den Kanten war es durchgescheuert, und auf der Vorderseite waren die Buchstaben »A. T.« eingraviert.

Crawford steckte es ein. Im Augenblick sah er nicht, wie es ihm weiterhelfen konnte, aber er glaubte kaum, daß Maxwell ein so billiges Ding in Besitz hatte, nachdem sonst alles auf größten Luxus abgestimmt war.

Auf dem Frisiertisch standen mehrere Flaschen, und lächelnd zeigte er Belling eine Tinktur zum Braunfärben der Haut und die Mittel zum Färben der Haare.

Schließlich fanden sie noch eine gute Aufnahme von Maxwell aus Paris, die Crawford auch mitnahm.

»Viel Neues haben wir hier nicht herausgebracht«, meinte er. »Wie wäre es, wenn wir jetzt noch der großen Ria Bonati unsere Aufwartung machten?«

Belling lächelte ironisch.

»Ob sie zu dieser nachtschlafenden Zeit schon auf ist?«

Sie kehrten in die Halle zurück und wollten sich anmelden lassen, erfuhren aber zu ihrem Erstaunen, daß sie bereits vor einer halben Stunde ausgefahren war.

»Es hat keinen Zweck, hier eine Filiale von Scotland Yard zu gründen«, sagte Crawford. »Wir wollen noch einmal hinaufgehen und die Bude schließen.«

Oben gab er Detektiv Watt den Auftrag, die Sachen einzupacken und nach der Bruton Street zu bringen.

»Wollen wir nicht auch noch einmal dorthin fahren und das Haus genauer durchsuchen?« schlug Belling vor. »Vielleicht finden wir einen Geheimsafe, in dem Sir Richard seine wichtigen Dokumente aufbewahrt hat.«

Der Inspektor verabschiedete sich vom Geschäftsführer, und dieser war sehr erfreut, als er hörte, daß die Polizei die Wohnung des Ermordeten freigab.

Auf einen Wink des Portiers fuhr der Dienstwagen vor, und kurze Zeit später hielten sie vor dem Haus in der Bruton Street.

Detektiv Armstrong öffnete ihnen. Er berichtete, daß das Haus noch einmal durchsucht worden war, aber man hatte keine wichtigen Schriftstücke gefunden.

»Haben Sie die Waffe und Munition mitgenommen?« wandte sich Crawford an Belling.

»Ich habe schon heute morgen mit Armstrong die Versuche durchgeführt. Die Schüsse werden allerdings derartig abgeschwächt, daß man sie in der Bibliothek nur dann leise hört, wenn man vorher weiß, um welche Zeit sie fallen, und genau darauf achtet. Und selbst dann muß der Betreffende ein feines Gehör haben. Armstrong hat einen Schuß überhört, ich vier. Im ganzen hat jeder von uns sechs Schuß abgegeben.«

Die beiden machten noch einen Rundgang durch alle Zimmer; in der Bibliothek untersuchten sie alle Bücherschränke, aber sie fanden nichts. Crawford hoffte immer noch, ein Geheimfach zu entdecken, aber er sagte sich, daß die Spezialbeamten der Kriminalabteilung ihr Bestes getan hatten, und daß es keinen Zweck hatte, sie übertreffen zu wollen.

Als sie ins Speisezimmer traten, fiel ihnen ein prachtvolles, großes Grammophon auf, das mit dem Radioapparat in Verbindung stand.

»Sind alle Wände abgeklopft worden?« wandte sich der Inspektor an Armstrong, der sie begleitete.

»Nicht nur die Wände sind untersucht worden, sondern auch alle Fußböden. Die Fensterbretter und die Paneelverkleidungen in der Bibliothek und im Arbeitszimmer sind besonders scharf kontrolliert worden.«

Plötzlich kam Crawford ein Gedanke.

»Belling, rufen Sie doch einmal die Westminster-Bank an und fragen Sie, ob Sir Richard dort einen Safe gemietet hat?«

Während der Sergeant den Auftrag ausführte, unterhielt sich Crawford mit Armstrong.

»Die Dienstboten sind noch nicht entlassen worden. Rechtsanwalt Stetson rief heute an und sagte, daß er damit warten wollte, bis die Polizei die Untersuchungen abgeschlossen hätte.«

»Das ist sehr zuvorkommend. Wir könnten also den Butler, die Köchin und das Zimmermädchen noch einmal verhören, aber ich glaube, ihre Aussagen sind nicht weiter wichtig. Die Leute sind ja alle erst seit kurzer Zeit hier. Wenn Maxwell Sir Richard beiseiteschaffte, tat er es sicher irgendwo in Paris oder sonstwo, jedenfalls während Sir Richard sich auf Reisen befand, auf keinen Fall nach seiner Rückkehr nach London.«

Belling kam zurück.

»Jetzt werden wir wohl bald die gesuchten Papiere haben. Sir Richard hat bei der Westminster-Bank einen Safe.«

»Dann wollen wir gleich hinfahren«, sagte der Inspektor eifrig.

»Das ist nicht so einfach. Ich habe eben darüber mit einem der Direktoren gesprochen. Er sagte mir, daß er den Safe nicht ohne weiteres öffnen könnte, selbst wenn wir Beamte von Scotland Yard wären. Es muß ein besonderer Befehl dazu vorliegen.«

»Dann müssen wir uns eben die Vollmacht beschaffen. Das ist ja auch nicht schwierig. Aber dazu müssen wir nach Scotland Yard zurück.«

»Ich habe auch erfahren, daß Sir Richard den Safe erst seit Ende Juni gemietet hat.«

»Ich hätte an seiner Stelle meine Papiere auch bei einer Bank hinterlegt, wenn ich eine so weite Reise machte.«

25

Als der Inspektor mit Belling zum Polizeipräsidium zurückkehrte, wurde ihm gemeldet, daß inzwischen Rechtsanwalt Stetson zweimal angerufen hatte, ebenso Ria Bonati. Außerdem war Miß Evelyn Rolands persönlich im Amt gewesen, um ihn zu sprechen.

»Man müßte sich in zwanzig Teile zerschneiden können, um allen Anforderungen gerecht zu werden. Es tut mir leid, daß ich diese Anrufe und den Besuch versäumt habe, denn mit allen habe ich noch eingehend zu sprechen, vor allem auch mit Professor Haviland, der doch den Toten identifiziert hat. Was nützen alle Professorentitel, wenn er solchen Unsinn macht, und wenn ihm solche Irrtümer unterlaufen!«

Crawford setzte sich an den Schreibtisch und arbeitete mit Belling alle kleinen Nebenfragen aus, die sich aus der Untersuchung ergeben hatten.

Aber sie blieben nicht lange ungestört, denn ein Beamter trat ein und meldete, daß Polizist Granter den Inspektor dringend sprechen wollte.

»Der will wahrscheinlich auch nach Scotland Yard versetzt werden und hofft, bald Chef der Kriminalpolizei zu sein. Der junge Mann ist ja noch reichlich naiv. Aber lassen Sie ihn ruhig hereinkommen, er kann auch einmal vor den goldenen Stufen meines Thrones erscheinen.«

»Sie sind ja in so guter Stimmung – haben Sie denn eine wichtige Entdeckung gemacht?«

Belling kannte seinen Vorgesetzten. Crawford mußte zu wichtigen Schlußfolgerungen gekommen sein, wenn er so ausgelassen scherzte.

Gleich darauf trat Granter ein. Er kam aber nicht in Uniform, sondern hatte seinen besten Zivilanzug angelegt. Zunächst blieb er schüchtern an der Tür stehen und stand stramm.

»Kommen Sie schon näher, ich beiße Sie nicht. Was kann ich denn für Sie tun?« fragte Crawford gutgelaunt.

»Ich möchte eine Meldung machen.«

»Das tun Sie am besten auf Ihrem Revier siebenundsechzig.«

»Verzeihen Sie, Inspektor, aber ich glaube, die Meldung ist für Sie sehr wichtig.«

»Nun gut, dann wollen wir dieser Meldung unser geneigtes Ohr schenken.«

Granter begriff nicht, was Crawford damit sagen wollte, und sah ihn verstört und ratlos an.

»Also, erzählen Sie nur, was Sie zu sagen haben.«

»Ich war gestern bei der Verhandlung der Totenschau«, begann Granter.

»Ja, ich habe Ihre Anwesenheit bemerkt.«

Granter wurde rot. Warum redete der Inspektor heute nur so merkwürdig?

»Nun, fahren Sie ruhig fort«, sagte Belling, der ein mitfühlendes Herz hatte.

»Unter den Zeugen wurde auch eine schöne Dame vernommen – sie hieß Ria Bonati.«

»Das stimmt.«

»Das war die Frau, die am Montagabend um neun Uhr in das Haus in der Bruton Street eindringen wollte!«

Crawford lehnte sich zurück und war starr vor Staunen.

»Aber Mann, warum haben Sie denn das nicht gleich gestern bei der Verhandlung gesagt?«

»Ich habe mich nicht getraut. Auch wußte ich nicht, wie ich das machen sollte.«

»Aber Sie haben doch einen Mund – Sie können doch reden! Nun, es ist gut, daß Sie wenigstens jetzt den Mut gefunden haben, mir das anzuvertrauen. Das ist natürlich sehr wichtig.«

Crawford ließ sich von Granter noch einmal ausführlich seine Beobachtungen schildern, aber es kam nicht viel Neues dabei heraus. Um ihn wenigstens einigermaßen zu belohnen und aufzumuntern, bot er ihm eine Zigarre an und lobte ihn, worauf der Mann hochbeglückt das Polizeipräsidium wieder verließ.

»Jetzt sieht die Sache allerdings ganz anders aus. Ich hatte schon immer erwartet, daß uns der Himmel noch zuhilfekommen würde. Wenn dieser Maxwell auch ein gemeiner Verbrecher war und den Tod wahrscheinlich reichlich verdiente, sind wir doch dazu angestellt, seinen Mörder zur Bestrafung zu bringen.

Belling, nehmen Sie die Protokolle heraus. Wiederholen Sie noch einmal die Zeiten um neun Uhr herum, die bis jetzt festliegen.«

»8.59. Eine unbekannte Dame wird von Polizist Granter an der Haustür beobachtet. Sie verschwindet im Seitengang, vermutlich, um ins Haus zu gehen.

9.00. Miß Rolands sieht auf die Uhr und faßt den Entschluß, um 9.15 zu gehen, wenn Sir Richard bis dahin nicht gekommen sein sollte.

9.05. Ende des kurzen Telephongesprächs zwischen Anwalt Stetson und dem vermeintlichen Sir Richard.

9.06. Miß Rolands hört ein dumpfes Geräusch, vielleicht den Fall eines Körpers.

9.07. Jim Carley klingelt unten an der Tür, worauf er durch den Seiteneingang ins Haus geht und den vermeintlichen Sir Richard im Arbeitszimmer auffindet.

Klingeln wird von Miß Rolands in der Bibliothek und von Butler Miller in seinem Zimmer gehört.

9.10. Butler Miller begegnet Jim Carley in der Tür, die von der Galerie ins Arbeitszimmer führt.«

»Das paßt ausgezeichnet. Vielleicht hat sie sich eingeschlichen. Maxwell hörte sie nicht, weil er gerade mit Stetson ein unangenehmes Telephongespräch führte. Neun Uhr fünf tritt sie ihm im Arbeitszimmer entgegen, genau drei Minuten später erscheint Carley auf der Bildfläche. Bis dahin hatte sie reichlich Zeit, Maxwell niederzuschießen. Als sie Carley hört, versteckt sie sich und schleicht sich während der ersten

Aufregung nach der Entdeckung des Mordes aus dem Haus.«

»Das würde eine zu gute Lösung sein«, meinte Belling.

»Warum soll das Schicksal nicht auch einmal einem armen Polizeibeamten gnädig sein und ihm eine gute Lösung zeigen?«

»Jedenfalls wird die große Göttin jetzt von ihrem Thron heruntersteigen müssen. Wir haben sie nun in der Hand.«

Ein Beamter meldete, daß Rechtsanwalt Stetson den Inspektor sprechen wollte.

»Ich lasse bitten. Da gibt es wieder zu protokollieren, Belling.«

»Nun, was verschafft uns das Vergnügen?« fragte Crawford liebenswürdig, nachdem er und Belling den Anwalt begrüßt hatten.

»Ich dachte, daß sich nach den Enthüllungen von gestern neue Schwierigkeiten ergeben würden, und ich möchte gern helfen, alles aufzuklären.«

»Bitte, nehmen Sie Platz.«

Stetson ließ sich auf dem Ledersessel neben dem Schreibtisch nieder.

»Ich kann es immer noch nicht recht glauben«, sagte er. »Der Mann soll nicht Sir Richard sein! Und wie glänzend haben Sie die Annahme eines Selbstmordes widerlegt. Zu diesem Erfolg möchte ich Ihnen noch nachträglich gratulieren.«

Crawford verneigte sich leicht und lächelte.

»Mit Tatsachen muß man sich abfinden«, entgegnete er.

»Ich vermute, daß Sie inzwischen schon an der Aufklärung des Rätsels gearbeitet haben. Darf ich vielleicht fragen, ob Sie bereits wissen, wer der Tote eigentlich ist?«

»Es lag ja nahe, daß wir es mit einem Verbrecher zu tun hatten.«

»Ja – das wurde mir gestern auch sofort klar.«

»Wir konnten ihn nach seinen Fingerabdrücken feststellen – es war ein alter Bekannter der Polizei.«

Crawford berichtete nun, was der Erkennungsdienst festgestellt hatte.

»Und was schließen Sie daraus?«

»Das liegt doch auf der Hand. Wir vermuten, daß Maxwell Sir Richard auf der Reise ermordet hat. Eine andere Schlußfolgerung bleibt doch gar nicht übrig.«

Stetson nickte befriedigt.

»Ja. Vielleicht läßt sich damit auch das sonderbare Verhalten erklären. Professor Haviland hatte mir vorher fast sicher zugesagt, daß die Reise den Zustand Sir Richards bessern würde, und wir waren beide erstaunt, als das Gegenteil eintrat. Immerhin versuchten Professor Haviland und ich, uns die Sache auf andere Weise zu erklären. Sir Richard befand sich im gefährlichen Alter. Schließlich konnte man sich auch denken, daß die Bonati eine leichte Hand im Geldausgeben hatte und hauptsächlich für die Verschwendung verantwortlich war.«

»Welchen Eindruck hat denn der angebliche Sir Richard auf Sie gemacht?«

»Ich sagte Ihnen ja schon, daß ich nach allem den Eindruck hatte, daß er mir aus dem Weg ging. Ich mußte ihn dauernd ermahnen, und dadurch trat ein recht gespanntes, beinahe feindseliges Verhältnis zwischen uns beiden ein. Eine so lange Seereise verändert natürlich auch das Aussehen eines Menschen. Als ich ihn zum erstenmal sah, war er tiefgebräunt von der Sonne, hatte tiefere Falten im Gesicht und war gealtert, aber das schrieb ich dem ausschweifenden Leben zu, das er meiner Meinung nach geführt hatte. Es fiel mir auf, daß seine Augen eine etwas hellere Farbe hatten. Das ist aber eine medizinische Tatsache. Solche Änderungen kann die Tropensonne oder die Höhensonne der Berge bewirken. Ich habe das selbst während einer Schweizer Reise beobachtet.«

»Haben Sie sonst keine Veränderungen an ihm bemerkt?«

»Doch, auch der Blick war anders. Manchmal erschien er mir glühend gehässig, beinahe fanatisch, dann wieder lustlos und gleichgültig. Das habe ich mir natürlich alles erst hinterher klargemacht. Sir Richard hatte immer einen festen, sicheren Blick, der sich gleichblieb.«

»Aber klang Ihnen denn die Stimme nicht fremd?«

Stetson dachte einen Augenblick nach.

»Nein, eigentlich nicht. Aber wenn ich es mir jetzt überlege, sprach der falsche Sir Richard ausdrucksvoller, modulierter. Aber auch darauf bin ich nicht gleich gekommen.«

»Welches Personal war eigentlich bei der Abreise von Sir Richard im Hause?«

»Die Sekretärin Valery Ferguson – die haben Sie ja gestern kennengelernt. Außerdem waren noch ein Butler, ein Zimmermädchen und eine Köchin im Hause, genau wie jetzt. Da die Reise ursprünglich auf sechs Monate berechnet war, hatte es keinen Zweck, während der ganzen Zeit das Personal durchzuhalten.«

»Darin gebe ich Ihnen recht. Wie hieß denn der Butler?«

»Ich glaube Tembroke – aber ich kann es nicht genau sagen, ich müßte zu Hause einmal nachsehen. Übrigens wollte ich Ihnen noch mitteilen, daß ich von der Reise einen Brief erhielt, in dem Sir Richard mir schrieb, er hätte die Absicht, der Bonati bei seiner Rückkehr nach London ein Legat in seinem Testament auszusetzen. Ich hielt das für hellen Wahnsinn, war aber in einer schwierigen Lage, denn ich selbst habe die Bonati in Paris und Brüssel sehr gut gekannt und war mit ihr befreundet. Ich konnte also meinem Klienten nicht gut schreiben, daß ich ihm davon dringend abriete.«

»Ja, Sie sagten mir schon, daß Sie die Bonati kannten. Nun, wir sind ja alle einmal jung und leichtsinnig gewesen«, meinte Crawford und lachte.

Belling grinste im Hintergrund.

»Ist Ihnen bekannt, ob Sir Richard einen Safe bei einer Bank besitzt?«

»Nein, darüber kann ich nichts sagen.«

»Ich hätte eine Bitte an Sie«, sagte Crawford verbindlich.

»Verfügen Sie nur über mich«, erwiderte Stetson entgegenkommend.

»Machen Sie mir eine genaue Aufstellung über die Vermögensverhältnisse von Sir Richard.«

»Gern.«

»Und stellen sie mir auch ein Verzeichnis der Gelder auf, die Sie ihm nachgesandt haben.«

»Auch das sollen Sie haben.«

Stetson erhob sich, als ob er sich verabschieden wollte.

»Die Sache mit der Brieftasche war aber doch, zu sonderbar.«

»Ja. Ich habe übrigens inzwischen die Nummern der Banknoten verglichen – es sind die Scheine, die Sie ihm am Montagnachmittag gegeben haben.«

»Haben Sie sonst noch etwas herausgefunden, was dieses Rätsel aufklären könnte?«

»Nein. Aber wir sind eifrig bemüht.«

In bester Stimmung verließ Stetson Scotland Yard.

26

»So kommt man nicht zum Arbeiten«, sagte Crawford.

»Nun, wir haben doch allerhand Neuigkeiten erfahren. Interessant war das Legat, das er der Bonati aussetzen wollte.«

»Allerdings. Wir wollen einmal sehen, ob wir sie nicht sprechen können. Heute morgen hat sie angerufen, also scheint auch sie das dringende Verlangen zu haben, in einem Interview zu glänzen und mit uns die Waffen zu kreuzend. Lassen Sie sich einmal mit dem Savoy verbinden.«

Belling folgte der Aufforderung, dann reichte er dem Inspektor den Hörer.

»Kommt gleich«, sagte er halblaut.

»Hier Inspektor Crawford. Sie haben heute angerufen, Miß Bonati. Wollten Sie mich sprechen?«

Crawford gab Belling einen Wink, und der Sergeant nahm den zweiten Hörer.

»Ja, ich hatte eigentlich die Absicht, aber –«

»Nun gut, wann kann ich Sie hier erwarten?«

»Ich werde jetzt zu Mittag essen, dann bin ich durch andere Dinge in Anspruch genommen –«

»Das tut mir sehr leid. Ließe es sich nicht vielleicht doch einrichten, daß Sie heute nachmittag hier vorbeikommen?«

Sie zögerte und schien keine Lust mehr zu haben.

»Mr. Stetson war eben hier und hat auch über Sie gesprochen.«

Crawford und Belling hörten, daß sie schnell den Atem einzog.

»Was hat er denn gesagt?«

»Ach, am Telephon läßt sich darüber nicht gut sprechen.«

»Können Sie denn nicht heute nachmittag hier ins Hotel kommen?«

»Nein, das geht leider nicht, denn ich erwarte dauernd wichtige Mitteilungen, auch von auswärts, und muß daher im Amt bleiben.«

Die Nachricht von Stetson schien sie doch sehr zu interessieren, denn plötzlich faßte sie einen Entschluß.

»Ich werde kommen.«

»Wann dürfte das sein?«

»Gegen drei.«

»Gut, wir erwarten Sie.«

»So, jetzt ist es aber auch Zeit, daß wir unsere verdiente Mittagspause machen. Kommen Sie mit, Belling.«

Sie gingen zum Kasino.

Crawford schien Richard Richmond vollkommen vergessen zu haben, denn er machte eine ausnahmsweise lange Pause und rauchte noch einige Zigaretten nach Tisch.

»Hoffentlich bekommen wir bald Nachricht von den auswärtigen Polizeiämtern. Es ist doch zu unangenehm, daß wir über Maxwell in den letztem drei Jahren nichts wissen.«

Sie stiegen wieder zum Büro hinauf.

»Sehen Sie einmal in den Akten von Maxwell nach, unter welchen anderem Namen er aufgetreten ist – vielleicht finden wir doch die Anfangsbuchstaben A. T. wieder.«

Crawford sah nach der Uhr. Es war zwanzig Minuten vor drei. Er ließ sich mit der Zentrale verbinden und fragte, ob bereits Nachrichten auf die Rundfrage eingegangen wären, aber nur zwei Fehlmeldungen waren eingetroffen.

Belling blätterte eifrig in den Akten, während Crawford sich in seinen Stuhl setzte, die Augen schloß und nachdachte. So verging eine geraume Zeit. Schließlich erhob sich Belling und kam mit dem Aktenstück zu seinem Vorgesetzten.

»Der Mann hat unheimlich viele Namen geführt, aber die Anfangsbuchstaben A. T. sind nicht darunter.«

»Schade. Das hätte uns vielleicht ein gutes Stück weitergebracht.«

Crawford stützte den Kopf in die Hand und grübelte. Belling wußte, daß er ihn in solchen Augenblicken nicht stören durfte. Ruhig setzte er sich an einen Tisch, nahm ein Blatt Papier und machte Aufzeichnungen. Auch er versuchte, auf seine Weise dieses Rätsel zu lösen.

Nach einer Weile wurde Miß Bonati gemeldet.

Crawford erhob sich und ging ihr entgegen. Sie trug diesmal ein seegrünes Kostüm und einen prachtvollen Rotfuchs. Es war unglaublich, wie verschieden diese Frau aussehen konnte. Und jedesmal wirkte sie anders. Besonders auf Belling machte sie wieder großen Eindruck.

Der Inspektor bot ihr eine Zigarette an, die sie dankend nahm.

»Sie haben mir nur Angst einjagen wollen, daß mich der Vorsitzende bei der Totenschau besonders auf die Folter spannen würde.«

»Nein, das nicht, übrigens fand ich gestern zufällig einen Schlüssel in Ihrer schönen Tasche.«

»Ja, den haben Sie aus Versehen sogar mitgenommen.«

»Vielleicht war das kein Versehen.«

Sie sah ihn erstaunt an.

»Woher haben Sie den Schlüssel?«

»Sir Richard hat ihn auf einem Tisch liegen lassen.«

»Sie meinen wohl – auf seinem Tisch?«

»Wie kommen Sie dazu, meine Worte zu bezweifeln?«

»Weil ich Verschiedenes erfahren habe, das mit Ihren Aussagen nicht übereinstimmt.«

»Dann hat Stetson mich verleumdet, der hinterhältige Mensch! Er ist ja so rachsüchtig!«

»Ich habe nicht von Stetson gesprochen – außerdem ist das eine falsche Annahme. Was sagen Sie denn eigentlich dazu, daß der Tote gar nicht Sir Richard ist?«

»Ich bin erstaunt und entsetzt. Ich habe ihn in Paris kennengelernt und bin seit der Zeit mit ihm gereist. Mir ist niemals der Gedanke gekommen, daß er nicht Sir Richard sein könnte. Er ist ganz bestimmt derselbe, mit dem ich hier ankam und der ermordet wurde.«

»Haben Sie nicht gewußt, daß es Alec Maxwell war? Ein Mann, der schon dreimal im Gefängnis und im Zuchthaus saß?«

Ria Bonati drohte in Ohnmacht zu fallen.

»Was?« rief sie außer sich. »Ein Verbrecher?! Der Schlag war schon so hart genug für mich. Aber Sie sehen, daß ich mich bereits damit abgefunden habe und ihm nicht mehr nachtrauere. Trotzdem ist es natürlich sehr bitter für mich.« Sie zog das Taschentuch heraus und preßte es an die Augen.

Crawford wartete, bis sie sich wieder beruhigt hatte. Ihr Erstaunen schien echt zu sein, aber man wußte nie, wann sie die Wahrheit sagte.

»Sehen Sie sich bitte einmal diese Pistole an«, fuhr der Inspektor fort, zog eine Schublade des Schreibtisches auf und legte die Mordwaffe auf den Tisch. »Kennen Sie die?«

»Ja, ich habe sie bei der Verhandlung gesehen.«

»Das meine ich nicht. Kennen Sie die Pistole von früher her?«

»Nein«, entgegnete sie kühl.

»Dann liegt wohl ein Irrtum vor. Die Waffe wurde vor einem halben Jahr in London bei der Waffenhandlung C. W. Cleveland in der Oxford Street gekauft. Sie wissen wohl, daß in England der Waffenhandel nicht frei ist und die Händler über alle Verkäufe Buch führen müssen.«

Sie wurde unruhig.

»Belling, Sie waren doch in meinem Auftrag bei den Leuten und haben sich erkundigt. Wer hat diese Waffe gekauft?«

»Eine Miß Maud Mason.«

»So heißen Sie doch – Ria Bonati ist nur ein Künstlername.«

Sie schwieg.

»Also, geben Sie zu, daß Sie die Pistole gekauft haben?«

Wieder eine lange Pause.

»Ich gebe keine Auskunft darüber«, sagte Ria Bonati schließlich.

»Das ist Ihr gutes Recht, wenn Sie glauben, sich durch die Antwort selbst zu bezichtigen. Aber ich würde Ihnen doch raten, zu antworten, denn das letztemal haben Sie sich geweigert, mir die Wahrheit zu sagen. Wir haben uns doch schon darüber unterhalten, daß Sie am Montagabend nach dem ersten Akt das Theater verließen.«

»Das habe ich nicht getan.«

»Vielleicht ist Ihr Geist im Theater zurückgeblieben. Ihren Körper hat jedenfalls Polizist Granter kurz vor neun in der Bruton Street beobachtet. Sie machten sich mit einem Schlüssel an der Haustür zu schaffen, überlegten es sich dann anders, gingen zu dem Seitengang und verschwanden im Haus.«

»Das ist nicht wahr – das ist gelogen!«

»Wie war es denn dann?«

»Ich bin nicht ins Haus gegangen!«

»Aber in der Bruton Street waren Sie doch?«

Crawford nahm den Schlüssel, den er aus ihrer Tasche gezogen hatte, in die Hand.

»Wissen Sie, was für ein Schlüssel das ist?«

»Nein.«

»Gestern haben Sie behauptet, daß es ein Schlüssel zu einer Ihrer Türen im Hotel wäre. Aber das ist ein großer Irrtum. Belling, sagen Sie ihr, zu welcher Tür dieser Schlüssel paßt.«

»Das Haus Sir Richards hat neben der Haustür noch einen halbversteckten Eingang, der zu einer Wendeltreppe in den Keller führt«, erklärte der Sergeant. »Der Schlüssel gehört zu dieser Geheimtür.«

Ria Bonati saß wie versteinert auf ihrem Stuhl.

»Das haben Sie doch gewußt?«

»Nein!« erwiderte sie heftig.

»Ich will Ihnen noch etwas anderes sagen. Gestern behaupteten Sie, daß Sie sich mit dem vermeintlichen Sir Richard über harmlose Dinge unterhalten hätten, als er Sie zu Ihrer Loge begleitete. In Wirklichkeit hatten Sie aber eine scharfe Auseinandersetzung mit ihm und machten ihm die heftigsten Vorwürfe wegen seiner Sekretärin.«

»Das stimmt nicht! Wer hat Ihnen nur all diese Lügen erzählt?«

»Doch, das stimmt. Das kann durch Zeugenaussagen bewiesen werden. Ferner haben Sie es verstanden, Ihren Reisebegleiter zu veranlassen, Ihnen ein Legat auszusetzen.«

»Das hat er mir freiwillig geschenkt. Aber das kann Ihnen kein anderer als dieser niederträchtige Stetson gesagt haben!«

»Diesmal haben Sie recht. Wollen Sie sich nun nicht zu einem Geständnis bequemen?«

Ein langes Schweigen folgte.

Schließlich erhob sich Crawford.

»Nun, wenn Sie keine Erklärung abgeben, will ich Ihnen einmal sagen, zu welchen Schlüssen die Polizei kommen muß.

Sie sind in der kritischen Zeit – ein bis zwei Minuten vor neun – vor der Haustür in der Bruton Street gesehen worden, sind dann in den seitlichen Nebengang getreten und haben sich ins Haus geschlichen –«

»Das ist nicht wahr – ich habe es Ihnen doch schon gesagt!« unterbrach sie ihn leidenschaftlich.

»Können Sie das beweisen?«

Sie gab keine Antwort.

»Geben Sie jetzt wenigstens zu, daß Sie die Oper nach dem ersten Akt verlassen haben und zum Haus von Sir Richard gefahren sind?«

Wieder eine lange Pause.

»Ja«, erwiderte sie dann kleinlaut.

»Es steht für Sie alles auf dem Spiel. Ich ermahne Sie dringend, jetzt endlich die Wahrheit zu sagen.«

Plötzlich brach sie in Tränen aus, und unter heftigem Schluchzen stieß sie hervor:

»Sie sind ein brutaler, gemeiner Mensch! Ich bin vollkommen unschuldig!«

Crawford ging ruhig im Zimmer auf und ab. Als sie sich etwas beruhigt hatte, setzte er sich wieder.

»Wollen Sie mir jetzt die Wahrheit sagen, oder soll ich Sie verhaften lassen?«

27

Belling und Crawford beobachteten Ria Bonati scharf. Sie rang mit einem schweren Entschluß.

»Werden Sie mich nicht verhaften, wenn ich Ihnen alles sage?«

»Das hängt ganz davon ab.«

Wieder preßte sie die Lippen aufeinander, und ihr Widerstand schien sich zu versteifen.

»Geben Sie doch nach und erzählen Sie uns alles. Sie werden selbst einsehen, daß sehr schwere Verdachtsgründe gegen Sie vorliegen. Es ist in Ihrem eigensten Interesse, die Sache aufzuklären und alles mitzuteilen, was zu Ihren Gunsten spricht. Ich will noch einmal zusammenfassen, was ich eben sagte, damit Sie sehen, wie ernst die Lage für Sie ist.«

Ria Bonati wollte etwas erwidern, und ihre Mundwinkel zuckten, aber im letzten Augenblick hielt sie die Worte wieder zurück.

»Sie sind wenige Minuten vor dem Mord vor dem Haus gesehen worden. Sie biegen in den Seitengang ein, an dem die Nebentür zum Haus liegt, und kommen dann nicht wieder auf die Straße zurück. In Ihrem Besitz wird ein Schlüssel zu einem Geheimeingang gefunden – das läßt doch die Schlußfolgerung zu, daß Sie auch Schlüssel zu den anderen Eingängen gehabt haben. Ferner ist einwandfrei festgestellt, daß Sie vor einem halben Jahr die Waffe hier in London gekauft haben, aus der der tödliche Schuß gegen den Ermordeten abgegeben wurde.«

Crawford machte eine Pause und sah sie fragend an.

»Sie sind als Meisterschützin in den Vereinigten Staaten aufgetreten, verstehen also, mit Schießwaffen umzugehen. Was liegt da näher, als daß man Sie für die Täterin hält? An Motiven hat es Ihnen nicht gefehlt. Sie sind im höchsten Grad eifersüchtig gewesen und haben noch kurz vorher einen heftigen Streit mit dem vermeintlichen Sir Richard gehabt. Außerdem konnten Sie Ihrer Meinung nach nur durch den Tod des Mannes gewinnen, denn er hat Ihnen, wie Sie selbst sagen, ein Legat zum Geschenk gemacht, und Sie mußten annehmen, daß Ihnen dieses im Fall seines Todes ausgezahlt würde. Wenn dieser Sachverhalt bei einer Gerichtsverhandlung den Geschworenen vorgetragen wird, brechen sie unbedingt den Stab über Sie. Helfen kann Ihnen nur, wenn Sie mir die volle Wahrheit sagen und alles, was zu Ihrer Entlastung dienen könnte.«

Er hatte absichtlich nicht zu scharf die möglichen Schlußfolgerungen gezogen, aber sie hatte vollkommen begriffen, was auf dem Spiel stand, denn sie sah ihn entsetzt an. Ihre Augen weiteten sich, ihre Hände zitterten, und es war, als ob sich etwas in ihr löste. Sie sank in sich zusammen.

»Fragen Sie mich – ich will alles sagen.«

Sie sprach so leise, daß Crawford sie kaum verstand. Endlich war sie genügend erschüttert. Er kannte diese Art Frauen. Nachdem sie gefühlt hatte, daß sie durch ihre äußere Erscheinung nicht auf ihn wirkte, war ihre Widerstandskraft gebrochen.

»Vor allem muß die Sache mit der Pistole aufgeklärt werden. Sie bestreiten doch nicht, daß Sie die Waffe gekauft haben? Das würde Ihnen auch wenig nützen. Die Polizei könnte Sie dem Waffenhändler, Mr. Cleveland, gegenüberstellen, und der würde Sie dann wiedererkennen. Er besinnt sich auf den Verkauf noch sehr genau, Sie sind ja schließlich auch keine alltägliche Erscheinung. Und die Beschreibung, die er von Ihnen gab, stimmte genau. Sie geben doch zu, daß Sie diese Waffe unter Ihrem eigentlichen Namen Maud Mason gekauft haben?«

»Ja.«

»Und wie erklären Sie, daß der vermeintliche Sir Richard damit erschossen wurde?«

»Das kann ich mir nicht erklären.«

»Sie hatten die Waffe doch für sich selbst gekauft?«

»Ja.«

»Sicher haben Sie für Ihre Vorführungen Gewehre, Pistolen und Revolver gebraucht?«

»Ja. Aber die habe ich in Paris in meinen Koffern gelassen.«

»Und nur diese eine Waffe haben Sie auf die Reise mitgenommen?«

»Ja.«

»Warum haben Sie denn einen Schalldämpfer darauf?«

»Ich habe manchmal im Hotel nach der Scheibe geschossen und wollte die anderen Gäste nicht durch laute Geräusche stören.«

Crawford sagte nichts dazu, obwohl ihm diese Art Training sehr merkwürdig vorkam. Aber schließlich war einer Frau wie Ria Ronati das zuzutrauen.

»Sie hatten die Waffe während der ganzen Reise bei sich?«

»Ja – nein –« erwiderte sie stockend.

»Was ist denn nun richtig – das Ja oder das Nein?«

»Ich hatte sie zuerst, aber in Kairo hat er sie mir im Hotel des Pyramides abgenommen, und seit der Zeit hat er sie behalten.«

»Warum hat er das getan?«

»Weil – weil –«

Sie konnte sich nicht aufraffen, eine Antwort zu geben.

»Weil Sie ihn mit der Waffe bedroht haben und ihn erschießen wollten?« fragte der Inspektor.

»Nein!«

»Wie war es dann?«

»Ich fürchtete, er wollte mich verlassen, und da wollte ich Schluß machen.«

»Bitte, erklären Sie das etwas genauer. Sie waren also wieder eifersüchtig?«

»In dem Hotel in Kairo trafen wir eine Dame, für die er sich stark interessierte.«

»Und Sie haben vermutlich die Dame und ihn erschießen wollen?«

Einige Zeit sagte sie nichts.

»Ich konnte es nicht ertragen, daß ihn mir eine andere wegnahm«, entgegnete sie schließlich trotzig. »Ich wollte ihn und mich erschießen.«

»Vorher kam es aber zu einer Auseinandersetzung?«

»Ja. Als er sah, daß ich die Waffe aus der Handtasche zog, war er schneller als ich und drehte mein Handgelenk um, so daß ich sie fallen lassen mußte. Dann hat er sie in seinen Koffer eingeschlossen.«

»Sie haben die Waffe also nachher nie wieder in der Hand gehabt?«

»Nein. Hier in London bin ich einmal allein in seinen Zimmern gewesen und habe seine Sachen durchsucht. Aber die Pistole habe ich nicht gefunden. Er muß sie in sein Haus in der Bruton Street mitgenommen haben.«

»Nun kommen wir zu dem anderen schweren Verdachtsmoment. Geben Sie zu, daß Sie ein bis zwei Minuten vor neun vor dem Haupteingang des Hauses in der Bruton Street standen?«

»Ja«, erwiderte sie kaum vernehmbar.

»Haben Sie versucht, die Haustür aufzuschließen?«
Sie nickte.

»Warum sind Sie denn zu dem Nebeneingang gegangen?«

Sie antwortete nicht gleich, und Crawford ließ ihr Zeit.

»Ich hatte den Schlüssel, den Sie mir abnahmen, in einer seiner Taschen gefunden«, entgegnete sie stockend und zögernd, aber allmählich fiel ihr das Sprechen leichter.

»Das war doch aber nicht der Schlüssel zur Haupttür.«

»Ich dachte es.«

»Warum sind Sie denn überhaupt zu dem Haus gegangen?«

»Als er nicht zur Oper kam, glaubte ich, daß er seine Sekretärin dort treffen wollte.«

»Und Sie wollten die beiden überraschen?«

»Ja.«

»Sind Sie ins Haus gegangen?«

»Nein.«

»Aber Polizist Granter, der Sie beobachtete, hat längere Zeit vor dem Haus gestanden und Sie sind nicht auf die Straße zurückgekehrt.«

»Der Seitengang neben dem Haus führt auf den Hof und von dort geht eine Tür auf das dahinterliegende Grundstück. Die Tür stand auf, ich ging hindurch und kam dann auf die Straße, die hinter der Bruton Street liegt.«

»Wollten Sie denn nicht durch den Seiteneingang ins Haus gehen?«

»Ja, aber er war verschlossen.«

»Wie wollen Sie das beweisen?«

»Von dort bin ich mit einer Taxe zum Theater zurückgefahren.«

»Hat Sie denn niemand gesehen?«

Sie dachte einige Zeit nach.

»Ja. An der Ecke von Bruton Place und Berkeley Square ist ein Halteplatz für Taxen. Als ich auf den Wagen zuging, kam der Zeitungshändler, der dort seinen Stand hat, auf mich zu und bot mir ein Abendblatt an. Er öffnete auch die Wagentür. Ich gab ihm ein Geldstück und nahm die Zeitung, dann fuhr ich ab.«

»Nun, das läßt sich ja alles nachprüfen.« Der Ton seiner Stimme klang nicht mehr so schroff wie vorher. »Ich werde das veranlassen. Sie waren also eifersüchtig, und vorher hatten Sie schon einen Verdacht. Deshalb haben Sie auch dem vermeintlichen Sir Richard heftige Vorwürfe gemacht, als er Sie zu Ihrer Loge begleitete.«

»Ja«, sagte sie bedrückt.

»Wenn Ihre Aussagen stimmen, wäre ja damit die Rolle aufgeklärt, die Sie in der kritischen Stunde gespielt haben. Ich hoffe in Ihrem Interesse, daß sich Ihre Angaben bestätigen lassen. Aber nun ist wahrscheinlich nicht nur der vermeintliche Sir Richard Richmond ermordet worden, sondern auch der wirkliche. Und beide Verbrechen müssen aufgeklärt werden. Sie haben in Paris die Bekanntschaft von Alec Maxwell gemacht, der in der Rolle von Sir Richard auftrat?«

»Ja. Ich weiß bestimmt, daß er derselbe war, den ich auf seiner weiten Reise begleitete, mit dem ich nach London zurückkehrte, und der am Montagabend in der Bruton Street erschossen wurde.«

»Wie haben Sie denn seine Bekanntschaft gemacht?«

»Er kam mit einer Empfehlung von Anwalt Stetson zu mir.«

Crawford war so erstaunt, daß er unwillkürlich aufstand. Auch Belling sah zu ihr hinüber, als ob er seinen Ohren nicht trauen dürfte, und hörte einen Augenblick auf zu protokollieren.

»Ich war der festen Überzeugung, daß es niemand anders sein könnte als Sir Richard Richmond. Ich habe später seinen Paß gesehen, ebenso seinen Kreditbrief, auch schrieb er die Schecks stets unter dem Namen von Sir Richard Richmond aus, und die Banken honorierten sie. Deshalb habe ich nie an der Glaubwürdigkeit seiner Person gezweifelt.«

»Wie erklären Sie es sich denn, daß in London der wirkliche Sir Richard abreist und in Paris der falsche sich bei Ihnen mit einer Empfehlung von Anwalt Stetson einführt?«

»Es muß eben ein Unglück oder ein Verbrechen auf der Reise geschehen sein. Jedenfalls trugen die Koffer und das Gepäck die Buchstaben RR. Auch das Monogramm in seiner Wäsche lautete so.«

»Ist Ihnen denn an seinem Wesen nichts aufgefallen?«

»Nein. Er hat sich stets so benommen, daß ich ihn für Sir Richard Richmond halten konnte.«

»Sie haben also nur ein- und denselben Mann während der ganzen Reise gekannt?«

»Ja.«

»Was wissen Sie von der Schönheitsoperation, der er sich unterzogen hat?«

»Die war schon ziemlich verheilt, als ich ihn kennenlernte. Ich sah bald, daß er es getan hatte, um die Falten im Gesicht zu entfernen. Die Männer sind in der Beziehung ja noch eitler als die Frauen.«

Crawford staunte, daß sie schon wieder solche Bemerkungen machte, und Belling konnte ein Grinsen nicht unterdrücken.

»Aber die Operation hat auch nicht viel genützt, denn jetzt, nach einigen Monaten, zeigten sich schon wieder die alten Falten in verstärktem Maß.«

»Hat er Ihnen etwas darüber erzählt, daß er eine Narbe an der Stirn gehabt hätte?«

»Nein, davon habe ich erst durch die Verhandlung erfahren.«

»Hat er Ihnen gegenüber einmal den Namen von Mr. Carley erwähnt?«

»Er sagte am Montagmorgen, daß dieser aus Birma zurückgekehrt wäre und ihn durchaus sprechen wollte. Er schimpfte dann und sagte, daß er für dergleichen Zeug keine Zeit hätte.«

»Als Sie die Bekanntschaft von Maxwell machten, hatte er bereits die Persönlichkeit von Sir Richard angenommen?«

»Ja.«

»Und den wirklichen Sir Richard haben Sie niemals gesehen oder kennengelernt?«

»Nein. Auch seinem Namen habe ich erst vor wenigen Monaten in Paris erfahren.«

28

Ria Bonati war gegangen.

Pemberton hatte sich inzwischen bei Crawford gemeldet und über die verschiedenen Aufträge, die er erhalten hatte, Bericht erstattet. Der Inspektor teilte ihm kurz die Aussagen Ria Bonatis mit.

»Prüfen Sie ihre Angaben nach. Es wird Ihnen leicht fallen, den Zeitungshändler an der Ecke von Bruton Place und Berkeley Square zu finden. Wahrscheinlich kennt er auch fast alle Taxichauffeure, die dort an der Ecke halten.«

Pemberton verließ das Zimmer wieder.

»Glauben Sie, daß uns Ria tatsächlich die Wahrheit gesagt hat?« fragte Sergeant Belling, der das Protokoll noch einmal durchsah und einige Stellen ergänzte, an denen er nicht mitgekommen war.

»Ich glaube schon. Sie war furchtbar verängstigt, und bei solchen Frauen ist die Logik nicht besonders entwickelt. Die beziehen immer nur alles auf sich selbst. Meiner Meinung nach stimmt das, was sie vorgebracht hat, im großen Ganzen.«

Crawford dachte eine Weile nach.

»Eins ist klar«, sagte er dann. »Der Fälscher des Selbstmordbriefes hat Maxwell erschossen. Und der weiß auch, wo Sir Richard Richmond geblieben ist.«

»Dann glauben Sie also an die Unschuld Carleys?«

»Ich will mich in keiner Weise festlegen. – Sind übrigens neue Meldungen eingetroffen?«

Belling ging zur Zentrale, wo die Nachrichten einliefen. Bald darauf kam er mit einem Pack Telegramme zurück.

»Nur Fehlmeldungen. Unter den Nachrichten befinden sich Berlin, Köln, Hamburg, Paris, Bordeaux und viele andere.«

»Ich hatte bestimmt gehofft, daß wir von Maxwell auf diesem Weg hören würden. Er kann doch nicht plötzlich vom Erdboden verschwunden gewesen sein!«

Der Inspektor nahm die Mappe mit den Photographien aus der Schublade des Schreibtisches und legte die Aufnahmen des wirklichen und des vermeintlichen Sir Richard nebeneinander. Die Ähnlichkeit war groß, aber es war schwer, die Bilder zu vergleichen, da die Kopfhaltung immer anders war.

»Aber jemand, der dauernd mit ihm zusammen war, müßte ihn doch wiedererkennen. Belling, sehen Sie doch noch einmal in den Akten nach. War dieser Maxwell Junggeselle oder verheiratet?«

Der Sergeant nahm ein Aktenstück vom Tisch und blätterte darin nach.

»Ledig – steht hier.«

»Ich dachte schon, wir könnten das Rätsel vielleicht durch eine Frau lösen.«

»Aber mir scheint doch, daß sich die beiden in der Augenpartie und im Blick unterscheiden«, sagte Belling.

»Ja, wenn man weiß, daß es verschiedene Personen sind, ist es verhältnismäßig leicht, so etwas festzustellen. Aber man muß bedenken, daß alle Leute, die vor dieses Problem gestellt wurden, keine Ahnung davon hatten, daß es verschiedene Leute waren, und von vornherein annahmen, sie würden Sir Richard sehen. Die Suggestion macht viel aus in solchen Fällen.«

»Ob wir es einmal mit einem Aufruf in der Zeitung versuchen oder eine Belohnung aussetzen?« schlug Belling vor.

»Das ist nicht so einfach. Wir haben nicht das Geld dazu und auch nicht die Vollmacht. Da müßte schon der Chef eine Verfügung treffen. Wir können das nicht. Ich habe heute schon mit ihm darüber gesprochen, als ich ihm über den Fall Vortrag hielt, aber er ist der Meinung, wir sollen uns anstrengen. Dazu wären die Polizeibeamten da, sie müßten die Rätsel lösen ohne Belohnungen und Aufrufe.

In gewisser Weise hat er ja auch recht. Wir haben noch viele Möglichkeiten. Vor allem müßten wir noch einmal Professor Haviland sprechen. Das beste ist, ich gehe gleich einmal zu ihm in die Harley Street. Seine Sprechstunden sind bald zu Ende. Man kann ihm nicht zumuten, daß er bei seiner großen Praxis nach Scotland Yard kommt.«

Crawford legte das Aktenstück Maxwell und alle Photos in eine Mappe.

»Bleiben Sie hier, Belling, und sehen Sie zu, daß die Protokolle ausgearbeitet und abgeschrieben werden. Außerdem fertigen Sie eine Liste der Antworttelegramme der verschiedenen Polizeidirektionen an. Sollte etwas Dringendes kommen, so rufen Sie mich bei Professor Haviland an.

Und noch eins: Versuchen Sie doch, Miß Ferguson anzurufen. Sie haben ja Ihre Adresse notiert. Bis fünf Uhr hat sie im Büro zu tun. Ich möchte sie dringend sprechen. Vielleicht können Sie mit ihr vereinbaren, daß sie nach Geschäftsschluß herkommt. Unterhalten Sie sich so lange mit ihr, wenn ich noch nicht zurück sein sollte.«

Der Inspektor ging fort, und Belling bearbeitete noch einmal die Protokolle. Mit Rotstift strich er die Stellen an, die noch zu klären waren. Dann rief er Miß Ferguson in ihrem Büro an, und sie versprach zu kommen.

Eine Weile später klingelte das Telephon, und als Belling den Hörer abnahm, meldete sich der Portier.

»Hier ist eine Miß Rolands. Sie möchte Inspektor Crawford oder Sergeant Belling sprechen.«

»Schicken Sie die Dame bitte nach oben.«

Gleich darauf klopfte es, und ein Beamter führte Evelyn herein.

»Guten Abend«, sagte Belling, erhob sich sofort und ging ihr entgegen. »Was kann ich für Sie tun?«

Evelyn sah bleich und verängstigt aus.

»Sie waren gestern bei der Verhandlung und haben alles gehört. Ach, es ist so entsetzlich. Alle Leute glauben, daß Mr. Carley der Täter ist! Ich habe heute die Zeitungen gelesen – es wird zwar nicht direkt gesagt, aber man kann es deutlich zwischen den Zeilen lesen, daß die Berichterstatter davon überzeugt sind.«

»Man muß nicht immer nach dem äußeren Schein gehen«, versuchte Belling, sie zu trösten. »Inzwischen haben sich neue Anhaltspunkte ergeben.«

»Während der Verhandlung glaubte ich eine Zeitlang fast auch an seine Schuld, aber ich schäme mich jetzt, daß ich so etwas denken konnte. Da ich ja im Augenblick keine Arbeit habe, machte ich heute mittag einen Gang durch den Park mit ihm.«

»Wie sieht er denn die Sache an?«

»Er weiß genau, wie schwer er belastet ist, aber er ist verhältnismäßig ruhig. Ich habe ihn gefragt, ob man nichts tun könnte. Er sagte mir, daß er versucht hätte, Rechtsanwalt Stetson zu sprechen, aber heute vormittag hatte der keine Zeit. Und nun komme ich zu Ihnen, um Sie zu bitten, daß Sie ihm helfen. Er hat mir gesagt, daß Sie sein Freund sind.«

»Das ist richtig. Aber auch wenn ich nicht sein Freund wäre, würde ich schon aus Pflichtgefühl alles tun, denn ich bin davon überzeugt, daß er nicht der Mörder ist, so gefährlich und ernst die Lage für ihn auch erscheinen mag.«

»Haben Sie etwas Neues entdeckt, wodurch er entlastet wird?«

»Die Untersuchung ist weitergegangen, und schließlich ist Carley ja nicht der einzige, auf dem ein schwerer Verdacht ruht.«

»Was haben Sie Günstiges für ihn erfahren?« fragte sie begierig.

»Das läßt sich nicht mit ein paar Worten sagen. Es ist nur ein allgemeiner Eindruck, den ich habe. Aber seien Sie überzeugt, daß von uns aus alles geschieht, um den wahren Schuldigen zu ermitteln, und es ist der beste Beweis für Carleys Unschuld, wenn ein anderer als Täter entlarvt wird.«

»Ich habe die ganze Zeit über scharf nachgedacht. Am Montagabend war ich durch den Mord so sehr verwirrt, aber jetzt habe ich mir alles genau überlegt. Ich glaube kaum, daß ich mich geirrt habe, als ich sagte, daß ich im oberen Zimmer sprechen hörte.«

»Können Sie den Zeitpunkt nicht genauer bestimmen?«

»Es war kurz vor neun Uhr und auch kurz nachher. Ich war natürlich in meinen Gedanken damit beschäftigt, ob Sir Richard kommen würde, und achtete immer auf die Haustür, da ich glaubte, daß er von der Straße her eintreten würde.«

»Um neun Uhr sechs hörten Sie dann ein dumpfes Geräusch, als ob etwas zu Boden gefallen wäre. Können Sie das nicht noch genauer beschreiben?«

Sie dachte nach.

»Ja, es war, als ob der Kronleuchter schwach klirrte.«

»Das ist wichtig, aber fuhr vielleicht zu gleicher Zeit ein Auto draußen vorbei?«

»Nein.«

»Könnte nicht in dem Augenblick Sir Richard zu Boden gestürzt sein?«

»Ja.«

»Daran haben wir natürlich auch gedacht, und in dem Fall wäre Carleys Unschuld bewiesen, denn er klingelte ja erst nachher an der Haustür. Aber andererseits haben wir heute Versuche in dem Haus angestellt. Die Decke zwischen dem Arbeitszimmer im ersten Stock und der Bibliothek scheint sehr stark und schallsicher zu sein. Wir mußten schon ziemlich heftig und laut sprechen, bevor man etwas von oben nach unten hören konnte. Die Pistolenschüsse mit der Mordwaffe waren nur ganz schwach zu vernehmen, und auch deshalb, weil wir genau darauf achteten.«

»Aber es wäre doch möglich, daß der Mörder mit Sir Richard einen heftigen Streit hatte, hervor er die Tat beging.«

»Sie haben recht – das könnte sein.«

»Polizist Granter hat doch kurz vor Carley eine Dame an der Haustür beobachtet.«

»Ja?«

»Könnte die nicht die Täterin sein?«

»Ja. Wir wissen sogar, wer diese Dame war.«

Evelyn richtete sich erregt auf.

»Wer war es?«

»Miß Ria Bonati. Sie ist auch heute nachmittag hier lange vernommen worden, aber sie scheint ein Alibi zu haben.«

Evelyn wurde mutlos und senkte den Kopf.

»Ihre Aussagen werden zur Zeit nachgeprüft. Die Verdachtmomente, die gegen sie sprachen, waren fast noch schwerer als die gegen Carley. Ich würde also an Ihrer Stelle nicht den Mut verlieren. Grüßen Sie Carley von mir, wenn Sie ihn sehen. Ich glaube, seine Sache ist nicht so hoffnungslos, wie Sie annehmen.«

Er verabschiedete sich von Evelyn, und als er mit ihr zur Tür ging, meldete ein Beamter, daß ein Mr. Selby Inspektor Crawford sprechen möchte.

»Hat er gesagt, in welcher Angelegenheit?«

»Ja, es soll sich um den Mord an Sir Richard Richmond handeln.«

Belling hatte gerade Evelyn die Hand zum Abschied gereicht.

»Darf ich vielleicht bleiben?« fragte sie.

»Das geht nicht gut, aber Sie können heute abend gegen neun noch einmal anrufen. Die Beamten sind natürlich dauernd an der Arbeit, um dieses Rätsel aufzuklären. Vielleicht können wir Ihnen dann schon etwas Genaueres sagen.«

Inzwischen hatte der Sergeant Mr. Selby entdeckt, der in einiger Entfernung auf dem Gang wartete.

»Kommen Sie herein«, rief er dem Mann zu.

Mr. Selby war mittelgroß und untersetzt. Man sah ihm an, daß er an schwere Arbeit gewöhnt war.

»Sie wollten Inspektor Crawford sprechen? Der ist augenblicklich nicht hier, aber ich vertrete ihn und Sie können mir ruhig alles sagen, was für ihn bestimmt ist.«

»Mein Name ist Selby, und ich bin Maurerpolier von Beruf. Ich habe in der Zeitung über den Mord in der Bruton Street gelesen. Mitte Juni reparierten wir eine Putzfassade in der Bruton Street. Die Sache war eilig und sollte schnell fertig werden, deshalb arbeiteten wir auch noch nach sechs bis spät abends. Als wir nun eines Tages Feierabend machen wollten – es war um halb neun – kam ein Mann und fragte mich, ob ich eine Extraarbeit übernehmen wollte.

Ich sagte ihm, er müßte sich an den Meister wenden. Aber er meinte, ob ich es nicht nach der Arbeitszeit machen könnte. Ich würde auch gut dafür bezahlt werden. Dann wollte er wissen, wieviel der Quadratmeter Betonboden kostete.

Das hinge ganz davon ab, erklärte ich ihm, wohin der Betonboden käme, und wie stark er wäre. Wir machten dann aus, daß ich am nächsten Tag in der Mittagspause mir die Geschichte ansehen wollte. Dann könnte ich einen Preis machen. Außerdem müßte erst die Fassade fertig werden, und das dauerte noch zwei Tage. Er war aber ungeduldig und wollte, daß wir sofort anfangen sollten. Aber ich sagte ihm, daß wir doch erst einig werden müßten, und dann brauchten wir doch auch Sand und Zement. Er meinte dann, es handelte sich um eine Arbeit im Keller.

Schließlich blieb es dabei, daß ich am nächsten Tag kommen sollte.«

»Wie sah der Mann denn aus?«

»Er hatte einen Backenbart und einen steifen Hut.«

»Welche Farbe hatten seine Haare?«

»Das weiß ich nicht mehr.«

»Und welchen Eindruck machte er? Wie war er gekleidet?«

»Er war gut angezogen. Als wir ihn später sahen, hatte er ein Pflaster an der Stirn. Das fiel mir auf, als ich es in der Zeitung las.«

»In den Zeitungen sind doch Bilder von Sir Richard Richmond veröffentlicht worden – sah der Mann ihm ähnlich?«

»Nein, das könnte ich eigentlich nicht sagen.«

»Nun gut, erzählen Sie weiter.«

»Am nächsten Tag ging ich hin – es war das Haus Nummer vierunddreißig – und nahm einen guten Bekannten mit, der gerade nichts zu tun hatte. Ich dachte, wir könnten die Arbeit unter der Hand zusammen machen.«

»Können Sie sich noch besinnen, an welchem Tag das war?«

»Ja, ich habe es in mein Notizbuch geschrieben, ebenso, wieviel Stunden wir dort gearbeitet haben.«

Mr. Selby zog ein ziemlich abgegriffenes blaues Heft aus der Tasche und blätterte darin.

»Hier steht es – es war Montag, der siebzehnte Juni.«

»Erzählen Sie bitte weiter.«

»Der Mann, den ich am vergangenen Tag gesehen hatte, machte uns die Tür auf. Er schien schon in der Halle gewartet zu haben. Sofort führte er uns durch die Bibliothek, dann eine Wendeltreppe hinunter in den Keller. Dort befand sich eine große Werkstatt, und in der Mitte war im Fußboden ein großes Loch im Beton. Wir konnten die blanke Erde sehen. Die Stelle mußte erst kürzlich aufgehackt worden sein. Wir sahen auch die Betonstücke, die auf der Seite aufgeschichtet waren. Das Sonderbare war, daß wir den ganzen Boden neu machen sollten. Ich erklärte dem Mann, daß das zu lange dauern würde, wenn er schnell fertig werden wollte, und schlug vor, den anderen Boden herauszuhacken, aber das wollte er wieder nicht haben. Es sollte einheitlich aussehen, und so sagte ich ihm schließlich, es genügte doch, wenn wir das Loch ausbesserten und dann den Fußboden mit einem Zementestrich übergingen. Darüber war er sehr froh, und er fragte, wann wir anfangen könnten. Mein Freund Vancroft hatte ja nichts zu tun, und er wollte am nächsten Tag beginnen. Aber nun kam das Merkwürdige: Der Mann bestand darauf, daß wir noch am selben Tag mit der Arbeit anfingen. Er fragte auch, wie lange es dauerte, bis der Zement trocknete. Ich sagte, mindestens acht bis vierzehn Tage, aber das war ihm zu viel. Deshalb nahmen wir Zement, der schnell bindet.«

Belling wurde ungeduldig. Diese vielen technischen Einzelheiten führten zu weit.

»Sie haben also dann die Arbeit ausgeführt?«

268

»Ja. Wir mußten die alten Zementstücke fortschaffen.«

»Und wann waren Sie fertig?«

»Vancroft hat noch am selben Nachmittag angefangen. Um acht Uhr abend hörte ich mit dem Fassadenputz auf, und dann haben wir beide fast die ganze Nacht geschafft.

Mir ist die Sache damals schon komisch vorgekommen. Wir haben verlangt, daß die Tische mit den Instrumenten und Werkzeugen aus der Werkstatt herausgeschafft werden sollten, aber das wollte der Mann nicht.

Dann haben wir sie stehenlassen und den Zementputz um die Tischbeine herumgestrichen. Das ist natürlich keine anständige Arbeit. Aber es sollte eben Hals über Kopf fertig werden, und wir haben ein schönes Stück Geld dabei verdient.«

»Wie hieß denn der Mann, der mit Ihnen verhandelte?«

»Seinen Namen hat er uns nicht verraten. Er hat auch gesagt, wir sollten über die Sache nichts weitersagen. Ich schöpfte einen gewissen Verdacht, wußte aber nichts Genaueres. Aber als ich jetzt alles in der Zeitung las, glaubte ich, es wäre am besten, wenn ich zur Polizei ging.«

»Da hatten Sie recht.«

»Wie ist es – bekomme ich nun auch eine Belohnung?«

»Es ist keine ausgesetzt – aber wenn Ihre Angaben dazu führen, daß der Fall aufgeklärt wird, läßt sich darüber reden.«

»Ich habe immer gedacht, daß die Polizei anständig zahlt.«

»Haben Sie denn Arbeit?«

»Nein, augenblicklich nicht. So spät im November wird gewöhnlich nicht mehr gebaut.«

»Nun, vielleicht gibt es etwas für Sie zu tun.«

»Das dachte ich auch.«

»Können Sie etwas warten? Inspektor Crawford ist nicht im Amt, aber er muß bald wiederkommen. Dem müssen wir das alles noch einmal erzählen, und er muß dann entscheiden, was geschehen soll.«

29

Gleich darauf öffnete sich die Tür, und Inspektor Crawford trat ein. Belling stand noch ganz unter dem Eindruck des Berichtes, den er eben gehört hatte.

»Inspektor, jetzt sind wir einen entscheidenden Schritt weitergekommen«, sagte er und erzählte schnell das Wesentliche seiner Unterhaltung mit dem Maurerpolier. »Mr. Selby erwartet eine Belohnung«, schloß er.

»Das ist ja ein glücklicher Zufall, daß Sie sich gemeldet haben«, wandte sich Crawford an Selby. »Ich komme sofort auf die Sache zurück. Belling, haben Sie Miß Ferguson angerufen?«

»Ja, sie will um Viertel nach fünf kommen.«

Der Inspektor sah nach der Uhr – es war dreiviertel fünf.

»Ich kann nicht überall zu gleicher Zeit sein. Fahren Sie mit der Arbeitskolonne des Überfallkommandos nach der Bruton Street. Ich werde alles Nötige anordnen. Mr. Selby begleitet Sie natürlich. Er kann an Ort und Stelle noch nähere Auskunft geben.«

»Ich dachte, ich sollte die Arbeit im Akkord ausführen«, erwiderte Selby enttäuscht.

»Nein, dazu ist jetzt keine Zeit. Aber wenn unsere Bemühungen Erfolg haben, können Sie eine gute Belohnung bekommen, die mindestens ebensoviel wert ist wie die Akkordarbeit.«

Crawford telephonierte an die verschiedenen Dienststellen im Amt, und zehn Minuten später setzten sich die Polizeiwagen nach der Bruton Street in Bewegung.

»Halten Sie mich telephonisch auf dem Laufenden«, sagte der Inspektor vorher noch zu Belling. »Sobald Sie etwas finden, rufen Sie sofort an.«

»Jawohl.«

»Übrigens hatte ich auch schon die Absicht, im Keller nachzugraben, denn die gelbliche Erde unter den Stufen der Wendeltreppe hat mir zu denken gegeben.«

Als sie vor dem Hause Sir Richards ankamen, öffnete Sergeant Pemberton. Sofort gingen die Beamten von Scotland Yard ins Laboratorium. Der Linoleumbelag wurde entfernt, und nun bemerkten sie in der Mitte eine unregelmäßige Stelle, die dunkler angelaufen war. Vorsichtig machten sie sich an die Arbeit.

Belling wußte, daß es noch einige Zeit dauern würde, aber er war erwartungsvoll auf einen der Arbeitstische geklettert, um einen besseren Überblick zu haben. Der Raum war so eng, daß nur zwei Leute zu gleicher Zeit mit Spitzhacken arbeiten könnten. In verhältnismäßig kurzer Zeit war ein Loch in den Betonboden geschlagen, und nun trat die gelbliche, sandige Erde zutage.

In dem Augenblick wurde Belling ans Telephon gerufen. Inspektor Crawford wollte ihn sprechen.

»Nun, wie steht es?«

»Wir haben eben die Betondecke in der Mitte entfernt.«

»Seien Sie um Himmels willen vorsichtig. Sie dürfen jetzt nur ganz langsam eine Erdschicht nach der anderen abheben.«

»Das habe ich schon angeordnet.«

»Lassen Sie die Erde nicht in Körben nach draußen tragen, sondern durchsieben.«

»Es arbeiten ja nur erfahrene Leute daran, die solche Aufgaben schon mehr als einmal durchgeführt haben.«

»Also gut. Rufen Sie aber sofort an, wenn Sie etwas finden.«

Crawford war begreiflicherweise aufgeregt. Fast tat es ihm leid, daß er Belling die Leitung der Arbeiten im Keller übergeben hatte, aber die Besprechung mit Miß Ferguson war mindestens ebenso wichtig.

Er hängte den Hörer ein. Als er gerade nach der Zeit sehen wollte, schlug die große Turmuhr vom Big Ben das erste Viertel, und wenige Sekunden später wurde auch Miß Ferguson gemeldet.

»Es ist äußerst liebenswürdig von Ihnen, daß Sie gekommen sind und der Polizei helfen wollen. Bitte, nehmen Sie Platz«, begrüßte er sie.

Dann nahm er das Protokoll von der Unterredung mit dem Maurerpolier Selby und las das Datum nach.

»An welchem Tage haben Sie zuletzt für Sir Richard gearbeitet?«

»Am siebzehnten Juni. Als ich am achtzehnten morgens kurz nach neun wieder ans Haus kam, öffnete mir die Frau des Butlers und sagte, Sir Richard hätte am vergangenen Abend einen Unfall gehabt und könnte nicht aufstehen. Ich ging deshalb wieder nach Hause. Später entließ mich Rechtsanwalt Stetson.«

»Wie hieß denn der Butler?«

»Tembroke.«

»Können Sie mir auch seinen Vornamen nennen?«

»Ja. Albert.«

Crawford sprang auf.

»Albert Tembroke? – A. T.! Jetzt haben wir die Erklärung des Monogramms auf dem Zigarettenetui!«

Sofort nahm er seine Mappe zur Hand und holte die Photos heraus.

»Miß Ferguson, erkennen Sie Tembroke nach diesem Bild wieder?«

Sie sah lange darauf, dann nickte sie.

»Ja, das ist er.«

»Großartig! Das hilft uns weiter. Der Tote, der die Rolle von Sir Richard gespielt hat, war also niemand anders als der Butler Albert Tembroke, und der wiederum ist identisch mit Alec Maxwell.«

Er erklärte ihr rasch die Zusammenhänge.

Miß Ferguson nickte lebhaft und interessiert.

»Eben sagten Sie etwas von der Frau des Butlers – das muß die Frau von Albert Tembroke gewesen sein. Haben Sie eine Ahnung, wo sie jetzt wohnt?«

»Ja. Deshalb wollte ich gerade mit Ihnen sprechen. Während der Verhandlung der Totenschau dachte ich nicht daran, aber später fiel mir ein, daß das doch für die Aufklärung des Falles äußerst wichtig wäre. Ich habe sie vor etwa vier Wochen getroffen, als ich am Sonntag einen Ausflug nach Broxbourne machte. Sie wohnt dort in einem kleinen Haus, und sie freute sich, als sie mich erkannte. Ich sah sie in ihrem Garten, und sie nötigte mich, hereinzukommen. Wir sprachen von früheren Zeiten, und ich fragte sie auch nach ihrem Mann. Sie erwiderte, daß er mit Sir Richard eine große Reise machte und ein so gutes Gehalt bekäme, daß er ihr jeden Monat zehn Pfund für ihren Unterhalt zahlen könnte.«

»Die Sache stimmt aber mit anderen Dingen nicht überein, die wir gerade heute nachmittag entdeckt haben.«

Er las ihr die Hauptpunkte aus dem Gespräch Bellings mit dem Maurerpolier Selby vor. Als er damit fast fertig war, klingelte das Telephon, und schnell nahm er den Hörer ab.

»Ist dort Belling?«

»Ja. Wir haben die oberste Erdschicht abgenommen und bereits festgestellt, daß ein Toter dort verscharrt liegt. Vorsichtig wird jetzt die Leiche freigelegt. Die Kleider sind zum Teil noch erkennbar. Der Tote trug einen braungestreiften Sakkoanzug.«

»Arbeiten Sie behutsam weiter. Ich komme mit Miß Ferguson nach dort.«

Kurz teilte er ihr mit, was Belling berichtet hatte.

Sie wurde bleich.

»Den Anzug trug er, als ich ihn das letztemal sah.«

»Ich möchte Sie bitten, mich zu begleiten und im Arbeitszimmer zu warten. Wahrscheinlich können Sie uns wertvolle Dienste leisten, wenn Sie die einzelnen Gegenstände, die wir bei der Ausgrabung finden, identifizieren.«

Crawford fuhr mit Miß Ferguson in seinem schnellen Wagen zur Bruton Street und trieb den Chauffeur zu höchster Eile an.

Als sie ankamen, bat er Miß Ferguson, allein die Treppe hinaufzusteigen und oben zu warten, da er sofort ins Laboratorium gehen wollte.

Dann eilte er die Wendeltreppe hinunter. Er sah, daß im Hintergrund einer der Arbeitstische abgeräumt war, und daß man die Überreste dorthin gebracht hatte. Der Polizeiarzt Dr. Reynolds war auch schon zur Stelle.

»Sind die Kleiderreste untersucht worden?« fragte Crawford, nachdem er Delling und den Arzt flüchtig begrüßt hatte.

»Ja.«

»Was haben Sie denn gefunden?«

»Verschiedene Gegenstände – teils in den Kleidern, teils in der Erde. Mehrere Beamte haben die sandige Erde durchsiebt.«

Es waren nur nebensächliche Dinge. Crawford nahm ein Stück des Anzugstoffes und ging damit nach oben. Als er ihn auf die Tischplatte des Schreibtisches legte, so daß Miß Ferguson ihn genau betrachten konnte, sah er, daß sie tiefbewegt war, und trat zur Seite, um ihr Zeit zu geben, sich zu fassen.

»Erkennen Sie den Stoff wieder?« fragte er nach einiger Zeit.

»Ja, diesen Anzug trug Sir Richard am siebzehnten Juni.«

Er ging wieder ins Laboratorium hinunter, wo die Beamten ihre Arbeit inzwischen beinahe beendet hatten. Die Knöpfe des Anzugs waren zum großen Teil gefunden worden, und auf einem stand der Name einer bekannten Firma in Savile Row.

»Armstrong, rufen Sie das Geschäft an und fragen Sie, ob Sir Richard Richmond dort hat arbeiten lassen.«

Zwei Beamte waren damit beschäftigt, die einzelnen Gegenstände mit Wasser zu säubern und ein Verzeichnis aufzustellen.

Als Inspektor Crawford wieder die Treppe hinaufstieg, fand er Miß Ferguson in der Galerie.

»Im Arbeitszimmer war es mir zu unheimlich. Ich konnte den Blutflecken auf dem Teppich nicht mehr sehen und ging nach draußen.«

»Ich habe eine große Bitte an Sie. Würden Sie mit mir nach Broxbourne hinausfahren und Mrs. Tembroke besuchen? Es wäre sehr wichtig, daß die Sache so schnell wie möglich untersucht und aufgeklärt wird.«

»Natürlich begleite ich Sie.«

»Es ist eine Fahrt von etwa fünfundzwanzig Kilometern von hier aus, wenn man die vielen Straßenbiegungen mitrechnet. In spätestens zwanzig bis fünfundzwanzig Minuten können wir dort sein. Steigen Sie bitte schon ein, ich will meinen Leuten nur noch einige Anweisungen geben.«

Als er in die Halle trat, meldete Detektiv Armstrong, daß Sir Richard fast seine ganze Garderobe bei der betreffenden Firma in Savile Row bezogen hatte.

»Es werden sich sicher auch noch andere Anhaltspunkte finden. Aber schon damit ist die Person des Toten festgestellt.«

Crawford nahm Dr. Reynolds beiseite und bat ihn, seinen Bericht gleich fertigzustellen, dann wandte er sich an Sergeant Belling.

»Sorgen Sie dafür, daß alle einzelnen Gegenstände nach Fertigstellung der Listen in meinem Büro ausgelegt werden. Ich fahre jetzt mit Miß Ferguson nach Broxbourne, bin aber bald wieder zurück.«

Unterwegs sprachen die beiden nur wenig miteinander. Als sie ihr Ziel erreichten, gab Valery Ferguson dem Chauffeur die nötigen Anweisungen, und bald darauf hielt der Wagen vor einem einfachen, kleinen Haus an der Grenze des Ortes.

Zwei Fenster waren erleuchtet.

»Sie ist in der Vorderstube. Ich werde vorausgehen«, sagte sie.

Crawford folgte ihr aber unmittelbar.

Als sie klingelte, öffnete eine einfache Frau von hübschem Aussehen. Crawford war überrascht, als er sie sah, denn unwillkürlich hatte er sie sich älter vorgestellt.

Sie begrüßte Miß Ferguson herzlich und nötigte auch den Inspektor hinein, den sie für einen Freund der Sekretärin hielt.

»Sie wohnen in einem schönen Häuschen, Mrs. Tembroke«, sagte er freundlich, »und Miß Ferguson hat mir auch erzählt, daß Sie einen wunderbaren Blumengarten haben.«

Sie freute sich über das Lob.

Er unterhielt sich einige Zeit mit ihr, um ihr Vertrauen zu gewinnen, dann brachte er allmählich das Gespräch auf Albert Tembroke.

Ein Schatten ging über ihr Gesicht, und ihr Blick wurde traurig, als er fragte, ob sie öfter Nachricht von ihm bekäme.

»Nein. Er hat mir die ganze Zeit noch nicht ein einziges Mal geschrieben. Aber das Geld schickt er regelmäßig.«

Crawford hatte den Eindruck, daß die Frau nicht eingeweiht war. Zeitungen schien sie auch nicht zu lesen, sonst wäre sie doch über den Mord unterrichtet gewesen.

»Wie schickt er Ihnen denn das Geld zu?«

»Ich bekomme es jeden Monat von der Bank.«

»Von welcher Bank?«

»Von der Westminster-Bank.«

Die Frau wurde argwöhnisch wegen dieser seltsamen Fragen, und Miß Ferguson mußte dem Inspektor helfen. Aber schließlich holte er durch geschickte Fragen alles aus ihr heraus. Es zeigte sich jedoch, daß sie nichts wußte. Er überlegte sich, ob er ihr von dem Tod ihres Mannes erzählen sollte, aber dann unterließ er es. Das hatte noch Zeit bis morgen.

Nach einer halben Stunde verabschiedete er sich mit Miß Ferguson und fuhr nach London zurück.

Er setzte seine Begleiterin bei ihrer Wohnung ab, und um acht Uhr war er wieder in seinem Büro in Scotland Yard.

Inzwischen waren mehrere Nachrichten eingelaufen. Pemberton hatte einen schriftlichen Bericht zurückgelassen; er hatte alle Aufträge erledigt und auch den Inhalt des Safes bei der Westminster-Bank festgestellt.

Crawford setzte sich an den Schreibtisch und sah die verschiedenen Meldungen durch; dann überlegte er lange, bis Belling eintrat und die Funde der Ausgrabung auf einem Tisch ausbreitete.

30

»Wir müssen heute abend noch jemand vernehmen. Allmählich wird der Kreis enger«, wandte sich Crawford an Belling.

Er zog eine Schublade des Schreibtisches auf und steckte einige Gegenstände in die Tasche. Dann ging er zu dem Tisch, auf dem die einzelnen Fundstücke aus dem Laboratorium übersichtlich ausgelegt waren. Auch hier wählte er Verschiedenes aus und brachte es in mehreren kleinen Waschlederbeuteln unter.

»Sie begleiten mich natürlich. Wir werden heute abend wohl erst spät zum Essen kommen.«

Der Chauffeur wartete vor dem Portal.

»Nach Wembley! Fahren Sie die Straße nach Harrow entlang.«

»Wohin geht es denn?« fragte Belling neugierig, als der Wagen in schnellstem Tempo Richtung nach Westen nahm.

»Ich will Stetson noch einmal kurz sprechen. Er wohnt in einem Landhaus in Wembley an der Harrow Road. Hoffentlich treffen wir ihn zu Hause.«

In etwas über einer Viertelstunde hielt der Wagen vor einem schönen Gartentor. Der Inspektor und Belling gingen zu Fuß bis zur Haustür. Auf ihr Klingeln öffnete der Butler.

»Wen darf ich melden?« fragte er.

»Mr. Crawford und Mr. Belling.«

Sie folgten dem Mann durch die Halle, und als er die Tür zum Wohnzimmer öffnete, traten sie sofort ein, so daß er nicht dazu kam, ihre Namen zu nennen.

Stetson saß in einem bequemen Klubsessel vor dem hellbrennenden Kaminfeuer. Der Kronleuchter war ausgeschaltet, und nur eine große Stehlampe mit einem duftigen, altgoldenen Schirm verbreitete ein geheimnisvolles Licht im Raum. Die beiden konnten sein Gesicht nicht sehen, weil die Lampe hinter ihm stand.

Als er sie hörte, erhob er sich.

»Ah, guten Abend, Inspektor. Was führt Sie denn noch so spät zu mir?«

»Ich wollte gern noch einmal persönlich über den Fall Richmond sprechen.«

»Ich habe mir die Sache inzwischen auch überlegt, und ich glaube, ich habe eine Lösung gefunden«, sagte Stetson. »Bitte, nehmen Sie Platz. Bei dem kalten, nebligen Wetter trinken Sie sicher auch gern ein Glas Whisky-Soda?«

Er rief den Butler herein, der auf einem eleganten Servierwagen einige geschliffene Kristallflaschen mit Whisky, einen Siphon und Gläser hereinrollte und jedem ein Glas mischte.

»Wollen Sie nicht auch rauchen?«

Belling und Crawford steckten sich eine Zigarette an.

»Ja, der Fall lag sehr verwickelt«, sagte Crawford, »aber mit der Zeit scheint sich die Sache doch in gewisser Weise zu klären.«

Der Butler hatte inzwischen das Zimmer wieder verlassen.

»Haben Sie etwas Neues entdeckt?« fragte Stetson und sah den Inspektor aufmerksam an.

»Ja. Zunächst einmal hat die Bonati behauptet, daß der falsche Sir Richard auf eine Empfehlung von Ihnen hin sie in Paris aufgesucht hätte. Das kam mir sehr sonderbar vor. Wie steht es denn damit?«

»Das ist frei erfunden! Wie Sie ja wohl selbst schon gemerkt haben, ist die Bonati ganz unzuverlässig. Die lügt das Blaue vom Himmel herunter, wenn es ihr in den Kram paßt.«

»Ja, das mag wohl sein. Ich habe sie von jeher nicht ganz ernst genommen. Inzwischen habe ich auch noch einmal mit Professor Haviland gesprochen. Es erschien mir doch zu merkwürdig, daß er als Wissenschaftler und Arzt sich so in einer Person irren konnte. Er hat doch unter Eid ausgesagt, daß der Tote Sir Richard Richmond wäre.«

»Hat er irgendeine Erklärung geben können?« fragte Stetson und sah Crawford gespannt an.

»Er blieb bei seiner Aussage, daß der Tote dieselbe Person war, die er damals behandelte. Er sagte, er hätte den Mann an den Gesichtszügen wiedererkannt, auch die Narbe an der Stirn hätte er unter der Kopfhaut deutlich gefühlt. Er setzte mir eingehend auseinander, daß bei derartigen Verwundungen meistens die Knochenhaut verletzt wird und daß sich dann eine Erhöhung auf dem Knochen bildet.«

»Das scheinen mir aber doch unvereinbare Widersprüche zu sein – das verstehe ich nicht«, entgegnete Stetson.

»Es sieht so aus, aber vielleicht kann man mit der Zeit doch Ordnung hineinbringen. Ich hatte heute auch eine lange Unterredung mit Miß Ferguson. Bei der Durchsuchung des Hauses fanden wir verschiedene große, gute Photographien von Sir Richard Richmond. Maxwell, der in dessen Maske auftrat, hat sich auch in Paris photographieren lassen, und die Bilder zeigen eine verblüffende Ähnlichkeit. Aber wie ich Ihnen schon sagte, hat unser Erkennungsdienst festgestellt, daß der falsche Sir Richard in Wirklichkeit Alec Maxwell hieß. Das haben wir einmal durch die Fingerabdrücke beweisen können, und in seinen Akten haben wir auch die Photographien aus Dartmoor gefunden, wo er zum letztenmal eine längere Strafe absaß. Und durch Vergleich aller dieser Photos hat Miß Ferguson in dem Verbrecher den früheren Butler Albert Tembroke erkannt.«

»Das ist ja eine fabelhafte Lösung! Es ist fast unglaublich! Sollte denn Tembroke Sir Richard – beiseitegeschafft haben?«

»Das wäre möglich. Aber ich habe noch mehr herausgefunden. Daraufhin haben wir in dem Keller des Hauses Bruton Street 34 nachgegraben und einen Toten gefunden, der zweifellos am siebzehnten Juni unter dem Zementboden des Laboratoriums verscharrt wurde. Durch weitere Fundstücke steht einwandfrei fest, daß der Tote niemand anders sein kann als Sir Richard Richmond.«

Stetson richtete sich in seinem Sessel auf und starrte den Inspektor an, sagte aber nichts.

»Inzwischen habe ich auch die Frau des Butlers gesprochen, die in Broxbourne wohnt. Zu meinem Erstaunen habe ich gehört, daß Albert Tembroke, ihr Mann, Sir Richard auf einer Reise um die Welt begleitet haben soll. Ja, er verdient soviel Geld, daß er ihr monatlich zehn Pfund schicken kann. Noch mehr war ich verwundert, daß Sie, Rechtsanwalt Stetson, diese Vereinbarung zwischen ihr und ihrem Mann vermittelten.«

Stetson holte tief Atem.

»Aber das letzte Glied der Kette ist ein Manschettenknopf, der bei der Exhumierung gefunden wurde.« Crawford nahm ihn aus der Tasche und hielt den geschnittenen Wappenstein mit einer schnellen Bewegung neben den Siegelring des Anwalts. Es war dieselbe Arbeit, dasselbe Wappen.

Plötzlich erhob sich Crawford.

»Ich verhafte Sie, George Stetson – wegen Ermordung von Sir Richard Richmond und Alec Maxwell.«

Dabei legte er ihm die Hand auf den Arm. Dann sagte er die Worte, die das englische Gesetz vorschreibt:

»Ich warne Sie, daß alles, was Sie von jetzt ab sagen, vor Gericht gegen Sie gebraucht wird.«

Stetson sank gebrochen in sich zusammen.

»Ich hoffe, daß Sie, ohne Widerstand zu leisten, uns folgen werden.«

Auf einen Wink des Inspektors trat Belling an die andere Seite des Sessels.

Ein langes Schweigen folgte.

»Ja – ich komme. Ich möchte nur noch einmal zu meinem Schreibtisch gehen.«

»In unserer Begleitung«, erwiderte Crawford.

Stetson erhob sich schwer und drehte sich um, dann machte er eine blitzschnelle Bewegung. Aber Belling und Crawford, die auf alles vorbereitet waren, griffen zu und nahmen ihm die Waffe ab, mit der er sich erschießen wollte.

Im nächsten Augenblick schnappten die Handschellen über seinen Gelenken zusammen.

Stetson sank in den Ledersessel.

»Folgen Sie uns zum Auto«, sagte der Inspektor, nachdem er Stetson einige Zeit gelassen hatte, sich zu fassen.

»Bitte – lassen Sie mich noch hier in meiner Wohnung – und bleiben Sie bei mir – ich will Ihnen alles sagen. Hier fällt es mir leichter als im Gefängnis.«

31

»Inspektor Crawford ist bereits hier und wartet im Empfangszimmer auf Sie«, sagte Miller, als er Evelyn Rolands und Jim Carley die Haustür öffnete.

Sie traten ein und wurden vom Inspektor und Belling begrüßt, der besonders seinem Freund Carley herzlich die Hand schüttelte.

»Ich freue mich, daß sich alles zum Besten aufgeklärt hat.«

»Haben Sie den Täter gefunden?« fragte Evelyn schnell.

»Ja«, erwiderte Crawford. »Gestern abend ist er verhaftet worden, dann gab es noch sehr viel zu tun, sonst hätte ich gleich bei Ihnen angerufen. Aber es war lange nach Mitternacht, als ich die erste freie Minute hatte.«

»Wer ist es?«

»Stetson!«

Jim und Evelyn sahen den Inspektor betroffen an.

»Es wird zu lang, wenn ich Ihnen die einzelnen Protokolle vorlese. Ich will deshalb versuchen, Ihnen möglichst kurz das Wesentliche zu erzählen.

Stetson, der hier in London einen sehr soliden Eindruck machte und überall nur als Vertrauensperson galt, auch bei den Behörden und der Polizei, führte ein Doppelleben.

Obwohl er in London als bekannter, erfolgreicher Anwalt uneingeschränkte Achtung genoß, war er eigentlich ein Lebemann und reiste oft nach Paris, Brüssel und in belgische Luxusbäder, wo er viel Geld beim Spiel oder in Gesellschaft eleganter Frauen ausgab. Zwar hatte er ein glänzendes Einkommen durch seinen Beruf und war auch von Hause aus vermögend, aber für ein solches Leben reichten seine Mittel auf Dauer nicht aus.

Einer seiner besten Bekannten – man kann wohl sagen Freunde – war Ihr Onkel, Sir Richmond«, wandte er sich an Carley. »Dieser schenkte ihm so großes Vertrauen, daß er nahezu die Hälfte seines Vermögens durch ihn verwalten ließ. Dabei handelte es sich hauptsächlich um An- und Verkauf von Industriepapieren und Aktien.

Sie telegraphierten im Juni, daß sofort eine größere Summe als Kaution für die Konzession gestellt werden mußte, Steson war aber gerade in finanziellen Schwierigkeiten und konnte im Augenblick die Summe nicht überweisen. Als er einige Tage zögerte und Sir Richard dies zufällig erfuhr, wurde ihr Onkel mißtrauisch, und plötzlich kam ihm der Verdacht. Er ließ Stetson am Abend des siebzehnten Juni zu sich kommen, nachdem seine Sekretärin gegangen war, und sagte ihm ins Gesicht, daß er die ihm anvertrauten Werte veruntreut hätte. Die Unterredung fand in der Bibliothek stattt, und die Auseinandersetzung wurde heftig.

Stetson war auf diese Entwicklung nicht vorbereitet, er sah plötzlich den Zusammenbruch seiner Existenz, und in seiner maßlosen Erregung packte er, ohne zu wissen, was er tat, eine kleine Bronzefigur, die auf dem Schreibtisch stand, und schlug damit Sir Richard nieder. Der Getroffene stürzte mit zertrümmerter Schädeldecke zu Boden und war sofort tot. Entsetzt über die Tat starrte Stetson auf ihn nieder.

In dem Augenblick trat lautlos der Butler Albert Tembroke herein, der an der Tür gelauscht hatte.«

Nun erklärte er, daß der Tote, den man für Sir Richard gehalten hatte, Alec Maxwell war, ein früherer Schauspieler und Verbrecher, der unter dem Namen Albert Tembroke der Butler Sir Richards gewesen war.

»In höchstem Schrecken warf sich Stetson auch auf ihn und führte mit der Bronze, die er noch in der Hand hatte, einen Schlag gegen ihn, den Maxwell aber mit dem Arm abfing, so daß er nur eine tiefe Wunde in der Stirn davontrug. Maxwell war stärker als Stetson, und es gelang ihm, den Rechtsanwalt zu überwältigen. Nachdem er ihn gefesselt hatte, schloß er ihn in die Bibliothek ein.

Maxwell schwieg über seine Entdeckung, ging zunächst in sein Zimmer im Dachgeschoß und kam nach etwa einer Dreiviertelstunde zurück. Er glaubte, daß Stetson sich nun beruhigt hatte und wieder klar denken konnte, und schlug ihm vor, daß sie gemeinsame Sache machen und das Vermögen von Sir Richard teilen sollten.

Stetson blieb im Augenblick nichts anderes übrig, als darauf einzugehen. Mit großer Eile gingen die beiden an die Arbeit. Maxwell besorgte Spitzhacke und Schaufel, und sie vergruben den Toten unter dem Fußboden des Laboratoriums.

Aber nun zeigte sich eine Schwierigkeit. Das Loch im Zementfußboden mußte ausgebessert werden, und dazu war fremde Hilfe nötig. Maxwell ging noch am selben Abend in die Nachbarschaft und verhandelte mit dem Maurerpolier Selby, der dann auch in kurzer Zeit die Reparatur ausführte. Damit die Stelle nicht auffallen sollte, verputzte Selby den ganzen Fußboden mit einer mehrere Zentimeter hohen Zementschicht.

Nun berieten Maxwell und Stetson bis spät in die Nacht, wie sie am zweckmäßigsten ihren Plan ausführen und jeden Verdacht vermeiden könnten. Maxwell kam dann auf den genialen Gedanken, als Sir Richard Richmond aufzutreten. Unerwartet gab er Stetson eine Probe seiner Gewandtheit als Schauspieler, machte oberflächlich Maske und trat ihm in den Kleidern von Sir Richard gegenüber. Er sah diesem verblüffend ähnlich und wirkte so überzeugend, daß Stetson zuerst zu Tode erschrak und einen Schock bekam, dann aber bereitwillig auf die Idee einging.

Damit der Personenwechsel möglichst unauffällig für die Öffentlichkeit blieb, wollte er auf eine lange Reise gehen. Sie beschlossen, allmählich die Wohnung und den Haushalt Sir Richards in London aufzulösen. Tembroke wollte sich dann mit seinem Anteil in Südamerika niederlassen, wo er sich vor jeder Strafverfolgung sicher wähnte, während Stetson es vorzog, in London zu bleiben.

Stetson schlug dann vor, die Stirnwunde etwas gefährlicher aussehend zu machen und einen Spezialisten zuzuziehen. Maxwell litt niemals an geistigen Störungen, er täuschte sie nur vor. Professor Haviland schöpfte keinen Verdacht, er kannte ja auch Sir Richard nicht persönlich; wohl aber hatte er von dem bekannten Anwalt Stetson gehört. So benützten die beiden Haviland als Werkzeug, um ihren Betrug nach außen hin glaubhaft zu machen. Dies war ein sehr geschickter Schachzug, und wir haben uns zu Anfang auch dadurch täuschen lassen.

Aber Stetson war ein intriganter Charakter und plante von vornherein, Maxwell auszuschalten. Es war abgemacht, daß dieser seine Rolle auch Stetson gegenüber als Sir Richard durchführen sollte, selbst seine Briefe sollten in diesem Sinn geschrieben sein, so daß der Briefwechsel, wenn er in falsche Hände fiel, keinen Verdacht erregte.

Stetson schickte Maxwell aber nicht soviel Geld auf die Reise, wie er zuerst in seiner Zwangslage versprochen hatte, daher drängte dieser dauernd auf Zahlung. In Stetsons Augen war er ja niemand anders als der Verbrecher Alec Maxwell, der mehrmals mit der Polizei in Konflikt geraten war und bereits drei Gefängnis- und Zuchthausstrafen, die letzte von fünf Jahren, abgesessen hatte.

Um zunächst einmal vor polizeilichen Nachforschungen sicher zu sein und in Ruhe neue Pläne vorbe-
reiten zu können, hatte sich Maxwell mit gefälschten
Zeugnissen eine Stellung als Butler bei Sir Richard
verschafft. Er verstand es bald, sich durch seine Ge-
schicklichkeit und Umsicht dessen volles Vertrauen
zu erringen. Um seine Stellung noch mehr zu befe-
stigen, heiratete er eine hübsche Frau aus einfachen
Kreisen, der er geistig weit überlegen war, und die
zu ihm aufschaute. Sicher sind ihm zwischendurch
auch einige Betrügereien gelungen, von denen die Polizei keine Kenntnis erhielt. Jedenfalls hatte er kleinere
Schecks auf den Namen Sir Richards gefälscht. Das alles machte er so geschickt, daß er niemals in Verdacht
kam. Uns ist auch seine Korrespondenz mit Stetson
von der Reise aus in die Hand gefallen. Er war so gewandt, daß er sie in der Handschrift des Ermordeten
führte. Zwei Jahre lang hatte er Gelegenheit, Sir Richard zu beobachten, und so konnte er ihn auch genau
kopieren.

Stetson suchte Professor Haviland gleich nach
Maxwells Abreise häufiger auf und klagte darüber,
daß die Störungen bei Sir Richard sich immer mehr
steigerten. Als Beweis brachte er die Briefe bei, und
die Tatsachen kamen ihm auch zu Hilfe, denn Maxwell, der zu Anfang kühl, klar und nüchtern dachte,
hatte in Paris zufällig die blendend schöne Ria Bonati getroffen und reiste mit ihr nach den Vereinigten
Staaten. Er blieb aber nicht lange, sondern flog nach
Hawai, und von dort nahm er über Japan den üblichen

Weg in einem Dampfer der P. und O.-Gesellschaft. In Colombo erreichten ihn Telegramme und Briefe Stetsons, der ihn nach London zurückrief.

Auch Maxwell wollte ihn sprechen und zur Einhaltung des Vertrages zwingen. Er unterbrach seine Reise nur noch einmal kurz in Ägypten, dann kehrte er nach London zurück.

Stetson hatte inzwischen Professor Haviland weiterbearbeitet und mit ihm abgemacht, den vermeintlichen Sir Richard in eine Irrenanstalt zu überführen, um ihn zunächst unschädlich zu machen. Der Arzt war ja fest davon überzeugt, daß die Geldforderungen an Stetson ein Beweis für ständig steigende Verschwendungssucht wären. Maxwell hätte in der Anstalt behaupten können, was er wollte – kein Mensch hätte ihm geglaubt. Stetson hatte die Absicht, Maxwell später bei einer günstigen Gelegenheit verschwinden zu lassen.

Aber er hatte sich zuviel zugemutet und nicht mit den Schwierigkeiten gerechnet, die die weitschauenden Pläne Sir Richards in Birma machen würden. Unerwartet kamen Sie, Mr. Carley, zurück, und nun mußte er nach zwei Seiten kämpfen. Ursprünglich hatte er nichts dagegen einzuwenden gehabt, daß Maxwell in Gesellschaft von Ria Bonati reiste, ja, er hatte sogar geglaubt, daß er bei seiner Rückkehr durch sie Einfluß auf ihn ausüben könnte. Deshalb war es ganz gegen sein Programm, daß sie nun eigene Pläne verfolgte. Sie hatte Sir Richard Richmond auch nicht gekannt und war daher von der Echtheit der Persönlichkeit ihres Reisebegleiters felsenfest überzeugt. Sie selbst geriet mit Stetson aneinander, da er der Ausführung ihrer Absichten im Weg stand.

Stetson war durch all diese Schwierigkeiten in eine verzweifelte Lage geraten, und als Sie ihn aufsuchten, griff er wie ein Ertrinkender nach einem Strohhalm, um durch die Erlangung der Erzkonzession große Mittel flüssig zu machen. Erst jetzt kümmerte er sich ernstlich um die Angelegenheit und las die Akten und den Briefwechsel genau durch.

Da aber Maxwell den Haushalt von Sir Richard weiterführte, erhielt er von der Post die beglaubigte Abschrift der Konzessionsanträge, die Sie kurz vor Ihrer Abreise aus Birma abgeschickt hatten. Zuerst war ihm die Sache unangenehm, aber dann sah auch er plötzlich eine Gelegenheit, ein großes Vermögen zu erwerben. Durch Sie, Miß Rolands, erfuhr Stetson davon, daß die beglaubigten Abschriften in Maxwells Hände gefallen waren. Zu gleicher Zeit mußte er neue Geldforderungen des früheren Butlers befriedigen.

Nicht Maxwell ging Stetson aus dem Weg – es war umgekehrt.

Im letzten Monat drohte Maxwell, der unter allen Umständen Geld haben wollte, dem Anwalt, und schließlich bequemte sich dieser zu einer vorläufigen Aussprache, die am Nachmittag um vier Uhr in seinem Büro stattfand. Stetson hatte noch kein Geld, versprach aber bis zum Abend fünftausend Pfund zu beschaffen. Er wollte sie gegen halb neun Maxwell in die Bruton Street bringen, aber er traf erst zehn Minuten vor neun ein.

Mit einem eigenen Schlüssel ging er durch die Nebentür ins seitliche Treppenhaus und von dort ins Arbeitszimmer. Eigentlich sollte die große Aussprache stattfinden, auf die Maxwell schon längst gedrängt hatte, aber gleich zu Anfang kam es zu schweren Meinungsverschiedenheiten, weil Stetson weniger Geld gebracht hatte. Außerdem gerieten sie wegen der Erzkonzession ernstlich aneinander.

Stetson saß in einem Stuhl neben dem Schreibtisch. Als er in der Erregung den schweren Bronzeaschbecher umklammerte, fühlte sich Maxwell bedroht, zog die linke Schreibtischschublade auf und faßte nach der Pistole, die er Ria Bonati abgenommen hatte.

Der Anwalt erkannte die Absicht des anderen sofort und wollte sich auf ihn stürzen. Maxwell sprang auf. Dabei fiel der Stuhl um, auf dem er gesessen hatte. Durch einen geschickten Griff packte Stetson Maxwells Rechte, entriß ihm mit einer kurzen Drehung die Waffe und feuerte aus unmittelbarer Nähe in dessen Gesicht. Der Schuß ging direkt durch den Mund.

Zuerst stand Stetson fassungslos, denn das hatte er nicht gewollt. Irgend etwas mußte er aber unternehmen. Er überlegte, konnte aber keinen klaren Gedanken fassen. Plötzlich klingelte es, und in diesem Augenblick höchster Gefahr faßte er einen kühnen Plan. Schnell wischte er die Waffe ab, packte sie mit dem Taschentuch und drückte sie dem Toten in die

Hand, dann legte er sie neben dessen rechtem Arm nieder.

Als er sich umsah, bemerkte er die Brieftasche, in die Maxwell eben die viertausend Pfund gelegt hatte Ohne klar zu überlegen was er tat, riß er sie an sich und steckte sie hastig in die seitliche Rocktasche.

Zu seinem Schrecken merkte er plötzlich, daß jemand die hintere Treppe heraufkam. Es blieb ihm kein anderer Ausweg, als zunächst ins Ankleidezimmer zu verschwinden. Von dort aus schlich er sich ins Schlafzimmer. Er hörte, daß Sie die Tür zum Arbeitszimmer öffneten. Noch war er unschlüssig, was er tun sollte. Dann kam Miller die Dienertreppe herunter, traf Sie, Mr. Carley, und rief: ›Sie haben ihn ermordet!‹

Miller stürzte die Treppe hinunter, und Sie telephonierten an Scotland Yard. Währenddessen nahm Stetson die günstige Gelegenheit wahr, schlich sich ins Badezimmer, öffnete geräuschlos die Tür, die von dort aus zum Flur führte, und eilte die hintere Treppe hinunter. Mantel und Hut hatte er vorher an den Garderobenständer gehängt, der sich am unteren Treppenabsatz befand. Während er eilig den Mantel anzog, suchte er nach dem Schlüssel, und dabei fiel Maxwells Brieftasche zu Boden.

In diesem Augenblick wurde die Haustür aufgerissen, und der Butler kam mit Granter in die Halle. Stetson dachte nur noch daran, sich in Sicherheit zu bringen, öffnete die Seitentür und entkam, ohne daß ihn jemand sah. Die Tür schloß er dann von außen wieder zu, um wenigstens einen kurzen Vorsprung zu haben. Er bildete sich natürlich ein, daß man ihn verfolgen würde. Am Berkeley Square rief er eine leere Taxe an und fuhr in sein Büro. Dort schrieb er in aller Eile den bekannten Brief, um den vorgetäuschten Selbstmord glaubhafter zu machen. Da er übernervös war, fiel die Fälschung sehr plump und oberflächlich aus. Er adressierte das Schreiben an sein Büro und fuhr dann noch einmal in die Stadt zurück, wo er es in einen Kasten des Postamtes W1 warf. In seiner Aufregung hatte er übersehen, daß um neun Uhr fünfzehn die Kästen in dem Bezirk geleert werden und schon dadurch die Fälschung erkannt werden konnte.

Stetson spielte ein gewagtes Spiel, aber er wurde durch die Umstände dazu getrieben. Nach außen hin verstand er es, ausgezeichnet zu blenden, und noch bei der Totenschau fiel kein Verdacht auf ihn. Ja, er verschaffte sich indirekt sogar noch ein Alibi durch seine Zeugenaussage, indem er sagte, daß er Sir Richard fünf Minuten nach neun angerufen hätte.

Zu dieser Zeit hat er wahrscheinlich Maxwell erschossen.

Zunächst hoffte Stetson, daß die Geschworenen Selbstmord annehmen würden, und auch ich war eigentlich froh, als mir Stetson am Montagvormittag den Selbstmordbrief vorlas. Ich setzte mich sofort mit den Behörden in Verbindung, so daß die Totenschau schon auf den Nachmittag um vier Uhr angesetzt werden konnte. Der Vorsitzende und die anderen Beamten waren auch der Meinung, daß die Verhandlung nicht lange dauern würde. Aber zwischen Mittag und dem Beginn der Totenschau erhielt ich entscheidende Meldungen und führte die Versuche in der Waffenprüfstelle in Scotland Yard durch, so daß es mir nachher gelang, den vorgetäuschten Selbstmord sofort zu widerlegen.

Stetson, der ja selbst ein bekannter Verteidiger in Straffällen ist, änderte nun sofort seine Taktik und versuchte, durch seine Aussagen, Sie, Mr. Carley, so schwer zu belasten, daß die Geschworenen Sie als Täter bezeichnen mußten, und das wäre ihm beinahe auch geglückt. Aber obwohl ich sah, daß Ihre Lage verzweifelt war, hatte ich doch immer die Überzeugung, daß Sie nicht der Täter sein konnten.«

»Aber wie haben Sie denn Stetson zu dem Geständnis gezwungen?«

»Es ist merkwürdig, daß plötzlich alle Nachrichten und Entdeckungen sich überstürzten. Bei der Durchsuchung von Maxwells Zimmern im Savoy-Hotel fanden wir ein Scheckbuch der Westminster-Bank in London. Sergeant Pemberton rief in meinem Auftrag dort an, weil wir vermuteten, daß Sir Richard irgendwo einen Safe bei einer Bank haben würde, wo er seine wichtigen Papiere aufhob. Pemberton ging dann gestern nachmittag mit einem amtlichen Befehl zur Öffnung des Safes hin, und nun machten wir einen glücklichen Fund. Es war nicht der Safe von Sir Richard, sondern von Maxwell. Dort fanden wir alle seine Papiere, seinen alten Paß als Butler Tembroke, und als wichtigstes Dokument eine genaue Niederschrift über die Ermordung von Sir Richard durch Stetson. Vorsichtshalber hatte er alles niedergeschrieben, damit er im Fall der Not darauf zurückgreifen konnte.«

»Aber genügte denn diese Niederschrift, um Stetson zu überführen?« fragte Carley.

»Ich hatte noch eine Reihe anderer Beweise. Zunächst haben wir durch Miß Ferguson Maxwells Frau gefunden, die er unter dem Namen Tembroke heiratete. Sie wohnt in einem Häuschen in Broxbourne, ist ein einfacher Charakter und hatte keine Zeitung gelesen. Da sie mit niemand verkehrt, hatte sie auch sonst nichts von dem Mord und der Totenschau erfahren. Aber von ihr hörte ich, daß Stetson durch die Westminster-Bank jeden Monat zehn Pfund an sie auszahlen ließ. Dadurch war er schon schwer belastet. Ferner fanden wir, als bei der Exhumierung der Sand durchsiebt wurde, einen Manschettenknopf, der nachweislich ihm gehörte, und den er beim Vergraben der Leiche verloren hatte.

Ferner habe ich, als der Verdacht auf Stetson fiel, den angeblichen Selbstmörderbrief mit Handschriftproben Stetsons vergleichen lassen, und zwei Sachverständige im Amt haben übereinstimmend erklärt, daß Stetson den Brief geschrieben hat. Es war ja von vornherein klar, daß der Schreiber des Briefes niemand anders sein konnte als der Mörder des vermeintlichen Sir Richard.«

»Wann haben Sie denn zuerst Verdacht auf Stetson gehabt?« fragte Carley, erstaunt über die Fülle von Aufschlüssen.

»Als unser Erkennungsdienst feststellte, daß der vermeintliche Sir Richard niemand anders war als der Butler Tembroke und Verbrecher Maxwell, sagte ich mir, daß Stetson, der Sir Richard so lange kannte, sich unmöglich hätte täuschen lassen. Als ich diesen Gedankengang weiterverfolgte, ergaben sich bald weitere Anhaltspunkte.«

32

An einem kühlen Dezembertag brannten schon um zwei Uhr nachmittags die großen Bogenlampen im Victoria-Bahnhof. Der Continental-Expreß wartete in der großen Halle, und reges Treiben herrschte ringsum.

Belling, der inzwischen zum Inspektor befördert worden war, stand vor einem Abteil. Evelyn und Jim Carley lehnten im Fenster. Am Vormittag hatten sie sich trauen lassen und traten nun ihre Hochzeitsreise nach Birma an. Belling hatte natürlich die Rolle des Brautführers übernommen.

»Schließlich ist aus all dem Unglück doch noch ein großes Glück geworden«, sagte Evelyn und lächelte. »Wäre Jim nicht so verzweifelt gewesen an jenem Vormittag, so hätte ich ihn nicht getröstet, und wir wären vielleicht auch heute noch nicht mehr als gute Bekannte.«

»Auch für dich ist alles gut ausgegangen, Carley«, meinte Belling. »Hätte Stetson nicht selbst Geld aus der Erzkonzession schlagen wollen, so hätte er die zehntausend Pfund für die Zahlung der Kaution nicht doch noch im letzten Augenblick aufgetrieben und abgesandt. Sechs Stunden später wurde er verhaftet.«

»Und welch ein günstiger Zufall, daß Sie das Testament am Ende noch in einem Geheimfach des Grammophons fanden, das im Speisezimmer stand«, erwiderte Evelyn.

»Wenn es Stetson gelungen wäre, Maxwell ins Irrenhaus zu bringen«, fuhr Belling fort, »hätte er die Verfügung über das ganze Vermögen erhalten. Er hatte schon alles vorbereitet, daß er zum Pfleger und Vormund ernannt wurde, und in dem Fall wäre wohl nicht mehr viel übriggeblieben.«

In dem Augenblick erschien Crawford, der sich auch von dem jungen Paar verabschieden wollte und prachtvolle Blumen für Evelyn mitbrachte.

»Übermorgen soll nun der Prozeß gegen Stetson beginnen«, sagte Carley nachdenklich. »Es hat ja viel Mühe gekostet, daß wir unsere Aussagen protokollarisch abgeben durften. Ich kann allerdings verstehen, daß der Richter nur ungern auf uns als Zeugen verzichtet.«

»Das hat sich jetzt alles geändert«, entgegnete Crawford ernst. »Eben ist nach Scotland Yard telephonisch die Nachricht durchgegeben worden, daß Stetson seinem Leben im Gefängnis ein Ende gemacht hat.«

Kurze Zeit schwiegen alle.

»Mir ist er immer ein guter Vormund gewesen – er hat in jeder Weise für mich gesorgt«, sagte Evelyn leise.

Das Abfahrtssignal wurde gegeben.

Ein letztes Händedrücken, dann fuhr der Zug aus der großen, schwarzen Halle hinaus.